Klaus Modick

# Krumme Touren

*Geschichten*

Eichborn

1. Auflage 2009


Umschlaggestaltung: Christina Hucke unter Verwendung
eines Bildes von plainpicture/Jens Dommermuth
Ausstattung, Typografie: Susanne Reeh
Satz: Fotosatz Amann, Aichstetten
Druck und Bindung: CPI – Clausen & Bosse, Leck
ISBN 978-3-8218-0880-2

FSC Mix
Produktgruppe aus vorbildlich bewirtschafteten
Wäldern, kontrollierten Herkünften und
Recyclingholz oder -fasern
www.fsc.org Zert.-Nr. SCS-COC-001554
© 1996 Forest Stewardship Council



Eichborn Verlag, Kaiserstraße 66, 60329 Frankfurt am Main
Mehr Informationen zu Büchern und Hörbüchern
aus dem Eichborn Verlag finden Sie unter www.eichborn.de

# Inhalt


Moulis 5
Erste Lieben und andere Peinlichkeiten 8
Ein weißes Album 24
Rhabarberkuchen und Radziwill 34
Die Urkunde 40
Der schäbige Rest 52
Wasserfall und Zauberberg 60
Kiss the Sky 68
Die Geschichte einer Narbe 78
Fenster 90
Die Toten vom Watt 104
Inselliebe 129
Solveigs Tagebuch 142
Punkt sechs am Pantheon 151
Ein Irrtum 166
Sudeljans Sammlung 187
Kalte Nudeln 213
Zu wenig Kampf, zu viel Spiel 223
Ein Mandala 234

# Moulis

## *Ein Flaschenreigen*

Der Dichter Anton A. hatte es sich zum Prinzip gemacht, nur solche Dinge zu verschenken, die er sich insgeheim selbst wünschte, die für sich selbst zu kaufen er aber zu bescheiden, manche meinten auch: zu geizig war. So schenkte er beispielsweise seinem Freund Bernd B. zum fünfzigsten Geburtstag eine Flasche fünfzigjährigen *Moulis Grand Cru*, dessen Jahrgang in elegantem Understatement so klein auf das unscheinbare Etikett gedruckt war, dass man die Zahl ohne Brille kaum entziffern konnte. Bernd B. erkannte den Jahrgang sehr wohl, und weil er wusste, dass man im Wein nur das schmeckt, was man über ihn weiß, deponierte er die Flasche im Keller ins gut sortierte Weinregal, um sie später, bei passender Gelegenheit, auf den Tisch zu bringen. Einen Monat später, Bernd B. befand sich auf einer Geschäftsreise im Ausland, bekam seine Frau Beate so kurzfristig eine Einladung zum Abendessen bei einem befreundeten Ehepaar, dass keine Zeit blieb, ein passendes Mitbringsel zu besorgen. Beate B., die wenig bis nichts von Wein verstand, lief in den Keller und griff sich, ohne zu ahnen, dass es die beste war, die erste Flasche im Regal – und so gelangte der *Moulis* an Claus und Christiane C. Claus C. hätte ihn durchaus gern und bald getrunken, hätte der Arzt ihm nicht dringend geraten, seinen Alkoholkonsum einzuschränken, und Christiane C. trank wegen einer milden Tanninallergie ausschließlich Weiß- und Schaumweine. Der *Moulis* verlor sich also einige Wochen in der Hausbar neben jenen anderen Getränken, die sich als Geschenke in solche Bars zu verirren pflegen, ohne je angerührt zu werden – Pfefferminzlikör etwa, Heidelbeerwein oder biodynamischer Rhabarberaperitif. Als bald darauf Christiane C.s beste Freundin Dagmar D. ihr fünfundzwanzigstes Dienstjubiläum feierte, wurde der *Moulis* an sie weitergereicht. Dagmar D. empfand das Geschenk ahnungslos, wenn auch nicht ganz unzutreffend, als eine der üblichen Sticheleien, die das Verhältnis zwischen ihr und Christiane C. würzten – manche meinten: vergifteten –: nichts als eine verstaubte Pulle Wein, deren Etikett dazu noch ausgesprochen billig wirkte und vermutlich auch so wirken sollte. Lieblose Präsente dieser Art wurden von Dagmar D. im Laufe des Jahres gehortet, um sie dann Weihnachten an die Männer von der Müllabfuhr, die Zeitungsfrau, ihren Friseur oder andere »dienstbare Geister« mit pompöser Nobelgeste zu verteilen. Der *Moulis* traf Erwin E., den Postboten, der gerne Süßes bis höchstens Halbtrockenes mit möglichst bunten Etiketten trank, sich angewidert daran erinnerte, was für saures Zeug ihm Jahr für Jahr von Frau D. in die Hand gedrückt worden war, und deshalb die Flasche umgehend für die Tombola der Post-Betriebsfeier stiftete. Gewonnen wurde sie von Frauke F., der Gattin des Oberpostdirektors Florian F. Das Ehepaar führte ein gesundheitlich streng geregeltes Leben, ohne fleischliche Kost und selbstredend ohne Nikotin und Alkohol. Somit gelangte der *Moulis* schon bald in die Hände des Oberstudienrats Gerd G., dem sich Frauke F. verpflichtet fühlte, weil er ihre Tochter bereits zweimal vorm Sitzenbleiben bewahrt hatte. Oberstudienrat G. war zwar durchaus peinlich berührt und wollte schon etwas von »Unbestechlichkeit« murmeln, nahm die Flasche dann aber doch, nachdem sein unbestechlicher Blick die bemerkenswerte

Jahreszahl erspäht hatte. Gerd G. verstaute die Kostbarkeit ordnungsgemäß im heimischen Weinregal in der Abstellkammer und gedachte, sie dort weitere fünfzehn Jahre lagern zu lassen, um sie dann zur Feier seiner Pensionierung zu verkosten. Oberstudienrat G. hegte allerdings die Hoffnung, alsbald zum Fachseminarleiter ernannt und damit teilweise vom alltäglichen Schulstress erlöst zu werden. Und als er zu einem Essen bei dem für Lehrerausbildung zuständigen Germanistikprofessor Heinrich H. geladen wurde, an dem auch sein Oberstudiendirektor teilnehmen würde, war Gerd G. klar, dass die erhoffte Ernennung bevorstand. Wer würde sich da lumpen lassen? Der unbestechliche Oberstudienrat Gerd G. jedenfalls nicht, und so überreichte er seinem Gastgeber als Gegengabe den *Moulis*. Tatsächlich wurde die Ernennung an diesem Abend in Aussicht gestellt; des Weins hätte es gar nicht mehr bedurft, zumal Professor H. am Magen litt und nur wohltemperiertes Bier trank. Professor Heinrich H. seinerseits hatte bereits mehrfach in germanistischen Aufsätzen das Werk des Dichters Anton A. erforscht, was diesem nicht verborgen geblieben war, sodass er es eines Tages für geboten ansah, diesen nützlichen Eckermann zu sich zu laden. Da Professor H. aus den Schriften des Dichters wusste (oder jedenfalls interpretierend erschlossen hatte), dass Anton A. Rotweinkenner, zumindest aber -trinker war, brachte er dem Dichter zum Dinner die Flasche *Moulis* mit. Anton A. musterte nachdenklich das Etikett, entzifferte mithilfe seiner Lesebrille den Jahrgang und machte sich wohl seinen Reim auf das Gastgeschenk, indem er die Flasche sogleich öffnete, dekantierte und mit der Bemerkung, man gönne sich ja sonst nichts, zum Käse ausschenkte.

# Erste Lieben und andere Peinlichkeiten

*»Ich schaute durch ein Gewirr knospender Zweige*
*und rief ihr zu, dass es, bei Gott, Frühling sei.*
*Sie zuckte die Achseln …«*
Harold Brodkey

***Amsel & Drossel*** Seine erste Ehefrau trug keinen BH, selbst auf der Hochzeitsfeier nicht, doch niemand unter den zahlreichen Gästen empfand das als frivol oder skandalös, nicht einmal die Mütter des Brautpaars. Selbst das sehr kurze, strahlend weiße Brautkleid, dessen Saum eine Handbreit über dem Knie endete, erregte keinerlei Anstoß. Dazu trug die Braut – welche Mixtur aus naiver Züchtigkeit und Raffinesse! – weiße Kniestrümpfe. Über ihrem zurückgesteckten Haar war der Schleier mit einem Blumenkranz befestigt. Zwei Brautjungfern trugen die Schleppe. Ihr linker Arm lag locker eingehakt unter seinem rechten. Der Bräutigam trug zum klassischen Zylinder eine modische Trachtenjacke, die ihm an den Ärmeln zu lang war, und eine zu weit geschnittene Cordhose.

An das Zustandekommen dieser ebenso frühen wie kurzfristigen Ehe kann er sich nur schemenhaft erinnern, und gäbe es nicht das Hochzeitsfoto, das leicht verstaubt, angegilbt und unsentimental schwarz-weiß in seinem Arbeitszimmer an der Wand hängt, wüsste er wahrscheinlich gar nicht mehr, wie sie sich fanden, verbanden und bald wieder aus Augen und Sinn verloren – davon zu schweigen, wie sie gekleidet waren an jenem festlichen Nachmittag.

Seine Braut war fünf, er selbst knapp sechs Jahre alt, und der Kindergarten feierte sein jährliches Sommerfest. Sie hatten das Lied von der Vogelhochzeit als Singspiel eingeübt und führten es nun auf der von Büschen gesäumten Wiese den Eltern, Verwandten und anderen Besuchern vor. »Ein Vogel wollte Hochzeit machen in dem grünen Wa-hal-de, fidirallala, fidirallala, fidirallalalala-la. Die Drossel war der Bräutigam, die Amsel war die Bra-ha-aut, fidirallala ...«

Als er einige Tage vor dem großen Ereignis seine Braut mit nach Hause gebracht hatte, um sie seinen Eltern vorzustellen, erkundigte seine Mutter sich nach ihrem Namen. Gabi, sagte sie. Oh, sagte seine Mutter, das ist aber ein hübscher Name. Und wie heißt du weiter? Ele, sagte sie. Und so hat er, Drossel, noch lange geglaubt, dass seine Amsel Gabriele mit Vornamen Gabi und mit Nachnamen Ele hieß.

Der Kindergarten lag nur ein paar Schritte von seinem Elternhaus entfernt, und kurz nach seinem vierten Geburtstag war er auf eigene Faust dort hinmarschiert, um sich anzumelden. Zu der Zeit war er in seiner Sprachentwicklung bedenklich weit zurück. Seine Großmutter behauptete apodiktisch: Der lernt das Sprechen nie.

Und auch die Diakonissen in ihren grauweißen, stets perfekt gebügelten Trachten und brettharten Hauben, die den Kindergarten führten, wurden aus seinem unartikuliertem Gelalle nicht recht klug, sodass eine der Schwestern ihn nach Hause begleitete, um sich von seiner Mutter dolmetschen zu lassen, dass dieser Junge gerne dem Kindergarten beizutreten wünschte, was dann auch geschah.

Dort müssen sich seine Sprachschwierigkeiten gründlich verloren haben, denn eine Bemerkung Schwester Hertas, der Leiterin des Kindergartens, wird bis auf den heutigen Tag von seiner Mutter kolportiert, wenn sie wieder einmal versichern will, dass schon allgemein früh erkannt worden sei, dass seine Zukunft dereinst auf dem weiten Feld der Sprache liegen werde: Der wird mal Volksredner, soll Schwester Herta nämlich behauptet haben, womit sie, zum Glück, Unrecht behielt.

Dass allerdings Gabi Ele ihm zugetan war, kann, eingedenk ihres zarten Alters, an sexuellen Bedürfnissen ihrerseits und erotischer Ausstrahlung seinerseits kaum gelegen haben; aber vielleicht hat jene spät entwickelte Eloquenz, die seine Großmutter ihm abgesprochen, Schwester Herta jedoch entdeckt hatte, ihm Gabi Ele gewogen gemacht.

Fidirallalala-la ...

***Püppis Handstand*** Sein Elternhaus trug einen grünen, im Herbst errötenden Pelz aus wildem Wein; im Winter spannte sich das entlaubte Wurzelgeflecht wie ein System aus Adern über die graue Zementhaut der Hauswände. Der schmale Vorgarten mit Rhododendren und einer Birke, der Garten hinterm Haus, der Hof hieß. Teppichstange und Wäschepfähle, vor dem Kellerfenster eine Luftschutzmauer aus Beton, ein Birnbaum, zwei Apfelbäume, ein paar Johannisbeerbüsche, ein Fahrradschuppen, alles umschlossen von einer Mauer, unter deren bröckelndem Putz mürbes Ziegelrot leuchtete. Wenn man den Spalt zwischen Luftschutzmauer und Hauswand abdeckte, mit einer alten, stockig riechenden Decke, entstand eine Höhle, eine Bude, ein Zelt, in dessen Schutz sie im schummrigen Licht einer alten Petroleumlampe als Trapper, Forschungsreisende und, gelegentlich, praktizierende Ärzte hockten.

Jenseits der Mauer die Nachbarsgärten, geheimnisvolle Reiche, auf deren Pfaden sie pirschten, Indianer in fremden, unerlaubten Jagdgründen. Im Sommer Kirschen und unreife Äpfel, empörte Besitzerrufe hinter Küchenstores und aus Hintertüren, und manchmal wütendes Hundegekläff. Im Herbst hier und da Laub- und Kartoffelfeuer, deren Rauch Kleidung, Haut und Haare beizte. In den Zäunen kannten sie jedes Schlupfloch im Maschendraht, jede lockere Latte, jede Pforte. Sie wussten, wie morsche Türen zu halb verfallenen, dämmrigen Lauben zu öffnen und wieder zu schließen waren, sodass kein Erwachsenenauge die Spur ihrer Anwesenheit erriet. Sie kletterten über die Teerpappendächer jener Schuppen, die zwischen die Außenwände dicht aneinanderstehender Nachbarhäuser gebaut waren und mit dem merkwürdigen Wort »Häusing« bezeichnet wurden. Sie schlüpften über niedrige, ausgetretene Treppen oder angelehnte Fenster in die Katakombenwelt düsterer, feucht und kalkig dünstender Keller, zu Apfelklau und Doktorspiel.

Und selbst auf den Straßen seiner Kindheit, deren frühere Stille längst zu einem »verkehrsberuhigten« Anwohnerparkplatz verkommen ist, durfte man in den Fünfzigerjahren noch spielen. Wenn abends die Laternen angingen, mussten sie nach Hause kommen. Er glaubt beinah, dass es zu Anfang noch Gaslaternen waren, und in den Dämmerungen kam ein Mann die Straße entlang, der sie mit einer Stange zum Leuchten brachte. Vielleicht irrt er sich auch, weil seine Erinnerungen an diese Tage dem Schein der Straßenlaternen ähnlich sind: eng begrenzte Lichthöfe, zwischen denen Dunkelheit herrscht wie zwischen den Sternen am Nachthimmel. Den Sternen gleichen unsere Erinnerungen auch deswegen, weil ihr Licht, wenn es uns erreicht, das Bild eines längst vergangenen Zustands ist. Wie unsere Kindheit glänzen die Sterne durch Abwesenheit.

Diese Erinnerungslandschaft aus Gärten, Lauben und Laternen bildete auch den Biotop, in dem gewisse Fragen gediehen, die die Nachbarsjungen in ihren Buden oder Verstecken gelegentlich und eher beiläufig erörterten: Wie Babys in die Bäuche von Frauen gerieten? Durch Küssen möglicherweise? Und wie dann wieder hinaus? Vermutlich durch den Bauchnabel? Wieso Mädchen sich beim Pinkeln hinhockten? Weil sie angeblich keinen Pimmel hatten und also durch den Hintern pinkeln mussten? Wegen des rein platonischen Charakters seiner Ehe mit Gabi Ele konnte er wenig zur Lösung dieser Geheimnisse beitragen, und da sie noch nicht im lesefähigen Alter waren, in dem sie sich einige Jahre später mit Nachschlagewerken aus heimischen Bücherregalen zu behelfen suchten und einigermaßen verständnislos die Einträge zu Stichworten wie »Penis« oder »Vagina« zusammenbuchstabierten, blieben sie einstweilen auf den Augenschein angewiesen.

Eins der Nachbarsmädchen, das auf den Spitznamen Püppi hörte, erschien ihnen als Aufklärungsmedium besonders ergiebig, weil sie den Handstand beherrschte, wobei ihr Kleid hochrutschte und die Unterhose zum Vorschein kam. Aber ausgerechnet mit Püppi durften sie nicht spielen: Die Familie galt als nicht gesellschaftsfähig bis asozial und war mit einem allgemeinen Kommunikationsbann belegt. Warum? Vielleicht, weil sie windige Beziehungen zu Jahrmarktschaustellern und anderen unbürgerlichen Elementen unterhielt und ihr Hintergarten einer Schrotthalde glich, auf der Autokarossen und ein Wohnwagen vor sich hin rosteten, vielleicht aber eben auch nur wegen Püppis provozierender Handstände.

Püppi, die es ihnen gewiss gezeigt hätte, kam also nicht in Betracht, aber auch unter den »anständigen« Mädchen des Viertels fanden sich mutig Interessierte, die bereit waren, unter Ausschluss erwachsener Öffentlichkeit und im Schein der blakenden Petroleumfunzel die Röcke zu heben und die Unterhosen nach unten zu schieben, sodass die Jungen enttäuscht und zugleich beruhigt feststellen konnten, dass Mädchen von hinten wie sie selbst aussahen, während ihnen vorne ersichtlich alles fehlte.

Zehn Jahre später, als ihn die Dauererregung der Pubertät zu schütteln und zu versteifen begann, er es aber noch für ausgeschlossen hielt, je von einem Mädchen aus dieser Qual erlöst zu werden, pflegte die üppig entwickelte Püppi bereits Herrenbekanntschaften, die sich mit großen, chromblitzenden Limousinen um die Tabuzone dieses Hauses nicht scherten – während er an Püppis Handstände von früher dachte und einer teils entsagungsvollen, teils ohnmächtigen Eifersucht verfiel.

***Ein Fräuleinwunder*** Unmittelbar nach dem Krieg war die untere Etage seines Elternhauses von der Militärverwaltung konfisziert worden, um dort britische Offiziere einzuquartieren. Als er auf der Bildfläche erschien, wohnten die Offiziere bereits anderswo, aber das Haus war dennoch voll. Es war mit Flüchtlingen und Ausgebombten so überfüllt wie ein Hausboot in Hongkong. In der oberen Etage drängten sich auf 100 Quadratmetern vier Mietparteien; seine Eltern, sein Bruder und er verfügten über drei kleine Zimmer, in den drei großen Zimmern hausten noch vier weitere Personen – und alle belagerten das einzige Bad, die einzige Toilette, den einzigen Herd.

Mitte der Fünfzigerjahre entzerrte sich diese Situation, als die Sonne des Wirtschaftswunders erste Strahlen auch über ihre kleine Stadt aussandte. Unter dem Wort konnte er sich wenig vorstellen; mehr unter Wunderkerze und Wundertüte, für 10 Pfennig am Kiosk. Und auch unter Fräuleinwunder hätte er sich nie etwas vorstellen können, wenn es nicht Ende der Fünfzigerjahre in Form einer Untermieterin namens Annelie höchstpersönlich Einzug gehalten hätte. Denn ohne Untervermietung, Kost und Logis 50 Mark im Monat, ging es noch lange nicht.

Fräuleinwunder Annelie kam vom Lande, aus einem Moordorf. Ihr Vater hatte sich in der Aufbaueuphorie jener Jahre als Bauunternehmer die sprichwörtliche goldene Nase verdient, fuhr als sichtbares Zeichen seiner Geschäftstüchtigkeit einen schneeweißen Mercedes, damals so selten wie heute ein Rolls-Royce, und bestand natürlich darauf, dass seine Tochter es einmal besser haben sollte – rein bildungsmäßig jedenfalls. Und so besuchte Annelie also zuerst eine Mittelschule, später das Hauswirtschaftsgymnasium in der Stadt, wohnte zur Untermiete und fuhr übers Wochenende in ihr Moordorf zurück.

Dorthin durfte er sie einige Male begleiten. Zu dem riesigen Wohnhaus gehörte eine Gastwirtschaft, die Annelies Mutter betrieb. Hier bekam er, ohne darum zu betteln, ohne es sich vom schmalen Taschengeld absparen zu müssen, Bluna und Sinalco, Turm-Sahnebonbons, Haribo-Gummibärchen, Prickelpit und Salmiakpastillen im Überfluss. Annelies Familie verfügte auch über ein Fernsehgerät, eine absolute Rarität jener kargen Jahre, und wenn er abends, neben Annelie auf dem Sofa hockend, staunend in den schwarz-weißen Wirbel der Perry-Como-Show starrte, verschmolzen ihm Schein und Sein zu einer wunschlosen Glückseligkeit. Der Höhepunkt eines Wochenendes an diesem Zauberort war jedoch der Sonntagmorgen: Zu einer Zeit, da er sonst auf harten Kirchenbänken die Messe über sich hätte ergehen lassen müssen, durfte er zu Annelie ins Bett kommen und dort mir ihr frühstücken. Frühstück im Bett! Es war unerhört. Im Bett mit der Prinzessin des Schlaraffenlands, der Diva der Traumfabrik. Und natürlich liebte er sie und würde sie, nur sie, später heiraten.

Sie trug Pferdeschwanz und Petticoats, nylonstarre Unterröcke, deren Funktion nie recht klar wurde, da Annelie, anders als Püppi von nebenan, keine Handstände machte, sondern sich mithilfe eines sogenannten Hoola-Hoop-Reifens schlank hielt und mit diesen Attributen den Übergang von der Swing- zur Rock'n'Roll-Ära markierte – was ihm damals aber ebenso gleichgültig wie unbekannt war. Einmal hatte sie ihn in die Eisdiele *Arnoldo* in der Innenstadt mitgenommen, wo sie ihre sogenannten Boyfriends traf. Die Musicbox stand, einem Altare gleich, im Mittelpunkt, spielte wimmernd Lieder Ted Herolds und Peter Kraus' und flackerte und flimmerte verheißungsvoll. Hier gab es Nierentischchen, Tütenlampen an den Wänden und mehretagige, wie Treppen verdrehte Blumenhocker, auf denen sich immergrüne Pflanzen ringelten. Die Wände waren mit Deco-Fix beklebt, und wo die Klebebahnen ungenau aneinanderstießen, fuhren abgeschnittene Gondeln gegen das Kolosseum, und aus dem Ausschnitt einer feurigen Italienerin ragte eine Mandoline.

Annelies Boyfriends hatten Entenschwanzfrisuren und fuhren nicht mehr Fahrrad mit Hilfsmotor, sondern *Kreidler Florett*, mit denen sie, vorbei an den lindgrünen Trolley-Bussen, durch die Innenstadt knatterten, und vor der Eisdiele ließen sie die Mopeds mächtig heulen.

Halbstarke mit Knatterprotz, hieß das Verdammungsurteil seines Religionslehrers – im Fegefeuer würde diese abgrundtief verderbte, Recht, Ordnung und Ruhe bedrohende Jugend büßen müssen.

Er war durchaus geneigt, dem Religionslehrer Recht zu geben, raubten ihm diese Märchenprinzen des Rock'n'Roll doch seine Prinzessin.

***Frauen & Mönche*** Seine Pubertät hat er als einen von wüsten Stürmen durchschüttelten, schwülen Frühling in Erinnerung, in dem alles tief bedeutsam, aber auch höchst albern zweideutig zu werden schien. Es mussten im Schulunterricht nur Worte wie Sack oder Spalte fallen, vom Jadebusen zu schweigen, und die ganze Klasse begann zu grinsen und verklemmt zu kichern. Das heißt, die ganze Klasse mit einer Ausnahme. Die Ausnahme war das einzige Mädchen, das das unsägliche Pech hatte, einer Klasse anzugehören, in der sonst nur noch 25 verpickeltpubertierende Jungs saßen. Die Schule war nämlich eine Knaben-Schule, zugleich aber das einzige humanistischaltsprachliche Gymnasium der Stadt, sodass die wenigen Mädchen, deren Eltern darauf bestanden, dass ihre Töchter ohne Großes Latinum und Graecum dem Ernst des Lebens nicht gewachsen sein würden, in dieses peinliche Chaos erwachender Männerkräfte gestoßen wurden.

Christiane ignorierte die hormonellen Verwirrtheiten mit Anmut, Würde und überlegenem Achselzucken, ließ sich zu einem Zeitpunkt, da die Jungen noch ängstlich verglichen, ob ihnen nicht endlich Scham- und Achselhaare sprossen, aus viel befeixter Unpässlichkeit regelmäßig vom Sportunterricht befreien und erschien eines Tages mit deutlich erweitertem Brustumfang zum Unterricht. Was sich bislang nur als kaum wahrnehmbare Schwellung unter ihren Pullovern und Blusen abgezeichnet hatte, war plötzlich mittels eines BHs zu einer ausdrucksstarken Büste erwachsen. Spätestens jetzt war er ihr verfallen – aussichtslos auch diese Liebe, da man als Mann, soviel er wusste, circa ein Jahr älter zu sein hatte als die Frau, der man an die Brust fassen wollte oder mit der man sich, unerhörter Gedanke, sogar, nun ja, geschlechtlich zu vereinigen trachtete. Christiane war aber zwei Monate älter als er, und als er in der 10. Klasse sitzenblieb, stand sie auch in der Klassenhierarchie über ihm und entrückte vollends ins Ungreifbare.

Die Fantasien seiner Onanieorgien beherrschte sie freilich noch lange, bekam jedoch schon bald auf diesem feuchten Feld Konkurrenz, führte sein Schulweg doch an zwei Stellen vorbei, die als Augenweide und schwellende Quellen seine Vorstellungen wässerten und zugleich verhärten ließen: einem Schaukasten des Kinos nämlich, in dem gelegentlich Plakate und Standfotos (»Stand«fotos, hihihi) tief dekolletierte oder bikiniknapp bekleidete Damen zeigten, deren bewegter Anblick leider nur »Freigegeben ab 18 Jahren« war, sowie einem Zeitungskiosk, an dessen Seite verschämt Magazine für männliche Erwachsene aushingen – ihre Titelbilder waren, gemessen an heutigen Direktheiten, geradezu züchtig, aber als Vorlagen seiner Wunsch- und Traumbilder reichten sie allemal.

Klassenkamerad Willy, Sohn eines Staatsanwalts, verfügte freilich über einen Fundus gedruckter Stimulantien, der Kiosk und Schaukasten weit in den Schatten stellte. In der umfangreichen Bibliothek seines Vaters war er, in zweiter Reihe hinter Gesetzkommentaren verborgen, auf den Giftschrank gestoßen: eine Sammlung erotischer Literatur. Willy selbst delektierte sich regelmäßig an den Abenteuern der Fanny Hill oder den Bekenntnissen der Mutzenbacher, ließ sich aber nicht dazu überreden, seinen Freunden eins dieser Einhand-Standardwerke zur Selbstbedienung zu überlassen. Erst als er ihm im Gegenzug leihweise eins seiner kostbarsten Heiligtümer überließ, die Beatles-LP »A Hard Day's Night«, händigte er ihm den Roman »Frauen und Mönche« aus – »aber nur bis morgen«.

»Die Stellen« waren schnell gefunden, weil der Seitenschnitt dort dunkel und verschwitzt abgegriffen war. Die Geschichte spielte in Russland, handelte von Frauen, die ein besonderes Faible für geile Mönche hatten, und beeindruckte, wenn er sich recht entsinnt, nur matt; gleichwohl fiel auch diese Lektüre unter die Sündenrubrik »Schamhaftigkeit und Keuschheit« und musste als solche gebeichtet werden. Nach Möglichkeit absolvierte man seine Geständnisse vor den schwerhörigen Ohren des alten Dechanten, der keine Fragen zu stellen pflegte und es zur Buße mit zwei Vaterunsern oder drei Ave-Marias bewenden ließ. Manchmal ließ sich jedoch Vikar D. nicht vermeiden, Vertreter eines forsch jung-dynamischen Katholizismus, der Jesus gewissermaßen als Duzfreund andiente, sich jedoch mit Allgemeinformeln wie »Ich war unkeusch« nicht abspeisen ließ, sondern bei der Erforschung dieser Vergehen investigative Hartnäckigkeit an den Tag legte.

Zur großen Erleichterung aller Unkeuschen der Gemeinde wurde Vikar D. eines Tages versetzt. Als Jahre später der Grund seines abrupten Abgangs ruchbar wurde, fiel ihm übrigens der Titel jenes Buches wieder ein, das Willy ihm einst geliehen hatte – »Frauen und Mönche«. Vikar D. war nämlich Vater geworden.

***Vorbei-seit-schluss & Wie-ge-schritt*** Sein Vater und er standen vor dem Garderobenspiegel im Flur; der Vater hinter ihm, die Arme über seine Schultern gelegt, und Vaters Hände führten Sohnes Hände, um die kuriose Verschlingung zustande zu bringen, die da vor seinem Hals entstehen sollte. Und während sein Vater ihn ins harmloseste Geheimnis der Männerwelt einwies, erzählte er, dass sein eigener Vater, der Großvater, den der Enkel nie erlebt hat, sondern nur aus Erzählungen kennt, ihm seinerseits und seinerzeit auf diese Weise beigebracht habe, wie aus zwei schlaff hängenden Stoffenden ein fester Knoten zu binden sei. Und auch zur Tanzschule, zu der er sich gleich auf den Weg machen würde, ist sein Vater in den Dreißigerjahren schon gegangen.

Auf einer Seite des Saals saßen die Mädchen in ihren »kleinen Schwarzen« und Konfirmationskostümen, verlegen kichernd oder demonstrativ desinteressiert ihre Schuhspitzen musternd, auf der anderen Seite die Jungen in schlecht sitzenden Anzügen, weißen Hemden und den halsabschnürend korrekt geknoteten Krawatten, die Hände schweißnass und die Blicke unstet über die Auswahl junger Mädchenblüte flackernd. Meine Herren, rief munter der schneidig-elegante Tanzlehrer, bitte fordern Sie auf! Sie glitschten stolpernd übers glatte Parkett und schnitten sich gegenseitig die Wege ab, um ja nicht die kleine Pummelige oder die Dürre mit der Brille zu erwischen, sondern die schlanke Blonde, von der behauptet wurde, dass sie sich schon öfter habe küssen lassen, aber als er sie fast erreicht hatte, verbeugte sich bereits ein Nebenbuhler vor ihr, sodass ihm nichts anderes übrig blieb, als der drahtigen Dunklen sein »Darf ich bitten?« anzutragen, was sie mit einem schüchternen Lächeln aus grünen Augen huldvoll annahm.

Ausgangsposition bitte, erklang das Kommando des Maestros, und, dajammdadamm, dajammdamdamm, jawohl, und fließend bitte und links, rechts, vorbei-seitschluss und Wie-ge-schritt! Seine linke Hand in ihrer rechten, ihre Linke auf seinem rechten Oberarm, seine rechte Hand auf ihrem Rücken, wo die Hitze ihrer Haut durch den glatten Synthetikstoff des Kleides zu spüren war. Beim Wie-ge-schritt berührten sich ihre Schenkel, dajammdamdamm, sein Unterkörper stieß gegen ihren Bauch, die Dame zuckte nicht zurück, dem Herrn fiel eine Stelle aus »Frauen und Mönche« ein, und gleich noch einmal, meine Herrschaften, flie-ßend: Wie-ge-schritt, die Damen graziler bitte, die Herren nicht so steif, dajammdamdamm und Wie-ge-schritt! Ihr kleiner Busen drückte gegen sein Zwerchfell.

So zog er hüft- und gelegentlich gliedsteif mit wechselnden Damen seine Kreise, tanzte Tango mit Doris, Walzer mit Renate, Foxtrott mit Sabine und Cha-Cha-Cha mit Gisela. Und Gisela, vielleicht war's auch Doris oder Sabine, begleitete er nach den Tanzstunden zwei- oder dreimal händchenhaltend zur heimischen Haustür, musste sich aber stets ungeküsst und unerlöst wieder trollen. Den Abtanzball im Ballsaal absolvierte er mit Isabelle. Schöner Name, sie selbst auch sehr hübsch, aber hölzern und so unterkühlt, dass sie ihm sogar den trockenen Wangenkuss verweigerte, den er ihr aufhauchen wollte, als sie in der Walzerwertung den dritten Platz belegten. Gesellschaftstänze waren, kein Zweifel, wie Krawatten, Anzüge und trockene Wangenküsse, eine saftlos unsinnliche und antiquierte Sache – *die* Sache, das *Eine*, war etwas ganz anderes, zeitlos zeitgemäß sozusagen, bis auf Weiteres aber nur ein heißer Wunsch, dessen Erfüllung trotz überquellender Fantasie- und Lendenleistung einstweilen ein Ding der Unvorstellbarkeit blieb.

***Das Eine*** Nicht in Wiege-, sondern in Schiebeschritten kam er dennoch dem ersehnten Verlust der Unschuld näher. Wenn in der Disco *Montparnasse*, auf Partys in Kellern oder Tanzabenden im Jugendheim »Haus der offenen Tür«, der Discjockey statt »My Generation« oder »Satisfaction« langsamere Takte anschlug, »Michelle«, »As Tears Go By« oder gar »Je t'aime, moi non plus«, wenn das Licht gedimmt wurde, die sogenannte Schwofrunde begann und die Schöne, um die er eben noch mit wildem Gliederzucken geworben hatte, dann in seinen Armen auf der Tanzfläche blieb, begann ein Pressen und Schieben, Drücken und Tasten, das, je nach Gegenseitigkeitsgrad, in zaghafte Küsse mündete, um auf durchgesessenen Sofas, im frühlingsmilden Schlossgarten oder in zugigen, dunklen Hauseingängen in Knutscherei und Fummelei zu enden. Man hatte übrigens keine Freundinnen beziehungsweise Freunde, von Beziehungen zu schweigen, sondern man »ging miteinander«, um nach einigen Tagen, manchmal auch Wochen, nicht mehr miteinander zu gehen. Verhältnisse, die Monatsfrist oder mehr erreichten, galten als »in festen Händen« – Abwerbung sinnlos.

Mit Uschi war er gegangen und mit Dagmar, mit Annette und mit Birgit, mit Hilke und mit Hilde. Aber *ES* war immer noch nicht passiert. Er war jetzt fast 18, kam sich erwachsener als alle Erwachsenen vor und hegte die Befürchtung, der letzte männliche Bewohner der Stadt dieses Alters zu sein, den immer noch unsichtbar und dennoch lastend der fürchterliche Makel der Unschuld überschattete. Seine Freunde protzten mit saftigen Anekdoten über die Freuden vollständigen Eindringens in die Mannbarkeit, oder sie hielten sich mit vielsagendem Schweigen und stillem Lächeln bedeckt. Die Anti-Baby-Pille war in aller Munde – außer den Mündern der Mädchen, mit denen er ging, denen er als Lockmittel sogar schmachtende Liebesgedichte schrieb und die ihn auch durchaus nicht nur zu lyrischen Ergüssen brachten. Doch all diese manuellen und mündlichen Manipulationen konnten nur Vorahnungen der Offenbarung sein, die da doch endlich kommen musste.

Sie kam an einem Samstag im Herbst. Seine Eltern waren übers Wochenende verreist. Er war allein zu Haus und ging selbstverständlich abends ins *Montparnasse*. Sie saß am Tresen vor der Tanzfläche. Er kannte sie flüchtig, weil sie eine Freundin Hilkes war, mit der er eine Zeitlang gegangen war. Sie unterhielten sich miteinander. Er wusste schon damals nicht, über was. Sie hatte sehr große, blaue Augen, ein herbes Gesicht, lange, blonde Haare. Sie war fast zwei Jahre älter als er. Sie tanzten nicht miteinander. Er weiß nicht mehr, warum nicht. Sie tranken Cola. Auch an die Musik, die an diesem Abend gespielt wurde und die ihm sonst als Gedächtnishilfe stets zu Diensten ist, hat er keine Erinnerung mehr. Sie verließen das *Montparnasse* früh, gegen 22 Uhr. Das weiß er merkwürdigerweise noch genau – vielleicht weil er ahnte, dass seine Stunde geschlagen hatte. Sie hielten sich nicht an den Händen. Sie gingen wortlos durch die dunklen Straßen. Sie setzten sich nicht auf eine Bank im Park. Sie küssten sich nicht.

In seinem Zimmer zieht sie sich schweigend aus. Ihr sehr schlanker Körper weiß im Licht der Straßenlaterne, das durchs Fenster bricht. Das dunkle Dreieck ihres Schoßes. Sie sieht ihn fragend an. Er weiß nicht, was er tun soll. Willst du Musik hören?, fragt er. Sie schüttelt ernst den Kopf und legt einen Finger auf seine Lippen. Sie öffnet den Knopf seiner Jeans. Sie zieht den Reißverschluss auf. Sie legt sich bäuchlings auf sein Bett. Sie drückt ihr Gesicht ins Kissen. Er liegt neben ihr. Auf ihr. Unter ihr. Sie hilft ihm beim Überschreiten der Schwelle. Es ist warm und fest, feucht und weich. Er spürt ihren Bewegungen nach. Sie gibt keinen Laut von sich. Es dauert nicht lange. Sie stöhnt ganz leise. Gut, flüsterte sie, das ist gut. Ja, sagt er, ja ja ja. Es geht viel zu schnell. Schließlich küssen sie sich doch. Sie ahnen nicht, in wie großer Gesellschaft sie sich in der Zweisamkeit befinden, in der sie sich miteinander allein glauben. Viele sind mit ihnen, von denen er noch nichts weiß – seine zukünftigen Geliebten; ein oder zwei, von denen nur sie weiß, der oder die, mit denen sie schon geschlafen hat, und manche, von denen sie noch nichts weiß – ihre zukünftigen Liebhaber. Der Morgen fasst bleich ins Zimmer. Sie steht auf. Sie zieht sich an. Sie sagt: Danke. Sie geht. Wieso hat *sie* danke gesagt?

Am nächsten Tag im Sportunterricht das Gefühl, man müsse es ihm irgendwie ansehen. Seine Haut, sein Körper schienen zu rufen: Seht her, ich habe es endlich geschafft.

Er hat dann noch einige Male mit ihr geschlafen. Aber sie sind nie »miteinander gegangen« und haben sich bald aus den Augen verloren. Noch Jahre später hat er sich gefragt, warum sie »danke« gesagt hat.

# Ein weißes Album

*»But it never really mattered*
*I will always feel the same«*
John Lennon/Paul McCartney

Annika ist neunzehn. Sie hat gerade zu studieren begonnen und arbeitet gelegentlich in der Nachbarschaft als Babysitter, um etwas Geld zu verdienen. Viel bringt der Job nicht ein, ist aber angenehm, denn meistens schlafen die Kinder, und Annika verbringt dann die Abende lesend oder vor dem Fernseher, bis die Eltern nach Hause kommen. Wenn sie zu Familie Domcik geht, um auf Till und Marie aufzupassen, bringt sie sich manchmal Kassetten mit, weil Domciks eine umfangreiche Schallplattensammlung haben, an deren Rand seit einiger Zeit eine CD-Sammlung wächst. Oft überspielt sie auf ihre Kassetten solche Schallplatten, die entstanden sind, als Annika noch gar nicht geboren war, Aufnahmen der Beatles oder Doors oder Rolling Stones oder Kinks oder Van Morrisons und so weiter. Ihr gefällt diese Musik genauso gut wie den Domciks, die um die Vierzig sind und Annikas Eltern sein könnten.

Als Mia und Lukas Domcik an diesem frostigen Winterabend aus dem Kino zurückkamen und Annika wie verabredet 45 Mark geben wollten, lehnte sie das Geld ab. Ihr war nämlich ein Missgeschick passiert. Aus dem Kinderzimmer hatte sie ein lautes Plumpsen gehört, Marie hatte zu weinen begonnen, und Annika war sofort hingegangen, hatte aber in der Eile die Schallplatte, die sie gerade in der Hand hielt, ohne nachzudenken auf die Heizung gelegt. Marie war aus dem Bett gefallen. Annika hatte sie wieder hineingelegt und so lange auf der Bettkante sitzend gewartet, bis das Kind eingeschlafen war. Als sie schließlich ins Wohnzimmer zurückkam, hatte sich die auf der Heizung liegende Schallplatte durch die Hitze derart deformiert, dass sie wie Wellblech aussah und nicht mehr abspielbar war – die zweite Platte des »Weißen Albums« der Beatles. Das sei ihr furchtbar peinlich, sagte Annika, und die Domciks sollten das Geld behalten, um sich die Platte neu zu kaufen.

Mia Domcik tröstete Annika, und auch Lukas meinte, es gebe Schlimmeres im Leben, und das Geld solle sie ruhig annehmen. Außerdem sei es gar nicht möglich, die Platte neu zu kaufen, weil es das »Weiße Album« gewiss nur noch als CD gebe, worauf Annika meinte, das sei ja umso besser. Besser und schlechter zugleich, sagte Domcik, denn erstens sei es keine Schallplatte mehr, sondern eine CD, und zweitens nicht mehr diese eine, besondere Schallplatte, sein persönliches »Weißes Album« sozusagen – was Annika nicht verstand.

Sie solle, sagte er, sich ein Fenster vorstellen, vor dem ein Fliegengitter montiert sei; wenn man ganz dicht an das Fenster herangehe und durch das Gitter schaue, sehe man durch jedes der Löcher eine Vielzahl von Farben. Die digitale CD-Technik bedeute aber, dass man sich für eine einzige Farbe pro Loch entscheiden müsse. Und das sei dann alles, was man sehe: die jeweils dominierende Farbe. Wenn man das »Weiße Album« als CD auflege, höre man sicherlich »klarer« und »mehr« als auf der Platte, aber zugleich höre man in Wahrheit viel weniger, nämlich nur Oberfläche. Man höre nicht mehr wirklich hinein in die Musik. Ein Himmel bestehe aus Wolken, Vögeln, vielfältigen Schattierungen aus Blau und Grau und Weiß. Ein CD-Himmel bestehe nur aus einem künstlich isolierten Blau.

Annika, die Domciks Erklärung reichlich spitzfindig fand, fragte, warum er dann überhaupt CDs kaufe?

Gezwungenermaßen, sagte er, denn die meisten Neuerscheinungen gebe es heute gar nicht mehr als Schallplatten.

Sie habe aber auch nicht verstanden, sagte Annika, warum ihm dieses eine Exemplar so wichtig sei; Schallplatten seien doch identisch, austauschbar, oder wolle er etwa behaupten, dass er zwischen *seinem* »Weißen Album« und einem anderen Exemplar Unterschiede heraushören könne?

Hören nicht, sagte er, eher, wie solle er sich da ausdrücken? – fühlen vielleicht? Es habe etwas mit der Situation zu tun, in der er vor etwa fünfundzwanzig Jahren die Platte gekauft habe, mit seiner Erinnerung an die Atmosphäre jener Jahre. Seine Geschichte sei eben auch die Geschichte der Musik, die ihn begleitet habe. Und das »Weiße Album«, das sei eine ganz besondere Geschichte.

Was denn für eine Geschichte?, fragte Annika, und Mia Domcik sagte zu ihrem Mann: Erzähl doch mal.

Lukas ging zum Plattenspieler, betrachtete kopfschüttelnd die Wellen im hitzelädierten Vinyl und legte die erste, unversehrte Platte des »Weißen Albums« auf. Das muss 1968 gewesen sein, sagte er, oder 69. Ich weiß gar nicht mehr genau, wann das »Weiße Album« erschienen ist.

Der Tonarm senkte sich auf die Platte, leises Knistern und Rauschen, das sich im Geräusch eines Düsenflugzeugs auflöste, *Flew in from Miami Beach BOAC, didn't get to bed last night ...*

Die Daten sind aber auch nicht so wichtig; wichtig ist die Stimmung, das Gefühl jener Jahre, das von der Musik der Beatles und anderer Rock- und Popgruppen so durchtränkt ist wie damals das Löschpapier in meinen Schulheften mit Tinte. Meine allererste Langspielplatte war »A Hard Day's Night«, Beatles, klar. Ich hatte sie mir zu meinem dreizehnten Geburtstag gewünscht und bekam sie tatsächlich von meinen Eltern geschenkt.

Das war durchaus nicht selbstverständlich, weil meine Eltern für diese Musik nur ein verständnislos-mitleidiges Kopfschütteln übrig hatten. Und dann erst die Haare dieser Typen! Vorn in die Stirn gekämmt, und hinten berührten sie fast den Hemdkragen. Im Muff der frühen Sechzigerjahre galt ihr adrettes Aussehen als skandalös und ungepflegt. Und ungepflegt und zügellos, aufsässig und provokativ wirkte die Musik. Lehrer und Priester sahen den Untergang des Abendlands heraufdämmern. Die Russen waren als Bedrohung schlimm, die Kuba-Krise war eben erst überwunden, aber als Verführer der sauberen deutschen Jugend waren die Beatles eine Katastrophe, langhaarige Sowjets mit Elektrogitarren sozusagen.

Als dann aber ein paar Jahre später noch viel langhaarigere Gestalten mit noch viel ungehobelterer Musik Erfolg hatten, schlossen sogar Eltern, Lehrer und Priester ihren Frieden mit den Beatles. Den Segen dazu hatte ihnen der seriöse Leonard Bernstein gegeben, als er behauptete, die Musik der Beatles könne sich mit der Schuberts messen. Aber in den Augen meiner Generation konnte Schubert sich natürlich nicht mit den Beatles messen. Mein Englischlehrer ließ sich dazu herab, eine kostbare Schulstunde der Übersetzung der Texte des »Sgt. Pepper«-Albums zu opfern, und der sich für progressiv haltende Kaplan unserer Kirchengemeinde, der uns sonst Jesus als eine Art Kumpel für alles und jeden anzudienen versuchte, stellte eine seiner Predigten unter das Motto des Beatles-Songs »Got to Get You Into My Life«, womit er natürlich Jesus meinte. Wir feixten und grinsten und hatten längst gewonnen, weil der Englischlehrer nicht ahnte, dass sich in

»Lucy in the Sky with Diamonds« die Anfangsbuchstaben von LSD verbargen; und auf den Weg zum allein selig machenden Duz-Freund Jesus brachte uns der Kaplan mit seinem Beatles-Zitat schon gar nicht mehr, weil wir, beflügelt von dieser Musik, an uns selbst zu glauben begannen und fest davon überzeugt waren, alles anders und besser zu machen als unsere Eltern. Und wenn der Kaplan geahnt hätte, in welch produktives Tauschverhältnis ich meine Erstkommunion bald zum »Weißen Album« bringen sollte, hätte er statt der Beatles vielleicht doch eher eine Bibelstelle zitiert.

Von meinem Onkel hatte ich zum Geburtstag einen Plattenspieler bekommen, ein tragbares Koffergerät mit aufmontierbarem Zehnplattenwechsler für Singles; den Deckel, in den der Lautsprecher eingebaut war, musste man abnehmen, und an den hinteren Ausgängen gab es die Möglichkeit, durch Anschluss eines zweiten Lautsprechers den ebenso geheimnisvollen wie revolutionären Stereo-Effekt zu erzielen. Nach mehreren Fehlschlägen gelang es mir schließlich, den Lautsprecher eines ausgedienten Radios, das ich auf unserem Dachboden gefunden hatte, an diesen Ausgang anzuschließen. Ich legte »Beatles for Sale« auf, der Tonarm ruckte und zuckte schwerfällig auf die Anfangsrille, leichtes Knistern, und dann, tatsächlich, unglaublich, das Schlagzeug hämmerte rechts, die Gitarren schollerten links, und die Stimmen von John und Paul hingen irgendwo in der Mitte, *Do I need your love, babe, guess you know it's true ...*

So ging das ein paar Jahre, in denen meine Plattensammlung durch Weihnachts- und Geburtstagsgeschenke sowie erspartes Taschengeld bescheiden wuchs, bis ich mir von dem Geld, das ich mit einem Job in den Sommerferien verdient hatte, eine neue, eine richtige Stereoanlage kaufte. Zur Plattensammlung gehörte die Anlage wie das *Yeah yeah yeah* zu den Beatles. Und es war schwer auszumachen, was prestigeträchtiger war: die neueste Scheibe der Beatles, eine Freundin mit Minirock oder zweimal dreißig Watt. Die Platzierungen der Hitparaden interessierten mich mehr als die Regierungszeiten deutscher Kaiser, mit denen man uns in der Schule quälte; und über die personelle Besetzung der Rock- und Popgruppen wusste ich besser Bescheid als über die Struktur von Benzolringen oder die grammatischen Untiefen von Cäsars »Gallischem Krieg«. Die Hitparaden im Radio, besonders die von Radio Luxemburg und die des britischen Soldatensenders BFBS, die auf schwachen Frequenzen rauschend und knatternd aus dem Lautsprecher quollen, durften auf keinen Fall verpasst werden. Ob die Beatles noch einmal den Angriff der Monkees, dieser Retortenband aus den USA, für die man eigentlich schon damals die CD hätte erfinden müssen, auf den ersten Platz würden abwehren können? Ob Dave Dee, Dozy, Beaky, Mick and Tich, deren Namen man auswendig zu kennen hatte wie ein paar Jahre zuvor die von Hadschi Halef Omar, mit ihrem neuen Hit nach oben kämen? Das waren Fragen und Probleme, die mich tiefer bewegten als die der Algebra oder Physik.

Und nicht nur mich: Auf dem Pausenhof des Alten Gymnasiums war die Musik Gesprächsthema Nummer eins; oder eher Nummer zwei, weil Nummer eins vielleicht doch die Mädchen aus der Cäcilien- oder Liebfrauenschule waren, mit denen wir uns nach der Schule, nachmittags und am Wochenende auch abends in der Diskothek *Montparnasse* trafen. Aber die Rangfolge von Thema Nummer eins und zwei war ziemlich fließend, denn im *Montparnasse*, einem Keller in der Baumgartenstraße, drehte sich alles um die Musik; und auch die Mädchen drehten sich um und mit der Musik, die vorwiegend aus England kam, aus Swinging London – ein Zauberwort und der unerreichbare Ort unserer Pop-Utopie, Carnegie Street, King's Road, Leicester Square, Regent Street – magische Namen. Auch die Mode kam von dort, Mary Quant und Courrèges, Schockfarben und hochtoupierte Haare, Hosenbeine, je nach Saison wechselnd, mit oder ohne Schlag. Die Miniröcke erreichten die Kürze breiter Gürtel, und die Idealfigur der Mädchen war die magersüchtige Anämie eines kuhäugigen Models namens Twiggy. Der Diskjockey war König im *Montparnasse*, von allen Mädchen umschwärmt, von allen Jungs beneidet, eben weil alle Mädchen ihn umschwärmten oder vielleicht sogar noch mehr, weil er über diesen unglaublichen Schatz an Schallplatten verfügte, immer das Neueste, immer das Beste. Es war eine besondere Gunst, wenn er einmal eine Platte auflegte, die man sich gewünscht hatte; und vor seinen Plattenspielern thronte er auf erhöhtem Podest wie ein Halbgott an unserem Rockhimmel.

Wenn die Schule überstanden war und das Mittagessen zu Hause verdrückt, zum Nachtisch gab es regelmäßig die Empfehlung, endlich mal wieder zum Friseur zu gehen, ging ich in mein Zimmer, um Schularbeiten zu machen. Aber auch hier war Musik der Mittelpunkt, denn um 14 Uhr gab es täglich auf NDR II eine halbe Stunde lang *Musik nach der Schule*, das Neueste, das Seltenste, und manchmal mischten sich auch schon schrillere Töne ein: Psychedelisch hieß das, Jazzrock, progressiv – wie der Fachmann im Radio es nannte. Den Höhepunkt medialer Musikvermittlung bildete freilich der legendäre Fernseh-*Beatclub* von Radio Bremen, in dem meine Helden, in abenteuerliche Kostümierungen geworfen, nicht nur Klang, sondern Fleisch und Blut annahmen. Und Uschi Nerke, eine Moderatorin mit dem gebügelten Charme einer Boutiquenverkäuferin, war zweifellos die schönste Frau der Welt.

1967/68 muss das gewesen sein; unruhige Jahre, der Vietnamkrieg tobte, die Studenten revoltierten, die große Koalition leitete in Bonn die sozial-liberale Ära ein; aber für mich waren die historisch bedeutsamsten Ereignisse jener Jahre das Erscheinen von »Sgt. Pepper« und eben dem »Weißen Album«. Ich werde nie vergessen, wie ich es zum ersten Mal hörte. Ich lag längst im Bett, es war spät, kurz vor Mitternacht wohl, und morgen früh musste ich wieder zur Schule. Ich wollte gerade das Radio abstellen, als der BFBS-Sprecher verkündete, morgen werde die neue Platte der Beatles auf den Markt kommen, weltweit, und man werde in etwa einer halben Stunde das gesamte Album ohne Pause abspielen. Diese halbe Stunde verbrachte ich in so nervöser Erwartung, wahrscheinlich sogar mit leichtem Fieber, wie sonst nur als Kind die letzten, endlosen Stunden am Weihnachtsabend vor der Bescherung. Und endlich kam die Musik, einsetzend mit dem Flugzeuglärm von »Back in the USSR«, den ich erst für eine Frequenzschwäche des Senders hielt, ein Rauschen aus weiter Ferne, das mich sofort in seinen Sog zog und mitnahm auf eine nächtliche Reise durchs Wunderland der Töne und Klänge, die mir galten, mich betrafen, in denen alles ausgesprochen war, was ich nie selbst hätte formulieren können. Ja, das war meine Musik, ein Teil von mir. Sie gehörte zu meinem Leben wie Essen und Trinken, wie Atmen und Schlafen. Diese Musik war meine erste Liebe.

Ihr könnt euch denken, dass mein erster Gedanke am nächsten Morgen der Frage galt, wie ich sofort, heute noch, diese Platte kaufen könnte. Sie war als Doppelalbum teuer, 40 oder 44 Mark. Mein Taschengeld für den Monat war längst verbraucht, bei meinem Bruder hatte ich schon 10 Mark Schulden gemacht, und meine Eltern um Geld zu bitten, um mir eine Schallplatte der Beatles kaufen zu können, war sinnlos; da hätte ich meinen Vater genauso gut bitten können, er möge sich die Haare so lang wie John Lennon wachsen lassen.

Ich versuchte, meinen Freund Ralph anzupumpen; der war leider so pleite wie ich selbst, aber er brachte mich auf die rettende Idee, indem er erzählte, dass er vor einiger Zeit, als er dringend Geld gebraucht hätte, silberne Serviettenringe, die im Haushalt seiner Eltern nie benutzt wurden, im Pfandhaus versetzt hätte. Seine Eltern hätten die Ringe nie vermisst, er aber hatte seitdem zwei LPs und eine neue Blue Jeans mehr.

In unserem Haushalt gab es nichts, dessen Verlust nicht aufgefallen wäre, kein wertvolles Porzellan in vergessenen Schranktiefen, keine goldenen Löffel und auch keine silbernen Serviettenringe. Ich durchwühlte mein Zimmer nach Wertgegenständen. Briefmarkensammlung? Bücher? Fußballschuhe? Das alles würde nichts bringen, von den Sachen im Kleiderschrank zu schweigen. Vielleicht der Anzug, den ich seit der Tanzstunde nur noch einmal auf der Beerdigung meiner Großmutter getragen hatte? Krawatte, weißes Hemd, in diesen Tagen der Blue Jeans und T-Shirts war das furchtbar gewesen. Zu dem weißen Hemd hatte ich auch noch Manschettenknöpfe getragen, die mir meine Eltern zur Erstkommunion geschenkt hatten, was mich damals übrigens sehr enttäuscht hatte. Manschettenknöpfe – gab es etwas Überflüssigeres, Spießigeres, Etablierteres?

Aber Moment mal! Waren das nicht *goldene* Manschettenknöpfe? Doch, doch, das waren sie. Echtes Gold, hatte meine Mutter gesagt, und es klang so, als sagte sie: gute Butter. Goldene Manschettenknöpfe. Und sie gehörten mir. Ich war ja reich. Ich besaß Gold. Gold für das »Weiße Album«! Meine Mutter hielt die Manschettenknöpfe für mich in Verwahrung, und so schlich ich mich ins Schlafzimmer meiner Eltern, öffnete das Schmuckkästchen auf der Schminkkommode, und da, unter Ohrringen, Broschen und Ringen lag das kleine, braune Kästchen mit den beiden goldenen Schlüsseln zur Tür des »Weißen Albums«.

Der Mann im Pfandhaus blickte mit seiner Lupe kurz und desinteressiert auf den Goldstempel und gab mir 150

Mark, und eine Stunde später saß ich, das Textheft in der Hand, mit dem Kopfhörer vor meiner Stereoanlage und verschwand im »Weißen Album«. Es gehörte mir, und ich gehörte ihm. Nie wieder, sagte Domcik und drehte die Platte um, hat mich der Kauf von irgendetwas so befriedigt wie dieser.

Jetzt, sagte Annika, habe sie ein noch viel schlechteres Gewissen als vorher.

Ach was, sagte Domcik, morgen werde er sich die CD-Version kaufen, und, ehrlich gesagt, sei er gespannt, ob da etwas zu höre sein werde, was er bislang nicht gehört habe.

Aber die Schattierungen, meinte Annika, das, wovon er vorhin geredet habe, das, was den Himmel auf einer Schallplatte angeblich von einem Himmel auf einer CD unterscheide, das sei nun doch dahin.

Nein, sagte er, es sei alles da. In seinem Kopf. In seiner Erinnerung. Die funktioniere nämlich analog. Falls es jedoch eines Tages möglich sein sollte, Erinnerung zu digitalisieren, was er nicht hoffe, wäre es auch mit der Musik zu Ende.

# Rhabarberkuchen und Radziwill

Unsere Badesachen lagen im Stauraum hinter der Rückbank, auf der mein Bruder und ich erwartungsfroh hockten, während mein Vater auf die Armanduhr blickte und ungeduldig aufs Lenkrad trommelte. Dann stieg auch meine Mutter ein und setzte sich auf den Beifahrersitz. Mein Bruder und ich dachten und mein Vater sagte: »Na endlich«, drehte den Zündschlüssel, und der VW-Käfer sprang meckernd an.

»Hab nur noch schnell ein Sträußchen aus dem Garten geholt«, sagte meine Mutter und quetschte ein paar Veilchen in die V-förmige Blumenvase am Armaturenbrett.

»Jetzt wollen wir aber mal richtig Gas geben«, sagte mein Vater, als wir auf der Landstraße waren.

»Aber vorsichtig«, sagte meine Mutter.

»Hundertzehn!«, sagte mein Vater triumphierend. »Der schafft auch hundertzwanzig, aber das riskier ich erst, wenn er vorschriftsmäßig eingefahren ist.«

Hundertzehn war natürlich enorm. »Wie ’n Sputnik«, sagte mein Bruder.

Als uns ein todschickes Borgward-Cabriolet mit offenem Verdeck überholte, sagte meine Mutter: »Unverantwortlich.« Mein Vater guckte irgendwie neidisch.

Auf dem Parkplatz von Dangast protzte der Borgward chromspiegelnd und verdecklos. »Die werden sich noch wundern«, sagte mein Vater.

»Wieso?«, fragte ich.

»Wenn's regnet«, sagte mein Vater. »Im Rundfunk war von Gewittern die Rede.«

Im Augenblick schien aber noch die Sonne, und wir freuten uns aufs Wasser.

»Die Nordsee ist doch immer wieder schön«, sagte meine Mutter, doch als wir mit Picknickkorb und Wasserball den Strand erreichten, war die Nordsee weg. Statt Wasser starrten wir auf eine bleigraue, in der schwülen Hitze modrig müffelnde Schlickfläche, an deren äußerstem Ende es vage blau blinkte. Das war vermutlich die Nordsee. Kilometerweit entfernt.

»Tja«, sagte mein Vater, »Ebbe.«

»Das hätten sie ja nun auch mal im Rundfunk sagen können«, sagte meine Mutter.

Mein Bruder und ich sagten gar nichts.

»Ihr könnt ja mal 'ne schöne Schlickburg bauen«, sagte mein Vater.

»Och nö«, sagte mein Bruder.

»Oder Muscheln suchen«, sagte meine Mutter.

»Och nö«, sagte ich.

»Wollt ihr nicht wenigstens den Wasserball aufblasen?«, sagte mein Vater. Wir können ja vielleicht Fußball ...«

»Nö!«

»Ihr seid ja so was von verwöhnt«, sagte meine Mutter, und als wollte der Himmel ihre Worte betonen, zuckte im Nordwesten vor düster dräuender Wolkenwand ein erster Blitz, gefolgt von mürrischem Donner.

»Hab ich's nicht gesagt?«, sagte mein Vater. »Gleich steht hier alles unter Wasser.« Er schmunzelte. Wahrscheinlich dachte er an das offene Cabriolet. Ein zweiter Blitz riss durchs Gewölk.

»Ein Himmel wie von Radziwill«, sagte meine Mutter versonnen. Mein Bruder und ich verstanden Bahnhof. Lag Radziwill hier irgendwo in der Nähe? »Lasst uns schnell ins Kurhaus laufen«, sagte sie. »Da trinken wir gemütlich Kaffee und essen den leckeren Rhabarberkuchen.«

Mein Bruder und ich sahen uns erschrocken an und sagten wie aus einem Munde: »Bäh! Rababa!« Wie man das Zeug schrieb, wussten wir damals ja noch nicht; wir wussten nur, dass es ekelhaft schmeckte, sauer und pelzig auf Zunge und Zähnen, und wir wussten es genau, weil wir jeden Sommer aus dem Gemüsegarten eines Nachbarn mit Rhabarber, Rhabarber, Rhabarber überschüttet wurden, Rhabarber, den meine Mutter dann aufopferungsvoll zu Kompott verkochte. Sie schaufelte zwar Unmengen Zucker hinein, aber süß wurde die Pampe nie. Und ausgerechnet *das* sollte uns für die verschwundene Nordsee entschädigen?

Erste, schwere Tropfen klatschten auf den Matsch, der angeblich Nordsee sein sollte. Wir hasteten Richtung Kurhaus, vorbei am Borgward, dessen Verdeck inzwischen geschlossen war. Leider! Heute ging aber auch alles schief ... Als wir im Kurhaus ankamen, waren wir klatschnass. Das Gewitter, das aus Richtung Radziwill herangezogen war, tobte sich über Dangast aus.

»Wollt ihr jetzt Rhabarberkuchen oder nicht?«, fragte meine Mutter, als wir am Kuchentresen anstanden.

»Och nö!«

Mein Bruder und ich bekamen dann Butterkuchen, der zwar lecker war, aber irgendwie fühlten wir uns um diesen Sonntag betrogen.

Ein gutes Dutzend Jahre später waren die Türen mit psychedelischen Ornamenten bemalt und die Motorhaube mit dem Peace-Zeichen. Irgendwie war es gelungen, uns zu sechst in den Citroën 2 CV zu quetschen; die Bodenplatte schrammte fast auf dem Asphalt, aber da der Wagen es auf stramme 29 PS brachte, kamen auf jede Person zirka 4,83 PS. Bis Dangast reichte das dicke. Kurz vorm Parkplatz des Kurhauses steigen bis auf den Fahrer alle aus, um den Wagen nicht an den Dangaster Schlaglöchern zu Schrott werden zu lassen.

Im Westen ragte die Sonne, rot und rund glühend wie die Spitze eines gigantischen Joints, über Siel und Deich, und aus den geöffneten Türen und Fenstern tönte es bereits vielversprechend. Werner Klugs E-Bass röhrte dumpf, Peter Behrens' Schlagzeug rumpelte und pumpelte, und Hajo Teschners Gitarre jaulte und kreischte.

»Haben die schon angefangen?«, sagte einer von uns.

»Ich glaub, die üben noch«, sagte ich.

»Macht das bei denen denn einen Unterschied?«, sagte ein Dritter, und wir kicherten alle.

Was da weit über Watt, Strand und Wiesen rumorte, war der von der Gruppe *Silberbart* erzeugte himmlische Lärm. Das Rocktrio erfreute sich im kiffkontaminierten Bermudadreieck zwischen Wilhelmshaven, Oldenburg und Bremen eines legendären Rufs, weil es eine Musik fabrizierte, die in etwa so klang: Stampfende Hardrockpassagen wechselten mit bruitistischen Klangexzessen, hervorgerufen durch kontrollierte wie auch anarchischfreie Verstärkerrückkoppelungen, ebenso durch die Behandlung der Instrumente mit Messern, Biergläsern, Fäusten und Geigenbögen. Ein Ride-Becken ging zu Bruch, als der Drummer es auf den Boden schleuderte. Mit variablen Metren, extremen Saitenverstimmungen, wahnsinnigen Lautstärken und dekonstruktiven Zersplitterungen versuchte man die Schallmauer des Erträglichen zu durchbrechen. Es gelang.

Es gelang auch an diesem Abend. Im Saal des Kurhauses saßen, lagen, hockten oder standen in einer süßlich duftenden Rauchwolke etwa 200 Freunde des Unerträglichen und lauschten dem musikalischen Wahnsinn, den *Silberbart* in die Dangaster Sommernacht entließ. Ein Stück hieß sinnvoller- oder sinnloserweise (das war ja egal) »Brain Brain«, der Text eines anderen bestand lediglich aus den plattdeutschen Zahlen »Een Twee« und hieß wahrscheinlich auch so. Als nach gut einer Stunde beständiger Schallmauerbeschädigung »Head Tear of the Drunken Sun« – was immer das heißen und uns sagen sollte – angestimmt wurde, befiel einen meiner Freunde und mich das Bedürfnis, mal nach draußen zu gehen, um unsere Gehörgänge durchzulüften.

»Wir nehmen uns noch Rhabarberkuchen mit«, sagte mein Freund.

»Mag ich nicht«, sagte ich. »Mochte ich schon als Kind nicht.«

Mein Freund kaufte trotzdem zwei Stücke. »Wirst schon sehen«, sagte er, »beziehungsweise schmecken.«

Wir gingen über die Klinkertreppe an den Strand. Mein Freund rollte einen der schlanken Zweiblattjoints, für deren elegante Konstruktion er berühmt war. Wir rauchten und blickten den Sonnenresten nach, die im Meer versickerten.

»Ach so«, sagte ich, »verstehe.«

»Was?«, sagte mein Freund. »Etwa alles?«

Weil der Joint gut kam, verstand ich zwar annähernd alles, hatte es aber gar nicht so kosmisch gemeint, sondern nur den rätselhaften Titel der, nun ja, Musik, die vom Kurhaus her durchs Zwielicht schollerte. »Head Tear of the Drunken Sun«, sagte ich.

»Ja, klar«, sagte mein Freund, »logisch irgendwie. Und jetzt der Rhabarberkuchen.«

Er biss herzhaft in eins der Stücke, kaute, verdrückte den Kuchen mit unfassbarer Geschwindigkeit, wischte sich mit der Zunge Krümel und Rhabarbersaft, der haargenau wie Sonnentränen aussah, aus den Mundwinkeln, lächelte dann verzückt wie ein Guru beim Eintritt ins Nirwana, sagte: »Das isses, echt, Alter« und reichte mir das zweite Stück.

Ich unterdrückte meine Rhabarberidiosynkrasie und biss misstrauisch hinein. Gar nicht so übel. Ein zweiter Bissen. Wenn nicht gar lecker. Ein dritter. Köstlich! Der vierte Biss war dann schon eine Offenbarung und beim fünften war das Stück verdrückt.

»Und?«, fragte mein Freund.

Ich nickte nur in stummer Ergriffenheit und blickte zum Kurhaus zurück. Es sah jetzt fast genauso aus wie auf Radziwills berühmtem Bild »Der Strand von Dangast mit Flugboot«; aber nur fast, weil da, wo in Radziwills Himmel das Flugboot fliegt, nun ein saftiges Stück Rhabarberkuchen dem Kurhaus entgegenschwebte.

»Komm«, sagte ich zu meinem Freund, »wir gehen wieder rein und holen uns noch ein Stück.«

Und das taten wir auch, während *Silberbart* etwas spielte, was »Chub Chub Cherry« hieß, aber wie »Rhabarber Rhabarber« klang und meinen Ohren auch so schmeckte.

# Die Urkunde

»... hat also der Studienrat Peter Hinrichs auf der Klassenfahrt nach Wangerooge seine Aufsichtspflicht vernachlässigt. Am Tod der ertrunkenen Schülerin ist er zumindest mitschuldig. In Anbetracht aller Umstände dürfte eine Strafe von ...«

Als Echo eines fremden Klangs dringt das Plädoyer des Staatsanwalts an Peter Hinrichs' Ohren, wird gebrochen und überdeckt vom gleichmäßigen Rauschen der Brandung, in dem das Rufen des Kindes längst verstummt ist, doch Hinrichs geht den Strand auf und ab, den Strand auf und ab, nicht bloß in jener Nacht, in der es geschah, sondern in fast allen Nächten, die folgten, zwei Jahre lang, und wenn er sich unruhig in seinem Bett wälzte, wusste seine Frau, dass er wieder den Strand auf und ab ging und in die Brandung lauschte.

Weil der Staatsanwalt Platz genommen und sich nun sein Verteidiger erhoben hat, weiß Hinrichs, dass der Verteidiger den Antrag auf Freispruch vorträgt und klug begründet, aber auch diese Worte versteht er nicht, denn über das nie endende, vorwurfsvolle Tosen der Brandung schieben sich anschwellend Geräusche, die sich in Hinrichs verschwommen angekündigt haben, als er dem Vorsitzenden Richter zum ersten Mal ins Gesicht gesehen hat, vor zwei Stunden wohl, bei Eröffnung der Hauptverhandlung. Es sind die Geräusche, die in einer Sporthalle entstehen, wenn dort Handball gespielt wird. Das Prellen des Balles auf dem Parkett, die Schreie der Spieler, die Pfiffe des Schiedsrichters, Beifall und Anfeuerungen, Torjubel, Rufe von den Trainerbänken. Aber nein, von *ihrer* Betreuerbank waren keine Rufe gekommen, denn sie waren allein gefahren, hatten allein fahren müssen, damals …

»Herr Angeklagter«, hört er plötzlich die sanfte Stimme, diese schrecklich sanfte Stimme des Richters, weil ihn sein Anwalt angetippt hat und Hinrichs hochfährt, ertappt. »Ihnen gehört das letzte Wort. Wollen Sie noch etwas sagen?«

Hinrichs starrt den Richter an, starrt ihn wieder an wie vorhin, schüttelt wortlos den Kopf. Hat er ihn erkannt? Er muss ihn doch erkannt haben! Es ist überhaupt kein Zweifel möglich. Der Vorsitzende Richter Dr. Jansen ist dieser Dieter Jansen von damals, mit seiner weichen, nachgiebigen Stimme. »Das Weichtier« hatten sie ihn genannt, und der Name klebte an Jansen während der ganzen Schulzeit. Ob die juristischen Kollegen ihn immer noch so nennen, hinter vorgehaltener Hand? Und wenn überhaupt Zweifel möglich waren, so sind diese schlagartig verschwunden, als Hinrichs in das Glasauge des Richters hat blicken müssen, irritiert erst, weil er nicht sofort merkte, dass der Richter ihn nur mit dem anderen, lebendigen Auge fixieren kann. Das Glasauge hat Hinrichs so aus der Fassung gebracht, dass er während der Verhandlung unzusammenhängend, stotternd gesprochen hat, schließlich, um den Eindruck nicht allzu negativ werden zu lassen, seinem Anwalt zuflüsterte, er fühle sich unwohl, die Hitze, der Anwalt möge das dem Gericht mitteilen, was auch geschehen ist, indem der Anwalt darauf verwies, wie sehr den Angeklagten, diesen verantwortungsbewussten Pädagogen, das schreckliche Ereignis immer noch belaste. Und tatsächlich tönt während der ganzen Zeit im Gerichtssaal dieses monotone, antwortlose Brandungsrauschen, das nur Hinrichs hört; wie soll er erklären, dass es nicht dieses Geräusch ist, das er seit zwei Jahren kennt, als gehöre es zu ihm, dass es dies nicht ist, was ihn stumm und bleich macht, sondern das andere, das greller hochspülende Geräusch des Handballspiels in jener Turnhalle, dieses Geräusch, das vom Glasauge des Richters Dr. Jansen, der das Weichtier ist, gebündelt, verstärkt und vielfach verzerrt in den stickigen Gerichtssaal zurückgeworfen wird?

»Unangenehm«, hat der Verteidiger vor der Verhandlung gesagt, »wir haben den Richter Jansen. Ein scharfer Hund, dem man's nicht ansieht.«

Hinrichs hat mit den Schultern gezuckt; es war ihm egal. Er hat gewusst, dass er unschuldig ist, war froh, dass diese Sache nun endlich ihren Abschluss finden sollte. Doch dann, als der Richter ihn angesehen hat mit dem starren, toten linken Auge und dem lebendigen rechten, hat es Hinrichs wie ein Schlag getroffen, und die Geräusche sind wiedergekommen und neu gekommen. Dieter Jansen. Ein Jahr jünger als Hinrichs. Sie sind zur gleichen Schule gegangen. Jansen eine Klasse unter ihm. Jansen, der Schleimer. Jansen, der Streber, der den Lehrern die Taschen nachtrug und die Türen aufhielt, das Weichtier, das Prügel provozierte, weil es so butterweich nachgiebig war, das Prügel bezog, aber selber nie austeilte und dafür noch Verachtung zu spüren bekam. Und eines Tages hatten sie es ihm gegeben, ein für allemal, nach dieser unseligen Urkundengeschichte, die doch eigentlich nur ein Witz war. Niemand hatte es gewollt, nicht *so* gewollt. Aber getroffen hatte es den Richtigen, den Streber, den Primus. Verräter. So ein Auge vergisst nicht, das nagt ein Leben lang. Er hat sich aber nichts anmerken lassen, hat sich in der Kontrolle, seine Miene ist gleichbleibend gelassen geblieben, weich, doch energisch wach, die Stimme sanft, doch insistierend.

»Das Gericht zieht sich zur Beratung zurück. Die Urteilsverkündung erfolgt um ...«

»Herr Hinrichs«, hört er wie aus Nebeln seinen Verteidiger, der ihn am Arm aus dem Gerichtssaal auf den Gang zieht, »was ist denn mit Ihnen los? Die Sache steht doch ausgezeichnet für Sie.«

Hinrichs schüttelt den Kopf, wischt sich Schweiß aus den Augenwinkeln. Wie lange ist das her? Zwanzig Jahre? Schuld hatten doch alle. Oder niemand. Niemand hatte etwas dagegen gesagt, nicht einmal Jansen hatte aufgemuckt. Aber dann waren dem Weichtier die Nerven durchgegangen, dem Arschkriecher mit dem streberhaften Rechtsempfinden. Und dafür hat er seine Abreibung bekommen. Dass sie so übel ausfiel, war ein Unfall. Ohne Jansens schlechtes Gewissen, ohne seine blödsinnige Ehrlichkeit, ohne seine erbärmliche Feigheit wäre alles glatt gelaufen. Nach einem Monat wäre die Urkunde eine Urkunde von Hunderten gewesen, wäre vergilbt, verstaubt im Trophäenarchiv. Gras wäre über alles gewachsen, langsam und sanft, sanft wie die Stimme Jansens, der nun über Hinrichs zu richten hat. Ob er auf diesen Tag gewartet hat? Was für ein unglückseliges Wiedersehen.

»Der Richter ist befangen«, sagt er plötzlich so laut, dass er über seine eigene Stimme erschrickt und der Anwalt ihm einen warnenden Blick zuwirft.

»Aber ich bitte Sie, Herr Hinrichs. Das ist doch Unsinn. Wie kommen Sie darauf?«

»Auge um Auge«, murmelt Hinrichs in den wieder anschwellenden Geräuschbrei, aus dem sich die Brandung vor dem Handballspiel zurückzieht, und auf einmal ist auch das dumpfe Geräusch des fallenden Körpers wieder da, der gegen die Tischkante schlägt.

Jetzt dringt der Anwalt auf Hinrichs ein, wenn er etwas zu sagen habe, was für den Fall wichtig sei, müsse er das sofort tun. Man habe bis zur Urteilsverkündung Zeit, eine Stunde etwa, und könne im Café gegenüber in Ruhe alles besprechen.

»Ja«, hört Hinrichs sich sagen. »Vielleicht ist es gut, wenn ich darüber spreche.«

Sie bestellen Kaffee. Hinrichs auch einen doppelten Cognac und dann gleich noch einen, die er schnell hinunterstürzt, damit die Geräusche ihn in Ruhe lassen. Heftig zerdrückt er die Zigarette im Aschenbecher, zündet sich eine neue an, spürt die alte Wut wieder aufsteigen, die Genugtuung über die Bestrafung des Verräters, aber auch den Schreck über das Strafmaß, das keiner gewollt hat, und dazwischen Angst vor Jansens Rache.

»Es geht nicht um den Fall des ertrunkenen Mädchens. Oder wenn, dann nur sehr indirekt. Es geht um eine alte Geschichte. Ich muss damals etwa neunzehn gewesen sein, ein oder zwei Jahre vor dem Abitur. Und Dieter Jansen, der Richter Dr. Dieter Jansen, der sich jetzt gerade den Kopf über meine Schuld, Unschuld oder Mitschuld zerbrechen muss, der war ein Jahr jünger. Ja, Herr Rechtsanwalt. Ich und der Richter, wir kennen uns. Ob er mich wiedererkannt hat, weiß ich nicht. Anmerken lassen hat er sich jedenfalls nichts, doch es würde mich wundern, wenn er nicht wüsste, über welchen Peter Hinrichs er nun richten soll. Der Fall des ertrunkenen Mädchens, da haben Sie hoffentlich recht, liegt klar. Aber der andere Fall ...

Es ging da um eine Urkundenfälschung. Eine saudumme Sache. Aber was heißt schon Urkundenfälschung? Ein Streich war das. Schülerunsinn, ausgeführt von unbeaufsichtigten Jungen. Ein Schulstreich, über den man bei Klassentreffen noch Jahre später lachen könnte, den man immer wieder neu und immer anders erzählen könnte, wäre da nicht das blutige Ende gewesen. Eigentlich war es ein Streich, wie er heutzutage auf den Schulen nicht mehr vorkommt, leider. Denn die Schüler haben alle die Köpfe eingezogen vor Numerus clausus und mangelnden Berufsaussichten. Ich als Lehrer würde mir heute durchaus mehr

Übermut wünschen. Da waren wir doch andere Kerle. Es muss ja nicht so ausgehen, wie es damals ausging. Aber das war ein Unfall. Ich schwöre es Ihnen.

Wir hatten eine sehr erfolgreiche Handballmannschaft, in der ich mitspielte. Jansen gehörte eigentlich gar nicht dazu. Das Weichtier, entschuldigen Sie, so nannten wir ihn eben alle, war nur Reserve, höchstens. Und deshalb hätte Jansen auch gar nicht mitfahren sollen. Aber dann fiel die halbe Mannschaft wegen einer Grippe-Epidemie aus. Ja, man könnte sagen, dass der Hauptschuldige dieser Bazillus war. Sogar unser Sportlehrer Meyer-Johanns, der auch Trainer der Handballmannschaft war, lag mit Grippe flach. Ein Rückzug unserer Mannschaft von dem Turnier kam nicht infrage. Dann lieber mit der Reserve und fliegenden Fahnen untergehen.

›Das Karl-Jaspers-Gymnasium kneift nicht‹, sagte Meyer-Johanns zu mir, als er mich vom Krankenbett anrief. ›Peter, ihr seid doch erwachsen. Ihr könnt ohne mich fahren. Macht keine Dummheiten. Und kümmert euch um die Reservespieler, die den Betrieb nicht so kennen. Spielt fair. Das seid ihr der Ehre der Schule schuldig. Verlieren dürft ihr ruhig, Dabeisein ist alles. Du kümmerst dich um die Aufstellung, du bist der Kapitän.‹

Ja, ich war der Kapitän der Handball-Schulmannschaft. Das war ein Posten mit Vorteilen, denn die Handballmannschaft war das Prunkstück des Schulsports am Karl-Jaspers-Gymnasium. Und den Mädchen machte ein Kapitän natürlich besonderen Eindruck; das hatte ich schnell spitzgekriegt. Und in Konferenzen wurden von den Lehrern manchmal die Augen zugedrückt, wenn es bei einem der Mitglieder der Mannschaft in anderen Fächern gelegentlich haperte.

›Das Training‹, hieß es dann. ›Der Junge tut schließlich was für die Schule. Die Ehre. Der Junge setzt sich ein.‹

›Aber nicht in Mathematik.‹

›Aber Herr Kollege, ich bitte Sie. Eine Vier tut doch keinem weh.‹

Natürlich habe ich das so nicht gehört, aber ich weiß inzwischen aus eigener Erfahrung, dass es gelegentlich so geht. Und dann drücke auch ich mal beide Augen zu. Beide Augen, ja …

Wir fuhren also zum Turnier nach Emden. Dezimiert, ersatzgeschwächt, ohne Lehrer. Am ersten Tag standen zwei Spiele auf dem Programm, beide verloren wir knapp gegen zweitklassige Provinzteams, die sonst keine Chance gegen uns gehabt hätten. Aurich und Leer, ich weiß es noch genau.

›Aurich ist schaurig‹, sagte Nikolaus, der Linksaußen.

›Und Leer haut uns den Kasten voll‹, stöhnte unser Torwart Swikorski.

Man hatte uns Quartier in einem Seitenraum der Turnhalle gegeben, wo die Geräte standen. Wir schliefen dort auf den Turnmatten in mitgebrachten Schlafsäcken. Nikolaus und ich hatten zwei Kisten Bier organisiert, ein anderer Mitspieler hatte zwei Flaschen Whisky aus dem Keller seines Vaters geklaut und mitgenommen. Wir betranken uns fürchterlich. Irgendwie waren auch ein paar Mädchen aus dem gastgebenden Gymnasium erschienen. In allen Ecken und Nischen des Geräteraums wurde getuschelt und gekichert. Nur Jansen, daran erinnere ich mich genau, lag längst in seinem Schlafsack. Er hatte es aufgegeben, uns zu Ruhe und Ordnung zu rufen, tat, als ob er schliefe, beobachtete uns aber genau, registrierte jeden Schluck Whisky, jede Flasche Bier, jeden Griff an Busen oder zwischen Beine.

›Jansen, du altes Weichtier!‹, schrie irgendwer. ›Hier, trink mal was. Dann biste morgen auch besser in Form!‹

Aber Jansen tat, als hörte und sähe er nichts. Und am nächsten Morgen war überhaupt niemand mehr in Form. Jansen spielte sowieso schlecht, dritte Garnitur. Felmhofer, sonst der trickreichste Kreisläufer, machte Fangfehler wie ein Anfänger. Ich selbst verschoss zwei Siebenmeter. In der Halbzeitpause des ersten Spiels hingen zwei Drittel der Mannschaft in den Toiletten und kotzten Whisky und Jever-Pils. Swikorski, Torhüter wie gesagt, bekam im zweiten Spiel bei einer Abwehr aus kurzer Distanz den Ball direkt in die Magengrube. Er kotzte in den Strafraum. Im dritten und letzten Spiel war dann allen alles egal. Es ging, wie die anderen Spiele auch, verloren; mit einem unglaublich katastrophalen Ergebnis, 2 zu 32, so in der Größenordnung.

Noch bevor der Direktor der gastgebenden Schule mit der Siegerehrung begonnen hatte, packte unser Team seine Taschen und trottete zu dem Bus, der vor der Turnhalle wartete, um uns nach Hause zu bringen. Felmhofer, Nikolaus, Swikorski und ich hingen auf der letzten Bank und teilten uns die letzte halbe Flasche Whisky.

›Und jetzt?‹, lallte Felmhofer irgendwann.

›Wie, und jetzt?‹

›Na, jetzt ist der Arsch ab, wenn wir zurückkommen.‹

›Man wird doch noch mal verlieren dürfen‹, sagte ich. ›Hat uns Meyer-Johanns ausdrücklich gestattet.‹

Der Bus dröhnte vor Lachen.

›Klar‹, sagte Felmhofer, ›aber eben nicht so. Weiß doch jeder, dass wir selbst mit der Reserve den dritten Platz hätten machen müssen. Aurich, Leer, das sind doch keine Gegner.‹

Felmhofer, das dämmerte uns durch unseren Suff, hatte recht. Und wenn etwas durchsickern würde über die wilde Nacht im Geräteraum?

›Wenn wir mit leeren Händen kommen‹, gab Swikorski zu bedenken, ›weiß Meyer-Johanns sofort, dass wir Scheiß gebaut haben, und zwar nicht nur auf dem Spielfeld. Der lässt uns nie mehr auf Turniere fahren.‹

›Scheiße, ja‹, sagte jemand, wahrscheinlich sagten es sogar einige gleichzeitig.

Plötzlich bremste der Bus heftig. Nikolaus schlug mit dem Kopf gegen einen Stahlgriff am Sitz vor ihm. Die Platzwunde an seiner Stirn blutete.

›Na, wenigstens haben wir gekämpft!‹, brüllte Felmhofer und zeigte auf die blutende Stelle. ›Hier, desinfizier mal.‹

Aber die Flasche war längst leer. Wir versanken, vom Bus geschaukelt, in dumpfes Brüten. Die Whisky-Flasche kollerte im Mittelgang herum. Und vorn beim Fahrer saß Jansen, das Weichtier, und wollte sich raushalten, wollte mit allem nichts zu tun haben.

›Wir haben doch gar nicht verloren‹, rief Swikorski plötzlich durch den alkoholisierten Halbschlaf. ›Wir sagen einfach, wir sind Dritter geworden.‹

›Glaubt uns doch kein Mensch, ohne Pokal, ohne Urkunde ...‹

Und dann hatte irgendjemand die Idee. Ich schwöre, dass ich nicht weiß, von wem die Idee stammte. Sie schwirrte plötzlich durch den Bus. Wir würden eine Urkunde haben. Urkundenformulare gab es in jedem Schreibwarenladen, wir würden einfach eine kaufen, mit Schreibmaschine den Text einsetzen und als Unterschrift einen unleserlichen Kaiser Wilhelm darunter. Zaghafte Einwände wurden niedergestimmt, alle verpflichteten sich zu Verschwiegenheit. Jansen saß vorn, starrte aus dem Fenster und sagte kein Wort.

›Jansen, du Weichtier!‹, rief jemand von hinten, ›du weißt von nichts und hältst das Maul, sonst ...‹

Jansen nickte.

Am nächsten Morgen, vor der ersten Unterrichtsstunde, kauften Nikolaus und ich die Urkunde. Wer Text und Unterschrift einsetzte, ist wohl unwichtig.

Meyer-Johanns, inzwischen halbwegs wieder genesen, nahm seine siegreiche Mannschaft stolz in Empfang.

›Na bitte‹, sagte er, ›es geht doch auch ohne mich.‹

Die Urkunde wurde neben dem Lehrerzimmer in den Sport-Schaukasten gehängt, von allen Seiten gab es Glückwünsche für die gute Leistung, trotz Grippewelle und Ersatz.

Drei Tage hing die Urkunde. Dann wurde die Mannschaft zum Direktor zitiert und vor die Alternative gestellt, den zu denunzieren, der die Urkunde ausgestellt hatte – er durfte sich natürlich auch freiwillig melden! –, um von der Schule verwiesen zu werden, oder aber die ganze Mannschaft würde rausfliegen. Alle schwiegen und starrten auf Jansen. Man sah ihm nichts an. Aber wir waren uns sicher, dass er geplaudert hatte.

Unsere Eltern wurden schriftlich benachrichtigt. Urkundenfälschung, Täuschung, Lüge undsoweiterundsofort. Der Vater von Felmhofer, der Rechtsanwalt war, setzte sich mit dem Vater von Nikolaus zusammen, der Lehrer an einer anderen Schule war. Sie verfassten einen Antwortbrief, in dem sie den Spieß einfach umdrehten. Schulleitung und Meyer-Johanns wurden bezichtigt, ihre Aufsichtspflicht vernachlässigt zu haben. Es sei unerhört, die Kinder allein nach Emden fahren und dort ohne Aufsicht übernachten zu lassen. Der Schüler Nikolaus Bäckesieb habe sich sogar eine schwere Kopfverletzung zugezogen. Man erwarte, dass die Verantwortlichen zur Rechenschaft gezogen und disziplinarisch belangt würden.

Am Tag, nachdem dieser Brief in der Schule eingegangen war, trat die Mannschaft erneut beim Direktor an. Man habe, so lautete die neue Version, über alles nachgedacht und sei zu dem Ergebnis gekommen, noch ein einziges Mal Gnade vor Recht ergehen zu lassen. Von der Schule werde niemand verwiesen, aber kein Mitglied der Handballmannschaft dürfe je wieder repräsentativ für die Schule spielen.

Die bevorstehende Beförderung Meyer-Johanns' vom Studienrat zum Oberstudienrat wurde ausgesetzt. Und dann begannen ein halbes Jahr später die Meisterschaften im Schulhandball auf Bundesländer-Ebene. Die Ersatzmannschaft unserer Schule verlor die ersten Spiele ohne den Hauch einer Chance. Die für immer gesperrten Mitglieder des Teams wurden amnestiert. Man wollte uns eine Bewährungschance geben. Schließlich unterlagen wir im Endspiel nur knapp und wurden Vize-Meister. Auf der Rückfahrt spendierte Studienrat Meyer-Johanns mehrere Flaschen Sekt, mit ausdrücklicher Genehmigung der Direktion. Im Schaukasten wurde der silberne Pokal ausgestellt.«

Peter Hinrichs schweigt und trinkt den letzten Schluck Kaffee, der kalt geworden ist. Die Geräusche sind verschwunden.

Der Anwalt sieht ihn mit einem langen Blick an. »Und Jansen? Hat er gepetzt oder nicht?«

Hinrichs zuckt mit den Schultern, sieht aus dem Fenster auf das gegenüberliegende Gerichtsgebäude. »Bis heute bin ich felsenfest davon überzeugt, dass er geplaudert hat. Aber es gibt natürlich keine Beweise und ...«

»Mein lieber Herr Hinrichs«, schüttelt der Anwalt lächelnd den Kopf, steht auf und drängt zur Rückkehr, »wenn das alles ist, brauchen Sie sich keine Sorgen zu machen. Falls Jansen sich überhaupt an die Angelegenheit erinnert, hat er keinen Grund, Animositäten gegen Sie zu hegen. Er hat Ihnen ja vielleicht gar nichts getan – und Sie haben ihm auch nichts getan, sieht man mal von diesem Spitznamen ab. Die Geschichte ist doch eher lustig. Also los, wir holen uns Ihren Freispruch ab.«

Auf den Portalstufen hält Hinrichs den Anwalt am Ärmel fest.

»Die Geschichte ist noch nicht ganz zu Ende«, sagt er gepresst und blinzelt in die Sonne. »Etwa drei Wochen nachdem wir für die Schulmannschaft gesperrt worden waren, passierte Folgendes: Der Schüler Dieter Jansen wurde während eines Schulfestes von drei Unbekannten, die sich mit Karnevalsmasken getarnt hatten, in den Heizungskeller gedrängt. Dort, im Dunkeln, wurde er verprügelt. Im Verlauf dieses ungleichen Kampfes rutschte Jansen aus, vielleicht wurde er auch gestoßen, wer kann das genau sagen? Er fiel so unglücklich gegen einen Tisch, dass er sich dabei das linke Auge ausschlug. Das Geräusch dieses Sturzes klingt mir noch immer im Ohr.«

Wenn es so sei, meint der Anwalt, könne man den Richter in der Tat wegen Befangenheit ablehnen. Doch Hinrichs sagt, ihm sei, während er die Geschichte erzählt habe, klargeworden, dass Jansen ein Urteil fällen, und er, Hinrichs, es annehmen müsse.

# Der schäbige Rest

*»It was high and fine and free,*
*ah, you should have seen us.*
*And I can't forget*
*but I don't remember what.«*
Leonard Cohen

Er stand mit erhobenem Daumen im Nieselregen an der Raststättenausfahrt, nasse Haarsträhnen im unrasierten Gesicht, Lederjacke und Seesack glänzten vor Feuchtigkeit. Mein Freund L. D. und ich hatten wegen der obligatorischen Staus auf der Autobahn schon viel zu viel Zeit auf dem Weg nach Frankfurt verloren, und deshalb wunderte ich mich, als L. D. sagte: Den nehmen wir mit, abrupt bremste, die hintere Wagentür aufstieß und den triefenden Anhalter einsteigen ließ. Er war Franzose, sprach weder Deutsch noch Englisch, und unser Französisch war so schlecht, dass wir zwar sein vages Ziel, nach Süden, verstanden, ansonsten aber eine Konversation ausgeschlossen war.

Schnell breitete sich im Auto der stockig-muffige Geruch trocknenden Leders aus. Der junge Mann wühlte in seinem Seesack herum, holte eine Schachtel Camembert heraus und verzehrte den bereits tiefreifen und entsprechend riechenden Käse geräusch- und genussvoll. Als er sich dann, ohne um Erlaubnis zu bitten, auch noch eine übel stinkende Gauloise *Mais Filtre* anzündete, sah ich

L. D. kopfschüttelnd an und räusperte mich. Ich bin Raucher, während er seit einigen Monaten versucht, sich das Rauchen abzugewöhnen und deshalb in seinem Auto ein striktes Rauchverbot verhängt hat. Die herben Schwaden der Gauloise umwaberten unsere Köpfe, aber es schien ihn nicht zu stören. Jedenfalls ignorierte er meine fragenden Blicke, sagte nichts, sondern stellte nur das Radio lauter, aus dem in Form einer Oldie-Sendung Hits von vorgestern schollerten. »Wasn't Born to Follow" erst und dann irgend etwas wie «We Were Young, Restless and Bored".

Ich drehte das Radio leiser und fragte, da uns der Franzose nicht verstehen konnte, warum L. D. diesen Typ mitgenommen habe? Und überhaupt, Daumen im Wind, »Sweet Hitch Hiker« und »On the Road Again«, die ganze Anhalter-Romantik, das sei doch Schnee der Sechzigerjahre, Hippiekitsch. Ich nähme jedenfalls nie welche mit.

Ich immer, sagte L. D. trocken.

Und die dürfen dann auch die rauchfreie Zone deines Autos vollstänkern? Steck ich mir halt auch eine an.

Nein, sagte er, während nun das halluzinogene Gewaber eines alten Pink-Floyd-Stücks aus den Lautsprechern lullte, »and if I was a good man I'd understand the spaces between friends«, mach das nicht.

Und warum darf der da, ich verdrehte meine Augen zum Rücksitz, und ich, dein Freund, darf nicht?

Es ist, sagte L. D. zögernd, als müsse er sich erinnern oder etwas sortieren, es ist eine ganz alte Geschichte, Schnee der frühen Siebzigerjahre, wenn du so willst. Die Musik passt übrigens gut dazu.

Nun werd bloß nicht sentimental, sagte ich. Erzähl mal.

Also schön. Das muss im Sommer 1970 gewesen sein, ein Jahr vor meinem Abitur. Ich war gerade zwanzig geworden und sehr eng mit einem gewissen Dirk Welter befreundet, den du nicht kennen kannst. Wir haben uns irgendwann aus den Augen verloren; er ist einen anderen Weg gegangen, und ich weiß nicht, was er heute treibt. Aber das ist unwichtig. Damals verbrachten wir jede freie Minute zusammen, spielten in einer Rock-Gruppe, er Lead-Gitarre, ich Rhythmus, hatten abwechselnd oder nacheinander die gleichen Mädchen, rauchten Shit und schmissen gelegentlich Trips. Drogen waren für uns noch nicht das psychische Konfekt, zu dem sie heute heruntergekommen sind, sondern Schlüssel zu inneren Räumen und Treibsätze, mit denen wir uns aus der Enge unserer Elternhäuser katapultieren konnten; dass diese inneren Räume auch Wände hatten, gegen die unsere Köpfe schmerzhaft stießen, merkte ich erst viel später.

Seit unserem 16. Lebensjahr hatten Welters und meine Eltern erlaubt, dass wir in den Ferien auf eigene Faust loszogen. Und wir fuhren immer nach Skandinavien, Dänemark und Schweden vor allem, in den ersten Jahren per Anhalter, *trampen* hieß das damals, und später hatte Welter einen uralten VW-Bus, dessen großflächige Rostflecken er mit psychedelischen Ornamenten übermalte.

Nach Skandinavien fuhren wir übrigens aus zwei Gründen: Erstens gab es die Legende von den blonden Mädchen, für die wir angeblich so eine Art Südländer waren, temperamentvoll und heißblütig, und die nur darauf warteten, uns in den Schoß zu fallen beziehungsweise uns in ihren fallen zu lassen. Irgendwie stimmte das sogar, aber unsere einschlägigen Erfolge hatten wohl eher damit zu tun, dass wir permanent brünstig waren, wie geile Kater bei Vollmond. Und der zweite Grund war der, dass man in den Städten Dänemarks und Schwedens Straßenmusik machen konnte, ohne gleich von aufgebrachten Ladenbesitzern oder Polizisten vertrieben zu werden. Mit den Einnahmen dieser *Open-Air*-Konzerte im Kleinstformat konnten wir dann unseren Aufenthalt und das Benzin finanzieren. Und beide Gründe hingen noch insofern miteinander zusammen, als wir bei unseren Auftritten in Fußgängerzonen, in Parks und auf ruhigen Plätzen immer reichlich Zulauf von weiblichen Bewunderern hatten, was wir natürlich ausnutzten.

Aber im Sommer '70, in dem diese üble Sache passierte, stand unsere kleine Tournee zu den Schönheiten des Nordens von Anfang an unter einem Unstern. Schon auf der Hinfahrt hatten wir kurz vor der dänischen Grenze einen Unfall, den wir selbst verschuldeten, weil wir zugekifft bis obenhin im Abenddunst ein Stoppschild übersahen. Verletzt wurde niemand, Welters Bus kam mit einer Beule im Bereich des schockfarbenen Peace-Zeichens davon; aber die Reparatur an dem Opel, den wir gerammt hatten, kostete uns mehr, als wir durch Straßenmusik würden einspielen können.

Während der gesamten Reise war zudem das Wetter windig, kühl, regnerisch, und wurde schlechter, je weiter wir nach Norden kamen, worunter unsere Auftritte natürlich litten. Publikum sammelte sich kaum, und es fiel uns zunehmend schwer, »Here Comes the Sun«, »Goin' Up the Country« oder »So Long, Marianne« mit klammen Fingern zu klampfen, während uns der Regen in Kragen und Schuhe lief.

Abends hockten wir fröstelnd im Bus, machten uns Ravioli aus Dosen warm, rauchten einen Joint nach dem anderen und ödeten uns gegenseitig an. Fast überflüssig, zu sagen, dass auch unsere nächtlichen Pirschgänge durch die Bars und Diskotheken erfolglos blieben – »echt frustrierend« war der einschlägige Begriff; die blonden Mädchen waren wohl alle in Gegenden ausgewichen, in denen die Sonne schien. Als Welter mir einmal vorwarf, ich käme bei dem Wechsel vom Drei- auf den Viervierteltakt in »We Can Work It Out« dauernd aus dem Rhythmus, und ich damit konterte, dass er stets den Text von »It's All Over Now, Baby Blue« mit dem von »The Times

They're A-Changing« verwechsele, hätten wir uns fast geprügelt.

Da wir aber Liebe und Frieden halten wollten, warfen wir am nächsten Tag einen Trip, um alles zu »klären« und »auszuchecken«. Wir standen mit dem Bus am Ufer eines kleinen Fjords, über den fast ununterbrochen Sturmschauer peitschten. Der Regen prasselte aufs Busdach, strömte in Sturzbächen die Scheiben hinunter, leckte durch die Windschutzscheibe nach innen und verursachte einen Kurzschluss in der Stereoanlage. Wir hatten Pink Floyds »Atom Heart Mother« eingeschoben, um unserem mentalen Abflug die adäquate musikalische Weihe zu verleihen, als der Kassettenrecorder in dem Moment, da sich das Motorradgeräusch auf dem Stück in Sphärenklänge zu verwandeln gehabt hätte, einmal kurz sprotzte und zweimal lang krachte, und dann herrschte, abgesehen vom unendlichen Schlagzeugsolo des Regens auf dem Dach, eine hohle Stille. Wir sahen uns ebenso fassungslos wie bedeutungsschwer an, und dann orakelte ich: Das ist ein Zeichen.

Ja, auch Welter ahnte und schwante Verschwörung, wir sind von allen guten Geistern verlassen.

Und ich nickte und jammerte schlapp: Ich will nach Hause.

Und weil im Beziehungswahn, den LSD verursachen kann, noch die banalsten Bemerkungen zu Offenbarungen tiefster Wahrheit verzerrt werden, brachen wir den Trip mittels einer Doppeldosis Valium ab, schliefen den Rausch aus und machten uns am nächsten Morgen auf den Weg, um die Fähre von Göteborg nach Dänemark zu erreichen, zumal wir sowieso nur noch eine Woche Ferien hatten.

Auf der Fähre lernten wir Alice und Anne kennen. Es war unmöglich, sie nicht kennenzulernen, handelte es sich doch um genau die beiden schönen Schwedinnen, deren Gesellschaft wir in Schweden ständig gesucht, aber nie gefunden hatten. Sie waren per Anhalter auf dem Weg nach Süden, in die Sonne, Italien oder Griechenland, sie wussten es noch nicht so genau. Sie hatten auf der Fähre einige Gläser Whisky gekippt, waren ausgelassen und abenteuerlustig. Wir vier passten zusammen wie Korken und Flaschen, wie Haschisch und Wasserpfeifen. Bis Hamburg war ihr Weg auch der unsere, und im Bus war Platz genug.

Die Depression, die Welter und mich umwölkt hatte, klarte schlagartig auf, und die Sonne der freien Liebe wärmte uns die Herzen beziehungsweise Hosen. Auf Seeland war sogar das Wetter entsprechend. In Roskilde machten wir Station und begeisterten die gesamte Fußgängerzone mit unserem Repertoire. Alice, die Englisch sprach, fand alles *great* und *sweet*, während Anne, die als erste Fremdsprache Deutsch lernte und ihr beschränktes Vokabular recht unorthodox einsetzte, von »eine ssehr gude Dabiedung« schwärmte und, als wir ihrem Wunsch entsprachen, »Tonight Will Be Fine« zu bringen, hauchte, das sei »der Gipfel«.

Leider war er das noch nicht, aber unser weiterer Anstieg verlief nach Wunsch und Plan. Abends parkten wir den Bus in einem Kiefernwäldchen bei Naestved, grillten Würstchen, tranken Rotwein aus »mit der EG assoziierten nordafrikanischen Anbauländern«, und dann baute Welter den schönsten und größten Joint, den er je in seinem Leben gebaut hatte. Alice und Anne hatten noch nie gekifft, und wir fühlten uns wie Hohepriester bei einem Initiationsritual. Zwar behaupteten sie anfangs, keine Wirkung zu spüren, aber irgendwann murmelte Alice etwas von *great, that's simply great*, und Anne nuschelte, das sei nun wirklich der Gipfel. Er war es aber immer noch nicht. Wenn die beiden auch noch nie gekifft hatten, gebumst hatten sie schon öfter, und als ich hörte, wie Alice im vorderen Teil des Busses *how sweet, how great* rief, wusste ich, dass Anne mir alsbald ein Kompliment in Form ihrer Gipfelmetapher machen würde, was dann auch seufzend geschah.

Wir trieben uns dann noch einige Tage zu viert in Lolland herum, und obwohl Alice Welter liebte und er sie, obwohl ich Anne liebte und sie mich, wollten die beiden doch weiter gen Süden, und unsere Ferien waren sowieso zu Ende, und auch unser Haschischvorrat war auf einen winzigen Pickel zusammengeschmolzen. In Puttgarden betraten wir deutschen Boden, wurden am Zoll sogleich rausgewinkt und nach zollpflichtigen Waren gefragt.

Nein, wir schüttelten die Köpfe, nichts.

Drogen?

Wo denken Sie hin!

Der Inspektor telefonierte mit der Station, dann sahen wir einen weiteren Uniformierten auf den Bus zukommen, der einen Cockerspaniel an der Leine führte.

Scheiße, flüsterte Welter, lieber Joe Cocker als so 'n Cocker.

Ich nickte, fummelte den schäbigen Haschisch-Rest aus meiner Jeans und schob ihn, ohne dass jemand etwas merkte, in Annes Rucksack. Der Hund schnüffelte eine Radkappe nach der anderen ab, dann setzte sein uniformiertes Herrchen ihn in den Bus, wo er zielstrebig auf Annes Rucksack zuwedelte und ihn heftig verbellte.

L. D. machte eine Pause und sagte, jetzt hätte sogar er Lust, eine zu rauchen. Ich zündete zwei Zigaretten an und gab ihm eine.

Und weiter?, fragte ich.

Na ja, er zuckte mit den Schultern. Den Rest kannst du dir ja denken.

Wir waren inzwischen in der Nähe der letzten Raststätte vor Frankfurt angekommen. Der Franzose im Fond war eingeschlafen; ich weckte ihn, und L. D. fragte, ob er hier aussteigen wolle. Das sei ihm egal, sagte er, was wir als Zustimmung interpretierten und ihn absetzten.

Die haben also das arme Mädchen verhaftet, oder was?, hakte ich noch einmal nach, als wir wieder allein im Auto waren.

L. D. nickte. So ist es. Uns natürlich auch. Aber wir haben alles abgestritten. Das seien zwei Anhalterinnen, die wir erst am Morgen mitgenommen hätten und nicht weiter kennen würden. Alice und Anne haben ihre Unschuld beteuert und wechselweise uns und die Zöllner auf Schwedisch beschimpft. Es half ihnen nichts. Man nahm zwar unsere Personalien auf, ließ uns aber laufen und behielt die beiden Mädchen da. Als ich aus der Tür der Zollbaracke ging, hat Anne mir nachgeschrien: Das ist der Gipfel! Ja, und das war er dann wohl auch.

Und deshalb nimmst du immer noch jeden schmuddeligen Anhalter mit?, fragte ich. Schlechtes Gewissen erleichtern? So in der Art ...?

Kann schon sein, sagte L. D. und drückte die halbgerauchte Zigarette aus, kann aber auch sein ... Er sprach den Satz nicht zu Ende.

Was denn?

Ich weiß nicht genau, sagte er. Es ist schon zu lange her.

# Wasserfall und Zauberberg

In seinem »Florenzer Tagebuch« macht Rilke die doppelsinnige Bemerkung, nur der könne sich wirklich über ein Buch klar sein, »der es besitzt«. Mit diesem »Besitzen« wird vordergründig auf Goethes Sentenz des »erwirb es, um es zu besitzen« angespielt, insofern eine Lektüre, soll sie im strengen Sinn »bilden« und nicht bloß papierenes Bildungserlebnis bleiben, den Leser durchdringen muss. Das heißt, die Erfahrungswirklichkeit des Lesers hat mit den im Buch zu Schrift und Sprache verdichteten Erfahrungsmöglichkeiten und -angeboten eine kritische Konstellation einzugehen, in der das, »was der Dichter uns damit sagen wollte«, sich verflüchtigt und einem Wiedererkennen Platz macht: Das in diesem Sinn »besessene« Buch lässt sich vielleicht als Porträt seines Autors verstehen, das, je länger ein Leser dieses Bildnis ansieht, die Züge seiner Herkunft mit dem geistigen Mienenspiel desjenigen mischt, der es betrachtet, bis das Bild eines Fremden zum eigenen, wenn auch im anderen Werk vexierten Spiegelbild wird.

Der Weg zum wahren Wert aller Werke, schreibt Rilke, gehe durch die Einsamkeit; Zweisamkeit wäre hier vielleicht der präzisere Begriff, denn wer sich mit einem Buch zurückzieht, um dessen Einzigartigkeiten nachzugehen, Vertrauen zu ihm zu fassen und etwas mit ihm zusammen zu erleben – »ein Leid, einen Traum, eine Sehnsucht«, so Rilke –, befindet sich in guter Gesellschaft, macht im Umgang mit den zur Schrift geronnenen Erfahrungen Umwege auf dem Weg zu sich selbst. Wer so liest, mag einsam sein – allein ist er nie, weil solches Lesen immer intensive Zwiesprache mit dem Buch ist. Nietzsche hat deshalb davon gesprochen, dass Lektüre und schriftstellerische Produktion zu gleicher Zeit sich ausschlössen; fremde Stimmen mischten sich sonst in die eigene: Wer schreibt, muss mit Lektüre geizen.

Nun hat die Rede vom »Besitzen« der Bücher allerdings auch eine sensuelle, gewissermaßen handgreifliche Dimension, die freilich subtiler und hintergründiger ist als das rein materielle Besitzen-Wollen. Gegen entliehene Bücher behält man eine gewisse formelle Höflichkeit; sie sind Gäste auf unseren Regalen und Tischen und stehen neben den eigenen Bänden fremd und hervorgehoben – Gäste, über deren Anwesenheit man sich freut, von denen man aber weiß, dass sie uns wieder verlassen werden. Man gewinne, schreibt Rilke, kein Verhältnis zu solchen Büchern, sondern bleibe stets »per Sie« mit ihnen: »Wenn ich vollends einen Vorgesetzten hätte – das muss wie eine zu niedrige Zimmerdecke sein –, könnte ich Bücher, von ihm entlehnt, doch unmöglich anders als mit dem Hut in der Hand gebrauchen.«

Demgegenüber erzählen die gewohnten, fast könnte man sagen: bewohnten Exemplare ihre Sache mit freundschaftlicher Vertrautheit. Je öfter wir sie benutzen, je besser wir nicht nur ihre Texte kennenlernen, sondern auch ihre Textur, das Gefühl, das sie in unserer Hand, unter unseren Augen hervorrufen, desto näher rückt die Bereitschaft, *ihnen* einmal unsere Geschichten zu erzählen, während sie die Zuhörer spielen. Ein befreundetes, ein in diesem Sinn »besessenes« Buch geht gern auf solche Wechsel ein. Mit der Zeit findet sich in ihm dann das Vielfache von dem, was es schwarz auf weiß enthält; wir lesen unsere Erinnerungen mit, unser Wiedererkennen, unsere

Gespräche mit dem Gedruckten. Es ist nicht mehr in der Sprache von dem und jenem geschrieben, es ist unser eigenes Idiom – ein Idiom freilich, das wir *ohne* dieses Buch nie erlernt hätten. Dasselbe Buch jedoch in einer anderen Ausgabe gleicht einem Menschen, der uns irgendwo begegnet, dessen Stimme oder Gesicht uns bekannt vorkommt, von dem man aber nicht mehr zu erinnern weiß, ob er uns nur vom Ansehen bekannt ist oder ob nicht einmal Vertrautheit zwischen uns geherrscht hat.

Auf die wenigen Bände meiner Bibliothek, von denen ich ohne Übertreibung sagen kann, dass ich sie in diesem sympathetischen Sinn besitze, hat sich im Lauf der Zeit eine schwer beschreibbare Aura gelegt, ein nur mir sichtbarer Schein. Wenn im späten Nachmittag die Sonne plötzlich durch die Fenster meines Arbeitszimmers fällt und in langen Bahnen die Reihen der Buchrücken entlangtastet, scheint sie diesen besonderen Exemplaren ein Leuchten zu entlocken, Lichtsignale, in denen wie in unsichtbaren Schutzumschlägen die Geschichten verschlüsselt liegen, die aus dem mehr oder minder zufälligen Besitz eines Buchs sein wahres Besitzen gemacht haben. Da steht zum Beispiel in der einundzwanzigsten bis fünfunddreißigsten Auflage der Dünndruckausgabe von 1926 Thomas Manns Roman »Der Zauberberg«, gebunden in lachsrotes, flexibles Leinen, äußerlich eher unscheinbar, nicht größer noch dicker als ein durchschnittliches Taschenbuch; man muss seine handschmeichelnde Kompaktheit fühlen, spüren, wie die seidige Festigkeit des Papiers an den Fingern entlanglaufen kann, muss die unprätentiöse Ausgewogenheit des Satzbilds sehen und die zarte Genauigkeit des Drucks, muss den Abrieb an Einband und Rücken, die brandig-braunen Stockstellen in den Vorsätzen wahrnehmen, Spuren respektvollen Umgangs, die das Buch mit einer Art historischem Edelrost überzogen haben, um zu ahnen, dass dieses Exemplar nicht nur, wie es gewissermaßen seine Pflicht war, schon mehrfach die Geschichte Hans Castorps erzählte, sondern auch die Geschichte einiger seiner Leser, zu denen ich gehöre, in sich aufgenommen hat.

Mit dieser Geschichte hat es folgende Bewandtnis:

Während meines Studiums in den Siebzigerjahren lebte ich mit einigen mehr oder weniger guten Freunden in einer Wohngemeinschaft, die in zwei Fraktionen zerfiel: Die Hälfte von uns war politisch organisiert, trank Alkohol und las Marx; die andere Hälfte, der auch ich angehörte, rauchte Marihuana und las Timothy Leary, Carlos Castaneda, aber auch Hesse, Benn und, als brüchige Brücke zur anderen Fraktion, Benjamin. Gesellschaftliches Fluchtverhalten wurde uns vorgehalten, unpolitischer Hedonismus, und die Musik, die wir hörten, die Bücher, die wir lasen, galten als kulturindustriell verseuchtes Blendwerk oder, Hofmannsthal, Rilke, Thomas Mann, als letztes Zucken bürgerlicher Dekadenz.

Gleichwohl waren die ideologiekritischen Auseinandersetzungen, die wir um ästhetische Zusammenhänge führten, eher freundschaftlich – auch die Marx-Partei hörte gelegentlich ganz gern Pink Floyd, auch wir »Hedonisten« zogen das Unsere aus Marcuse. Die schweren Konflikte entzündeten sich klassischerweise an der Abwaschordnung, die wirklich tief gehenden Probleme bestanden in erotischen Eifersüchteleien. Aus welchen Gründen auch immer, die Gruppe stand jedenfalls eines Tages kurz vor der Auflösung, aber als letztem Versuch zur Einigung stimmten alle dem Vorschlag zu, gemeinsam eine Urlaubsreise zu unternehmen.

Diese Reise nach Südfrankreich wurde, wie man sich vorstellen kann, zu einem einzigen Fiasko; schon nach wenigen Tagen, in denen wir uns gegenseitig rettungslos auf die Nerven gegangen waren, lösten wir uns in Einzelpersonen und kleine Grüppchen auf, die ihrer eigenen Wege zogen. Ich schloss mich zwei Frauen an, die mit einem ziemlich hinfälligen VW zur Atlantikküste wollten. Am ersten Abend fanden wir am Ufer eines kleinen, zur Rhône fließenden Gebirgsflusses einen abgeschiedenen Platz, wo wir unsere beiden Zelte aufschlugen, um zu übernachten und dann am nächsten Tag weiterzufahren.

Die Sonne fiel lang in die Schlucht, die das Wasser sich gegraben hatte, und funkelte in ständig wechselnden Mustern auf den Strudeln und Kämmen. Die Frauen waren flussabwärts gegangen, um eine Stelle zu finden, wo sich der reißende Fluss beruhigte, um dort zu baden. Ich hatte meine Reiselektüre aus dem Gepäck geholt, eben jenes Exemplar des »Zauberbergs«, machte es mir bei den Zelten auf einem Felsvorsprung bequem, der ins Wasser ragte, auf dem man aber, von einigen Gischtspritzern abgesehen, trocken blieb, und schlug das Buch auf, das ich kurz vor der Reise in einem Antiquariat gekauft hatte, weil es mir wegen seines großen Umfangs einerseits, seiner angenehmen Handlichkeit andererseits für die Reise wie geschaffen schien. Ich war schon ziemlich am Schluss der Lektüre bei den Peeperkorn-Episoden und las nun, vom Fluss kühl und feucht angehaucht, von der sinkenden Sonne gewärmt, das Ausflugskapitel, als die Frauen zurückkamen.

Weiter unten, wo sie eine Badestelle gefunden hatten, gebe es einen Wasserfall, erzählten sie aufgeregt; das sei ein unbeschreibliches Schauspiel, vor allem die Geräusche des Wassers seien unglaublich, ich müsse mir das augenblicklich ansehen und anhören.

Ich nickte, musste lachen und sagte, ich habe all das in ebendiesem Moment vor Augen. Sei es nicht so, fragte ich, die Augen nicht vom Buch hebend, dass dort die Wassermassen mit unsinnigem Lärm, in welchem sich alle möglichen Geräuscharten und Lauthöhen zu mischen schienen, Donnern und Zischen, Gebrüll, Gejohle, Tusch, Krach, Geprassel, Gedröhn und Glockengeläut in die Tiefe stürzten, dass einem wahrhaftig davon die Sinne vergehen könnten, und dass diese Dauerkatastrophe aus Schaum und Geschmetter fast furchterregend wäre?

Ja, ja, sagten die Frauen, woher ich das überhaupt wisse? Und warum ich so spräche wie gedruckt?

Es war tatsächlich so, dass ich in dem Moment, da sie mir von ihrer Entdeckung erzählten, im Buch an die Stelle mit dem Wasserfall gekommen war – ein Zufall nur, etwas läppisch wohl, aber dann doch auch mehr als merkwürdig. Inzwischen war die Schlucht in Schatten gefallen, es wurde kühl, und wir machten uns ein Abendessen. Was für ein Buch das sei, wollten die Frauen wissen, und ich berichtete, so gut ich konnte, von Hans Castorps siebenjährigem Sanatoriumsaufenthalt, merkte dabei jedoch, dass diese Geschichte nicht raffend berichtet werden kann, sondern die gesamte Zeit ihrer Erzählung benötigt.

Am Morgen sprach niemand von der Atlantikküste. Hinter dem Wasserfall, der eher eine große Stromschnelle war, bildete der Fluss eine geschützte Bucht, in der das Wasser ruhiger stand und wärmer war. Wir badeten dort, lagen in der Sonne, dösten, sprachen wenig. Mittags hatte ich den »Zauberberg« ausgelesen, und das Buch wanderte aus meinen Händen direkt in die Hände einer der Frauen. Wir blieben. Abends fuhren wir in ein nahe gelegenes Dorf, machten Einkäufe, aßen in einem einfachen Landgasthaus. Sie fände das Buch langweilig, sagte die Frau, die zu lesen begonnen hatte, aber diese Langeweile sei ihr angenehm; sie spüre die Zeit nicht mehr so stark.

In den nächsten beiden Tagen las sie das Buch durch; wenn ich sie manchmal beobachtete, wie sie versunken auf den Steinen hockte und in einem gleichmäßig trägen

Rhythmus die Seiten umblätterte, wurde dieser Rhythmus zu einem Zeitmaß, einer Leseuhr. Als sie mit dem Roman fertig war und ihn an die andere Frau weitergab, fragte ich, was sie von dem Buch halte? Es liegt gut in der Hand, sagte sie, und ich habe nie wieder eine bessere Antwort auf solch eine Frage bekommen. Nun wurde das Buch zum dritten Mal gelesen, ohne unseren Kreis zu verlassen. Wir beide, die wir das Buch schon kannten, sahen gewissermaßen beim Lesen zu, wechselten aber wiederum über den Inhalt kein Wort. Wir mussten die Lesende nur anschauen, um zu wissen, an welcher Stelle sie sich befand.

Als wir nach sieben Tagen unsere Zelte abbrachen und weiterfuhren, hatte die Wortkargheit dieser Woche, mit der das Buch und seine Leser eingesponnen waren wie in einen Kokon, uns einander näher gebracht als all die vielen Worte, mit denen wir uns seit Jahren zu verstehen suchten.

Das ist jetzt fünfzehn Jahre her. Vor einigen Wochen hat mich eine dieser Frauen, nachdem wir uns lange nicht gesehen hatten, besucht. Wir sprachen über alte Freunde und alte Zeiten.

Als sie sich verabschiedete, fragte sie ganz unvermittelt: Hast du das Buch noch? Ich meine *unser* Buch? Als wir damals wieder nach Hause gekommen sind und sich die Wohngemeinschaft auflöste, habe ich mir den »Zauberberg« gekauft, weil ich dachte, ich müsste alles noch einmal lesen, für mich allein. Aber der ganze Zauber war weg. Erst dachte ich, es läge am Text, aber dann merkte ich, es lag am Buch, an der Ausgabe, an diesem einen Exemplar, das wir von Hand zu Hand gegeben haben. Verstehst du, was ich sagen will?

Natürlich, sagte ich, so etwas vergisst man doch nicht. Es hat uns drei sieben Tage lang besessen.

Meine alte Freundin saß längst im Zug und blätterte

vielleicht in ihrer Reiselektüre, als ich das Buch noch einmal aus dem Regal zog. Im Vorsatzpapier glaubte ich, drei ineinander verflossene Wasserflecken zu erkennen, aber es mag sein, dass ich mir das nur einbildete, weil es zu regnen begonnen hatte und Schattenrisse der Tropfen auf den Fensterscheiben das Papier sprenkelten.

# Kiss the Sky

*»Actin funny but I don't know why*
*'scuse me while I kiss the sky.«*
Jimi Hendrix

Das konnte ja ewig dauern! Nachdem er nun schon seit fast neunzehn Jahren mit zigfacher Lichtgeschwindigkeit durchs All gedüst und immer noch nicht im Rock'n'Roll-Himmel angekommen war, hatte er die Faxen dicke. Während der ersten Reisejahre hatten ihn all die Sonnensysteme und Galaxien, Pulsare und Quasare, die Schwarzen Löcher und die Weißen Zwerge noch fasziniert, aber in den weiten, öden Zwischenräumen wurde die Sache trotz kosmischer Gaswolken, Raumkrümmungen und allerlei lästiger Asteroidengürtel doch langsam langweilig. Außerirdische Raumschiffe oder andere Formen halbwegs intelligenten Lebens waren ihm bislang keine begegnet, was allerdings nicht sonderlich überraschend war, wenn er daran dachte, dass Intelligenz auch auf der Erde nur relativ schwach verbreitet war. Am meisten störte ihn jedoch das Fehlen jeglicher Musik. Zumindest hatte er mit Sphärenklängen gerechnet und insgeheim sogar auf Engelschöre gehofft, aber damit war es nicht weit her, oder vielleicht war er auch noch viel zu weit vom Ziel entfernt, um sie schon hören zu können. Da war nichts weit und breit, nichts außer kalter, trostloser Stille. Kein Ton, nirgends. Irgendein Physiker, daran erinnerte er sich, weil der Satz ihm damals gefallen hatte, irgendein Physiker also hatte mal behauptet, Gott würfele nicht. Das konnte schon stimmen, aber Gott machte offensichtlich auch keine Musik – jedenfalls hörte Jimi keine, nicht einmal den fernsten Harfenklang, von einem Gitarrenriff ganz zu schweigen, und ein Universum ohne Musik kam ihm unerträglich vor. Die Erde mochte viele Fehler haben, Überbevölkerung, Rassendiskriminierung, betrügerische Musikmanager, skrupellose Drogenhändler und auch jede Menge schlechter Musiker, aber immerhin gab es dort Musik, und ein paar *gute* Musiker gab es auch und würde es immer geben, und er war einer von ihnen gewesen und wurde vermutlich schmerzlich vermisst.

Jimis Entschluss stand fest: Er schaltete mental auf Umkehrschub und machte sich auf den Rückweg. Nach circa sieben Jahren begegnete ihm John Lennon, der eine prächtige Sternschnuppe hinter sich herzog und dringend davon abriet, auf die Erde zurückzukehren. »Stell dir vor«, rief er im Vorbeiflug, »nur Irre und Mörder!« und war schon außer Sicht. Aber Jimi ließ sich jetzt von nichts und niemandem mehr aufhalten und erreichte nach weiteren zehn Jahren die internationale und interkonfessionelle Reinkarnationsschleuse, wo er gemeinsam mit ein paar Millionen Buddhisten und Hindus sowie einer Handvoll Anthroposophen zügig abgefertigt wurde. Und dann kam auch schon die schöne, alte Welt in Sicht, der blaue Planet, umschwirrt von Weltraummüll, vernebelt von Treibhausgasen. Beim Eintritt in die Atmosphäre erzeugte Jimi eine erstklassige Lightshow, und als die noch gar nicht ganz vorbei war, landete er bereits sicher und weich in einem von Rasenflächen umgebenen Gebüsch.

Die weinrote Samthose kniff am Bauch und anderswo, und auch das Batik-T-Shirt mit dem Aufdruck *Are You Experienced?* spannte bedenklich. Immerhin war er 37 Jahre unterwegs gewesen und nach irdischer Zeitrechnung nun

65 Jahre alt; kein Wunder, dass er da ein paar Pfunde zugelegt hatte. Durch die Zweige des Gebüschs sah er Fußball spielende Kinder, Liebespaare und Rentner auf Bänken, Jogger mit Kopfhörern in den Ohren, hin und her jagende Hunde, Mütter mit Kinderwagen auf Kieswegen. Zwischen Bäumen waren Gebäude zu erkennen, und von irgendwo hörte er Verkehrsrauschen. Ein Stadtpark also. Fragte sich bloß, in welcher Stadt? Er kratzte sich am Hinterkopf und erschrak: Die Haare waren weg. Er strich sich über die Glatze, blickte nachdenklich auf seine Hände und erschrak noch mehr: Die Hände waren weiß, die Arme waren weiß, alles, was er von seinem Körper sehen konnte, war weiß, vermutlich also auch sein Gesicht. Bei der Reinkarnation musste es einen Programmierfehler gegeben haben – Jimi war jetzt weiß wie eine ungetoastete Scheibe Golden Toast. Und was war mit seiner Stimme? Versuchsweise sang er halblaut vor sich hin: *Not to die but to be reborn, away from the lands so battered and torn …* Na bitte, das klappte ja noch ganz gut. Fehlte nur noch eine Gitarre, dann würde die Welt gleich ganz anders aussehen und besonders ganz anders klingen.

Er wagte sich aus dem Gebüsch, schlenderte zu einer Parkbank, auf der ein älteres Ehepaar in der Sonne saß, und erkundigte sich, in welcher Stadt er sich befand. Das Ehepaar musterte ihn misstrauisch und gab keine Antwort. Er wiederholte die Frage. Die Frau sagte etwas in einer Sprache, die er nicht verstand. Er sprach einen jungen Mann an, der seinen Hund durch Stöckchenwerfen in Bewegung hielt. Der Mann konnte Englisch und sagte, dies hier sei Hamburg. »Hamburg, Germany?«, vergewisserte Jimi sich. »Natürlich Germany, was denn sonst?«, sagte der junge Mann und pfiff seinen Hund heran, der Jimi giftig anknurrte. Er machte, dass er schnell weiterkam. Bei der Reinkarnation war also noch ein saublöder Fehler passiert, hatte Jimi doch London als Landeplatz anvisiert. Was sollte er denn in Hamburg? Okay, die Beatles hatten hier mal für Furore gesorgt, aber das war ja nun auch schon fast ein halbes Jahrhundert her.

Hunger und Durst verspürte er nicht; vermutlich war man als Reinkarnierter von derlei profanen Alltagssorgen befreit. Aber er sehnte sich nach einer Gitarre, sehnte sich danach, unter seinen Fingern endlich wieder die Musik entstehen zu hören, die ihm das Wichtigste auf der Welt gewesen war und die er im schweigenden Universum mehr als alles andere vermisst hatte.

Mit einer U-Bahn fuhr er in die Innenstadt und fand nach einigem Umherirren eine Musikalienhandlung, die sogar einige Stratocaster-Modelle, seine Lieblingsgitarre, auf Lager hatte. Ob er sie ausprobieren dürfe? Der Verkäufer musterte Jimi skeptisch, nickte aber gnädig und wandte sich anderen Kunden zu, die sich für elektronische Orgeln interessierten, während Jimi in Windeseile die Besaitung von rechts- auf linkshändig wechselte, den Stecker in einen der Probeverstärker einstöpselte und mit einem schlichten Blues loslegte. Der Verkäufer zuckte zusammen, eilte zurück, wollte den Verstärker leiser drehen, hielt aber inne, als Jimi jetzt ein paar lässige Licks und Fills einstreute. Er grinste den Verkäufer an, und der kam aus dem Staunen über den kurios gekleideten, alten Glatzkopf nicht mehr heraus. Was der aus dieser Gitarre herausholte, war im wahrsten Wortsinn unerhört. Es klang erst wie ein startendes Flugzeug, das in wellenartigen Bewegungen immer höher stieg, schließlich die Atmosphäre verließ und dann eine Musik überirdischer Schönheit und Inbrunst erzeugte, in der die Klänge aller Galaxien und Sphären des Universums mitzuschwingen schienen – all die Klänge also, von denen Jimi wusste, dass es sie da draußen gar nicht gab, sondern nur hier auf dieser Welt, erzeugt von seinen Fingern und seiner Inspiration. Inzwischen hatten sich sämtliche Kunden und das komplette

Ladenpersonal um Jimi versammelt und lauschten ebenso hingebungsvoll wie ungläubig-fassungslos, darunter auch zwei junge Mädchen, die Jimi mit ein paar besonders saftigen Licks anflirtete. Als er nach zwanzig Minuten musikalischen Höhenrausches zu einer sanften Landung ansetzte, klatschten sie sich vor Begeisterung die Hände wund. »Unfassbar«, sagte jemand, »man könnte ja glatt meinen, dass Hendrix wiedergeboren ist.« Aber weil das auf Deutsch gesagt wurde, verstand Jimi es natürlich nicht. Die Gitarre, sagte er zum Verkäufer, wolle er kaufen, stand auf, ging zur Kasse, kramte in seiner Hosentasche und stellte fest, dass er kein Geld hatte, von einer Kreditkarte zu schweigen. Der Kosmos war kostenlos gewesen. Der Verkäufer zeigte ein schiefes, fast höhnisches Lächeln, das wohl besagen sollte: Typisch Musiker.

Vielleicht aber hatte vor 40 Jahren irgendjemand geahnt, dass Jimis letzte nur seine vorletzte Reise werden sollte, denn er war damals mit einem Ring und einem Armreifen beerdigt worden, beides kostbare Stücke. Er suchte und fand einen Juwelier, der auf Deutsch etwas von »furchtbarer Kitsch, hoher Materialwert« murmelte, aber genug zahlte, dass es für die Gitarre allemal reichte und auch noch neue Garderobe drin war. Die Hippieklamotten platzten aus allen Nähten und waren offenbar völlig aus der Mode gekommen. Im Sonderangebot bei C&A fand Jimi einen tadellos sitzenden Anzug, rot-schwarz kariert, dazu ein himmelblaues Hemd und eine sonnengelbe Krawatte. Mit der grün lackierten Stratocaster unterm Arm kam seine Farbkombination dem Regenbogen nahe.

Als er wieder auf die Straße trat, erwarteten ihn die beiden Mädchen aus der Musikalienhandlung. Sie waren ihm gefolgt. Auch wenn die beiden reichlich übergewichtig und gar nicht sein Typ waren, war Jimi entzückt: Groupies gab es also immer noch. Und wenn er es recht bedachte und ehrlich zu sich selbst war, hatte ihm im kalten Kosmos nicht nur die Musik gefehlt, sondern auch die Frauen. Die beiden kamen verlegen kichernd und spätpubertär verdruckst auf ihn zu. Ihr Englisch war zwar nur unwesentlich besser als Jimis nicht existentes Deutsch, aber mit Händen und Füßen verstand man sich ganz passabel. Die Mädchen waren auf dem Weg zu DSDS, was Jimi nicht verstand. »Deutschland sucht den Superstar.« Das verstand Jimi auch nicht. »Is 'ne, äh Casting-Show. Sing and music. Is' cool.« Das verstand Jimi. Bei einem Casting würde er vielleicht auf Leute aus dem Musik-Business treffen, die ihm eine Begleitband vermitteln würden, und dann konnte die Post wieder abgehen wie in der guten, alten Zeit. »Wir sing«, sagten die Mädchen, »und you make music dazu. Voll cool.« Was sie denn singen wollten?, erkundigte Jimi sich. »Waterloo«, sagten sie, »von ABBA.« Das kannte Jimi nicht, und als die Mädchen nun gemeinsam Laute ausstießen, die sie offenbar für Gesang hielten, kannte er es zwar immer noch nicht, erklärte den beiden aber, dass das völlig egal sei, weil er sowieso alles spielen könne. »I play anything you chicks want me to play«, sagte er grinsend, was die Mädchen zwar auch nicht recht verstanden, aber irgendwie würde die Sache schon schiefgehen. Jimi vertraute jedenfalls seinem musikalischen Einfühlungsvermögen, das schon zu seinen offiziellen Lebzeiten schwer ins Telepathische gelappt war.

Am Eingang des Gebäudes, in dem die Casting-Show stattfand, herrschte wüstes Gedränge, das von einigen muskelbepackten Ordnern nur mühsam in geordnete Bahnen zu pressen war. Wie alle anderen Bewerber auch hatten die beiden Mädchen Zulassungskarten. Jimi, der keine hatte, wurde der Einlass verwehrt: »Kein Zutritt für Begleitpersonen.« Doch mit der forschen Behauptung der Mädchen, das sei ihre Begleitband, was durch die grüne Stratocaster und den farbenfrohen Aufzug Jimis wohl irgendwie glaubwürdig schien, ließ man auch ihn passieren. Sie kamen in eine weiträumige Lounge, wo den Bewerbern von einer sehr hübschen und erfreulich proportionierten Frau Startnummern zugeteilt wurden. Die Frau gefiel Jimi viel besser als seine moppeligen Sängerinnen, aber er war ja nicht zum Flirten gekommen, sondern um einen Casting-Gig zu spielen. Erst die Arbeit und dann ...

Obwohl man Jimi sein Alter ansehen konnte, fiel er im schrillen Durcheinander der nervösen Menge nicht weiter auf. Die jüngsten Kandidaten und Kandidatinnen mochten etwa fünfzehn sein, die ältesten höchstens dreißig. Genauere Schätzungen waren wegen der geschmackfreien Kostümierungen und zentimeterdicken Make-up-Fassaden unmöglich. Die weiblichen Bewerber zeigten viel Babybauchspeck und Busengewoge, aber auch einige männliche Teilnehmer liefen halbnackt herum. Manche vollführten merkwürdige Verrenkungen, die wohl Tanzbewegungen sein sollten; manche sangen halblaut vor sich hin, was sie ganz laut vor der Jury abliefern wollten; es hörte sich an wie eine Ansammlung kranker Katzen bei Vollmond. In einer Ecke hockte ein junger Mann mit Zottelbart und übte auf einer Wandergitarre, und auch das klang nicht nach Musik. Die Fülle der Misstöne schlug Jimi erst auf den Magen und dann auf die Seele. Verkehrslärm war schöner als das, Bohrgeräusche beim Zahnarzt waren schöner, sogar die unendliche, trostlose Stille des Alls war schöner gewesen. Wenn das hier wirklich ein Casting für Musiker war, hatte er auf dieser Welt nichts mehr zu erhoffen. Er wollte sich nur noch aus dem Staub machen und konzentrierte sich bereits auf den Sublimationsmechanismus, der seine Leibhaftigkeit wieder in reinen Geist verwandeln würde – als die Startnummer der Mädchen aufgerufen wurde. Die konnte er jetzt nicht im Stich lassen, die hatten ihn spielen gehört, die glaubten an ihn.

Und so geriet Jimi dann, eingerahmt von seinen beiden Grazien, vor die Jury der Casting-Show, zwei Männer und eine Frau, die hinter einem Tisch hockten und ihnen entgegen sahen, lauernd der eine, lächelnd die Frau, gelangweilt der andere. Bei ihrem Anblick verwandelte sich das Lauern in Ungläubigkeit, das Lächeln in Fassungslosigkeit und die Langeweile in eine grinsende Grimasse. »Was«, sagte die grinsende Grimasse unter blonder Frisur, »was seid ihr denn für 'ne Zombietruppe?« »Wir sind Lu und Lo«, sagte eins der Mädchen. »Luise und Hannelore«, sagte das andere, »und wir kommen aus Lüneburg.« »Lo und Lu aus Lüneburg also«, feixte die Grimasse, »und wer ist der verwelkte Pausenclown mit der Klampfe? Euer Papagei zum Vorsagen?« »Das ist unser Gitarrist«, sagte Lo. »Na toll«, sagte die Grimasse, »wenn er so schräg spielt, wie er aussieht, und ihr so dünn singt, wie ihr dick seid, könnt ihr gleich wieder nach Lüneburg abhauen.« »Was singt ihr denn?«, fragte die Juryfrau. »Waterloo«, sagte Lo. »Von ABBA«, sagte Lu. »Na, dann mal los«, sagte der andere Jurymann. »You play«, sagte Lo und nickte Jimi zu, »we sing.« »Where's the amp?«, sagte Jimi und sah sich suchend im Raum um. »I need an amp.« Die Grimasse, die offenbar etwas Englisch verstand, lachte schallend. »Ich glaub, ich krieg die Krise. Klampfenopi braucht 'n Verstärker. Regie!«, krakeelte er. »Verstärker her!« Ein Kabelschlepper brachte einen Verstärker, Jimi stöpselte die Stratocaster ein und schrammelte die Akkorde, die ihm nach der Gesangsprobe vor C&A im Ohr geblieben waren. Sie stimmten perfekt. Was nicht stimmte, war der Gesang von Lo und Lu. Sie trafen keinen einzigen Ton, verfehlten jeden Einsatz und konnten auch den Text nicht richtig. Jimi gab sein Möglichstes, um den Auftritt zu retten, spielte die genialsten Submelodien und Soli, die er je in seinem wirklichen Leben gespielt hatte, ließ die Sphären klingen und die Engel singen, aber gegen die doppelte Urkatastrophe

Lo und Lu war einfach nicht anzukommen. Die Grimasse hielt sich vor Lachen den Bauch, die Juryfrau sah staunend auf Jimis Hände, und der andere Jurymann blickte wie erstarrt zur Studiodecke. Nachdem Lo und Lu endlich verstummten, kam auch Jimi mit einem herrlichen, tremolierenden Feedback zum Schluss.

Kurzes Schweigen. »Der Gitarrist«, sagte schließlich die Juryfrau, »hat Potenzial, aber ...« »Antiquiert«, unterbrach die Grimasse, »psychedelisch ist megaout. Ihr beiden fetten Schnepfen könnt ins Altersheim gehen und euren Zupfgeigenopa gleich mitnehmen, der braucht nämlich Pflege.« »Okay«, sagte der andere Jurymann, »das Geknödel können wir vergessen, aber dieser Gitarrist, ich meine, irgendwie war das ja fast wie Jimi Hendrix.« »Hendrix?«, krähte die Grimasse. »Hendrix ist voll für'n Arsch. Hendrix macht dir doch heute jeder Musikcomputer besser, als Hendrix es selbst gekonnt hätte. Und dieser Opa mit den beiden Teenies! Wir machen hier doch keine Missbrauchsshow. Haut bloß ab!«

Jimi hatte seinen Namen nennen gehört, den Wortwechsel aber nicht verstanden, doch als er sah, dass Lo und Lu nach ihrem Waterloo in Tränen ausbrachen, verstand er den Sinn. Und im unsteten, flackernden Grinsen der Grimasse konnte er lesen, dass es in dieser Welt mit der Musik endgültig vorbei war. Lieber noch eine Himmelfahrt durch endlose Stille als das Gequäke dieses Menschen, lieber Milliarden unbewohnbarer Welten als dieses Grinsen. Einen Rock'n'Roll-Himmel gab es vielleicht gar nicht, aber es gab eine Musikhölle, und die war hier. »'scuse me while I kiss the sky«, sagte er zu den Mädchen und dematerialisierte sich. War einfach weg. Und wurde nie wieder gesehen.

Weil die Bemerkung von der Missbrauchsshow missverstanden werden konnte, entschied die Produktionsgesellschaft von DSDS, diesen Auftritt zu schneiden. Er wurde nie im Fernsehen gezeigt. Die grüne Stratocaster blieb im Studio zurück. Die Grimasse nahm sie an sich und behauptete später, darauf mehrere Welthits komponiert zu haben. Zu dem Zeitpunkt hatte Jimi bereits wieder die Milchstraße verlassen. Seine heutige Position kennt nicht einmal Hubble.

# Die Geschichte einer Narbe

*»A scar is what happens when the word is made flesh.«*
Leonard Cohen

Kinder sind stolz auf Narben. Sie zeigen sie vor wie Orden, erworben im Kampf der Erfahrung gegen die Unschuld. Verliebten bieten Narben Gelegenheit, sich gegenseitig Geheimnisse zu enthüllen und von dem zu sprechen, was ihnen zustieß, bevor sie einander trafen. Aus Kriegen heimgebrachte Narben sind ein Kapitel für sich: Ihre Ränder reichen bis auf den Grund der Träume derer, die sie zu tragen haben. Diese Narben sind keine Orden.

Immer aber sind mit Narben Geschichten verwachsen, und sie verteidigen diese Geschichten gegen die Zeit und das Vergessen. Während wir Geschichten in Büchern lesen oder als Filme sehen, um sie zu verdauen, ihre Gestalt also in uns zu zersetzen und nur ihre Essenz zu behalten, bleiben die Geschichten unserer äußeren und inneren Narben auf eigentümliche Weise unversehrt. Man frage nur, wenn es sich einmal ergibt, den Träger einer noch so unscheinbaren Narbe nach ihrer Herkunft, und man wird in den meisten Fällen eine kurze oder auch längere Geschichte zu hören bekommen, je nach Talent und Geduld des Erzählenden. Jedenfalls ist die aufs bloße Benennen geschrumpfte Information vom Schlage »Verkehrsunfall« oder »Blinddarm« hier selten, weil das zur Narbe gewordene, gleichsam mumifizierte Ereignis in der Erinnerung nicht schmilzt, sondern schläft und nur darauf wartet, durch ein fragendes Wort zur rechten Zeit wieder geweckt zu werden.

Ich selbst habe eine Narbe auf dem Hinterkopf, und weil mein Reisepass diese als »unveränderliches Kennzeichen« amtlich gemacht hat, ist mir vor kurzem die Geschichte einer anderen Narbe erzählt worden.

Und das kam so.

Ich hatte den Nachtzug von Hamburg nach Paris genommen; er war kaum besetzt, und ich teilte das Liegewagen-Abteil mit nur einem anderen Reisenden, einem Mann meines Alters. Wir wechselten ein paar höfliche Floskeln, sprachen aber sonst kaum miteinander, sondern vergruben uns jeder in ein Buch – und es ist vielleicht bezeichnend, dass ich vergessen habe, welches Buch mein Reisebegleiter las (obwohl wir kurz über den Autor sprachen), dass ich jedoch seine Geschichte nicht vergessen habe, obwohl ich sie natürlich nicht dem Wortlaut nach werde wiedergeben können.

Bevor wir in unsere Kojen krochen, zum Frühstück würden wir am Gare du Nord sein, sammelte der Liegewagen-Schaffner die Pässe und Ausweise ein, um sie, während wir schliefen, dem Zoll zu präsentieren und sie morgens an uns zurückzugeben. Dies geschah mit der Verwechselung, dass mein Begleiter meinen, ich aber seinen Pass ausgehändigt bekam. Wir schlugen die grünen Heftchen auf, bemerkten auch sogleich den Irrtum, überflogen jedoch die dort eingedruckten Minimalinformationen über den jeweils anderen ausführlich genug, um uns einen Grad vertrauter anzulächeln, als wir die Pässe wieder wechselten.

»Narbe auf dem Hinterkopf«, sagte er und packte seine Sachen zusammen, denn wir fuhren in den Bahnhof ein. »Man sieht sie aber nicht.«

»Warten Sie ein paar Jahre«, antwortete ich, »dann hat sich meine hohe Stirn endgültig zur Glatze entwickelt.«

Er lachte. Der Zug stand. Türen flogen auf.

»Narbe auf dem Oberschenkel also«, sagte ich durchs Zischen und Kreischen eines Zuges, der auf der anderen Bahnsteigseite abfuhr.

»Da müsste ich schon kurze Hosen tragen«, nickte er, als wir fröstelnd in der grauen Morgenkühle standen, »um mit Ihrer Glatze zu konkurrieren.«

Da war nun eine Verwandtschaft zwischen uns, und als ich sagte, ich würde ein Frühstück im Bahnhofsbistro nehmen, war ich erfreut, dass er sich ohne Umstände anschloss.

Wir setzten uns in einer ruhigen Ecke an einen der kleinen Rundtische und bestellten. Als wir unsere Croissants in den dampfenden Café crème tunkten, fragte ich beiläufig, doch nicht ohne Neugier, was es denn mit seiner Narbe auf sich habe? Es war, als hielte die Hast und Nervosität des Bahnhofs, die auch vor dem Bistro nicht haltmachte, für einen Moment den Atem an, als er sagte, er wolle das gern erzählen. Zwischen den altmodischen Wandspiegeln mit ihren nutzlos-schönen Schnörkelrahmen wurde das gemeinsame Frühstück zweier Reisender selbst zu einer Art Hohlspiegel, in dem sich die Erinnerung meines Begleiters zu bündeln schien, der nun fast zärtlich die Maserungen der Marmorplatte mit dem Finger nachzeichnete, glatt geschliffene Narben des Steins, und begann.

»Das war vor einigen Jahren, in Richtung meines jetzigen Reiseziels, doch noch viel weiter südlich. Dort mündet ein kleiner Fluss ins Meer, und die Pinien und Olivenbäume stehen sehr dicht, bieten Schatten während des ganzen Tages, selbst im Mittag. Die wenigen Fremden, die außer meiner damaligen Freundin Anne und mir den Platz gefunden hatten, waren angenehm und von unserer Art.

Man war unter sich. Sogar die Gastfreundschaft der Einheimischen war noch ungespielt. Langsam fiel die Erinnerung an in Blechlawinen verkeilte Touristen, deren Teil wir gewesen waren, von uns ab. Die Tage verloren ihr Datum. Eine Stunde folgte auf die andere, und sie schienen doch nie ein Tag werden zu wollen. Wie endlos die durchsichtigen Nächte hier waren! Als ob nie der Morgen käme, und wenn er kam, schien er wieder endlos, und die Nächte versickerten in diesen hochdämmernden Morgen. Das Geschrei der Wecker, das uns sonst aus den Träumen riss, war weit hinter der Zeit. Und ist solche Abwesenheit der Zeit nicht das schönste Zeichen dafür, dass man sich im Urlaub wohlfühlt, sich erholt, Luft holt? Oder einfach am Strand zu liegen und sich Geschichten auszudenken, die vom Wind kommen, wenn er den Wolken Formen gibt, die antworten, indem sie seine Stimme zum Bild werden lassen. Oder reglos auf dem Rücken liegend sich treiben zu lassen im Meer und ins hohe Blau zu blinzeln, das fern, doch auch nah ist zum Greifen. Dann den Körper verlieren in den sanften Hebungen, Senkungen der vom Wind bewegten Wassermassen, wünschen, dass man ein Tropfen wäre, der mit allen fließt. Oder Anne einmal sagen hören, das sei wahres Schwimmen: nicht ins Wasser zu steigen, um es zu zerteilen, sondern wie Wasser im Wasser zu sein. Am Ende, also am Anfang, kämen wir doch aus dem Meer. Sie erinnere hier und jetzt in dieser stillen Bucht vieles daran, wie etwas von ihr vor Zeiten aus dem Wasser gestiegen sein müsse. Später auf heißen Steinen zu sitzen, die das Wasser von den wiedergefundenen Körpern nehmen, den Wind im Rücken zu spüren, die Sonne in ihrer Sanftheit, in der sich Brutalität verbergen kann, auf der Haut, und auf der Haut Schweiß wie Körperseide. Wie Hochzeit machen mit den Dingen, sagte Anne. Vielleicht sagte sie es auch nicht, denn es gab hier Selbstanschluss. Überhaupt waren nicht viele Worte, aber ein Strom gegenseitigen

Wissens, Verstehens floss dauernd zwischen uns. Einmal fragte ich: Wie lange sind wir jetzt hier? Im Grunde schon immer, sagte Anne oder sagte es nicht. Das weißt du doch längst.

Aber dieses Gefühl, immer schon da zu sein und immer so bleiben zu können, wurde überlagert und zersetzt von einer Störung, für die ich selbst verantwortlich war. Denn wegen einer, wie sich später herausstellte, völlig unwichtigen und nutzlosen Erbschaftsauseinandersetzung telefonierte ich alle zwei, drei Tage mit einem Anwalt in Deutschland. Und wir mussten darauf vorbereitet sein, wegen des anstehenden Prozesses möglicherweise ganz kurzfristig abzureisen. Das einzige Telefon des Ortes, der aus einer Handvoll Häuser um einen Schiffsanleger bestand, gab es im Laden, der zugleich die Taverne war. Dort saßen wir fast jeden Abend vor der Tür, blickten auf die fahl im Mondlicht schimmernde Wasserlinie, aßen einfach und gut und tranken nicht wenig, unterhielten uns mit den Einheimischen und den wenigen Fremden, verstanden uns ausgezeichnet, weit über die verschiedenen Sprachen hinaus oder tief unter ihnen. In diesen mit Erzählungen gefüllten Abenden verebbten die Tage. Nur mein regelmäßiger Griff zum Telefon, die immer gleichen Schwierigkeiten, Verbindung zu bekommen, das ebenso sinnlose wie aufgeregte Verhandeln mit dem Anwalt, der seine Sache ohne meine dauernden Interventionen vermutlich viel besser hätte machen können, dieses hektische Zurückrufen dessen, von dem ich mich eigentlich erholen wollte, kräuselte eine feine, doch umso störendere Nervosität auf, mit der ich nicht nur Anne ansteckte, sondern wohl auch die anderen Leute, mit denen wir zusammensaßen.

Wie es in der Gegend zu der Jahreszeit häufig passiert, kam eines Morgens bei großer Hitze unvermittelt Wind auf, der sich im Laufe des Tages zum Sturm steigerte, die Nacht und den folgenden Tag über ungebrochen heftig anhielt; am Strand peitschte uns der Sand wie glühende Nadelspitzen, um am folgenden Abend wieder lautlos in sich zusammenzufallen, sodass die Stille plötzlich noch tiefer wirkte. Irgendwo im Hinterland musste der Sturm Leitungsmasten geknickt haben, denn das Telefon war ausgefallen. Eine Reparatur, sagte der Ladeninhaber, könne Tage, vielleicht Wochen auf sich warten lassen. Das sei hier so.

Inzwischen war ich von den abendlichen Telefongesprächen jedoch abhängig, ja süchtig geworden; sei es, dass ihre Erfolglosigkeit meine Erwartungen auf Erfolg steigerten, sei es, dass ich mit ihnen versuchte, mich von der schönen Außerordentlichkeit jenes Urlaubs nicht vollständig überwältigen zu lassen und in diesen Telefonaten eine Art Mahnung an irgendwelche Pflichtgefühle lebendig zu halten.

Jedenfalls geriet ich in leichte Panik und war davon überzeugt, die Angelegenheit werde definitiv zu meinen Ungunsten ausgehen, wenn ich den unterbrochenen Kontakt zu dem Anwalt nicht schnellstens wieder aufnähme. Der nächste Ort mit Telefonverbindung war etwa zwanzig Kilometer entfernt; wenn man die Abkürzung durch die Berge nahm, war es nur gut die Hälfte. Der Bus fuhr erst in einer Woche, und so lieh ich mir den uralten Motorroller des Ladenbesitzers, ließ mir den kürzeren Weg erklären und fuhr kurz nach Sonnenaufgang los. Die Bitten Annes, die leidige Angelegenheit endlich auf sich beruhen zu lassen, übertönte das Geknatter des defekten Auspuffs, das Kopfschütteln des Ladenbesitzers verwehte in der Staubwolke, die ich hinter mir herzog.

Ich fuhr den ungepflasterten Weg in die zerklüfteten Berge der Küste hinauf, vorbei an Olivenhainen, zwischen denen manchmal Klippen aufsprangen, deren Weiß in der frühen Sonne wie Marmor glänzte. Schnell war der Ort außer Sicht. Mit der Hinfälligkeit des Motorrollers und den Unebenheiten des steinigen Weges kämpfend, legte sich meine Unruhe. Wie man mir erklärt hatte, nahm ich die Abzweigung landeinwärts, kam jedoch nach wenigen Kilometern an eine weitere Abzweigung, von der man mir nichts gesagt hatte, und entschloss mich ohne Zögern, die Richtung zu nehmen, in der das Dorf liegen musste, obwohl der Weg hier schwieriger wurde. Stetig steiler ansteigend, verengte er sich, von verbranntem Gras und gelbem Gesträuch überwuchert. Zweige und Dornen schlugen mir gegen die Hosenbeine, und schließlich endete der Weg in einem nur noch von Fußgängern und Eseln passierbaren Pfad. Fluchend wischte ich mir Staub und Schweiß aus dem Gesicht, drehte die Maschine mit Mühe und fuhr wieder bergab. Vielleicht fühlte ich mich jetzt zu sicher, da ich die Strecke doch bereits hochgefahren war, denn ich achtete kaum noch auf den Weg, sondern suchte mit den Augen die Abzweigung, an der ich mich verfahren hatte. Da hob mich etwas in die Luft. Der Motorroller machte einen Satz, schüttelte mich ab wie ein durchgehendes Pferd seinen Reiter, fuhr führerlos noch einige Meter aufrecht weiter, stürzte dann über die Böschung und kam neben einer verwilderten Bambushecke in einer sich lächerlich langsam senkenden Staubwolke zur Ruhe. Aus dem Tank gluckerte Benzin, doch die Explosion blieb aus. Nur Zikaden kreischten ein höhnisches Gelächter.

Auf dem Bauch liegend, spürte ich im ersten Moment gar nichts. Als ich mich hochstemmte und mit den Füßen auftrat, überfiel mich Schmerz, als wühle ein stumpfes Messer durch meinen Oberschenkel. Die Hose vom Knie bis zum Gürtel zerfetzt, Blut durchnässte den Stoff, sprang aus den Fasern, lief zögernd zur Erde, bildete auf dem knochentrockenen Grund eine Lache, die weder abfloss noch aufgesogen wurde, sondern zu erstarren schien im flimmernden Licht.

Ich riss mir die Hose herunter und starrte auf die über

zwei Finger lange Risswunde oberhalb des Knies; blankes Fleisch, aus dem das Blut nun langsamer quoll. Mit dem Gürtel band ich das Bein ab, wusch mit dem mitgenommenen Mineralwasser die Wunde aus und verband sie mit meinem T-Shirt. Mir blieb nichts übrig, als die fünf, sechs Kilometer, für die ein Gesunder ein oder zwei Stunden brauchen würde, zurückzulaufen, zu humpeln, notfalls zu kriechen.

Mit einem aus der Bambushecke herausgebrochenen Stock als Krücke, nackt bis auf Unterhose und Schuhe, das Bein grotesk verbunden, ging ich los. Und während die Sonne gnadenlos höher stieg, machte ich mit diesem Weg tiefere Bekanntschaft. Allmählich verstand ich, dass er zu Fuß genommen sein wollte, dass er sich gewehrt hatte gegen meine sinnlose Eile, die jetzt einem Trott wich, gegen den ein Esel wohl elegant gewirkt hätte. Esel sind klüger als du. Die kennen hier jeden Stein, jeden Tritt. In die Gedanken schob sich die Vorstellung einer Marionette, der ein bewegungsnotwendiger Faden gerissen war. Aber war ich nicht vorher schon Marionette gewesen, baumelnd an den Drähten dieses grenzenlos unwichtigen Telefons? Hatte mich dieser Sturz nicht von etwas befreit? Befreit von Drähten, die in ihrer Anonymität nichts bedeuteten, durch die Sprache raste, die mir aber in ihrer medialen Sprachlosigkeit nichts sagte? Dann aber hatte sie mir auch nichts zu sagen, nichts zu befehlen, konnte mich nicht halten. Noch bot das System des pflichterfüllten Schwachsinns, das mich zu Hause umgarnte und einsponn und selbst hier im Urlaub nicht losließ, Fluglöcher und Schlupfwinkel, Risse in den Versteinerungen, Spalten, durch die ein sehr weißes Licht drang. Noch konnte ich die Fäden kappen. Und selbst wenn ich stolpern und fallen würde, es gab keinen Grund mehr, auf den ich prallen könnte, keinen Stein, der hart genug war, mich zerschellen zu lassen wie den Motorroller. Der Weg kam mir entgegen. Kaum spürte ich mein Bein. Aus dem Humpeln wurde ein gelassenes Gehen, aus dem Gehen eine Art Segeln, ein Spiel im Bergwind.

Was meine Schritte betraf, kam ich natürlich nur ganz langsam vorwärts. Doch der stechende Schmerz, das Dröhnen des gestauten Blutes wandelten sich zu einem Gefühl, in Watte gepackt durch Schwerelosigkeit zu tanzen, und in diesem Gefühl steigerte sich das Tempo meiner Gedanken, die seltsame Verbindungen einspielten. Alles stand miteinander in Beziehung, nichts, was sich widersetzte in dieser ungewollten, mir schmerzhaft geschenkten Ausschweifung. Es gab keine Eile mehr und kein Ziel. In der tastenden Fortbewegung bereits das Ankommen, ein dauerndes Ankommen, und jedes Staubkorn dieses steinigen Pfades etwas, für das sich ein Kommen, Sehen und Bleiben gelohnt hätte. Aber die unfassbare Fülle, die aus jedem Ding des Wegs strömte, war zugleich eine Aufforderung, nicht anzuhalten, weiterzugehen, weil nichts wichtiger war als alles andere.

Seit meiner Abfahrt mochten in der äußeren Zeit inzwischen drei Stunden vergangen sein. Einmal fragte ich mich, zur Sonne blickend, wie spät es sei, empfand die Frage aber, bevor ich sie noch zu Ende gedacht hatte, als albern und zutiefst unwichtig. Es ist ja *jetzt*, wusste ich. Mittag. Heute ist immer Mittag. Wo sonst am Handgelenk, das mit dem Stock meinem Bein half, die Armbanduhr saß, war nur noch ein verbräunender, hellerer Streifen Haut, dessen Anblick mich mit großer Erleichterung erfüllte. Hätte ich damals eine Uhr getragen, sie hätte mich mit allen Pendeln, allen Gewichten der Zeit zur Erde gezogen, und ich wäre nie angekommen. Hier herrschte meine eigene Zeit, eine königliche Zeit, die weder mess- noch ermessbar war; sie anzuzeigen hätte es einer anfang- und endelosen, spiralförmigen Sanduhr bedurft, deren vollständig transparente, unstoffliche Wände jeden Stein, jedes Sandkorn dieses Wegs, zermahlen zu Nichtmaterie, umschlössen. Das chronische Nacheinander erlöst in Millionen Gleichzeitigkeiten, die jeder Beschreibung spotteten.

Was ich Ihnen jetzt erzähle, als hätte es sich in Folge ereignet«, unterbrach sich hier der Erzähler, »geschah auf einmal, wie ein Bild mehrere zeitliche Ebenen in die eine des dauernden Scheinens stellt. Aber das Erzählen hängt an der Zeit – das Erzählte nicht.

Der Satz, dass heute immer Mittag sei, zog Spiralen durch meinen Kopf. Jeder Eindruck, jeder neue Gedanke setzte sich an ihm ab wie Muscheln an den Pfählen alter Stege. Der Satz formte Entsprechungen zu allem Gewesenen und allem Augenblicklichen, stimmte in sich und außer sich. Denn die Schatten waren nur noch schwarze, scharfe Ränder am Fuß der Dinge und in Bereitschaft, lautlos, unversehens in ihren Bau, in ihr Geheimnis zurückzuhuschen.

Und dann das Meer. Seine unbewegte Glätte. Sein fernes Blinken über den Klippen. Unerklärlich und unerträglich das Glück. Im Stehen lehnte ich mich gegen den gastlichen Stamm eines sehr alten Olivenbaums und blickte auf den Golf. Blaue Ferne, unendlich nah. Einem auffliegenden Vogel folgen, taumelnd über die Klippen hinaussegeln, weiße Streifen im Himmel dieses abgründigen Blaus. Steigender Dunst über dem Wasser wiegt mich im Rhythmus der Olivenblätter in der Brise, irgendwo Boote, wie Federstriche fein, und weit hinten karstige Inseln, Narben im Meer, schorfig die Rinde des Baums, dessen friedvolles Alter mich aufnimmt, sodass ich mehr Erinnerungen habe, als wäre ich tausend Jahre alt. Und mühelos verstand ich die Sprache der Gräser und stummen Dinge. Hier hätte ich immer bleiben können. Und auf merkwürdige Weise bin ich auch immer hiergeblieben, ein Dauergast der Erinnerung dieses Baums.

Mit den lang gewordenen Schatten erreichte ich den Strand. Schon von Weitem sah ich Anne auf mich zukommen, und die große Leere in mir verlor sich, zog sich zusammen wie eine Wunde. Nun kam auch der Schmerz des Beines zurück. Anne wusch und verband mich neu, schnitt eine Melone auf und reichte mir die rot tropfende Scheibe. Fleisch und Geschmack der Frucht durchströmten mich, als hätte ich nie zuvor in meinem Leben Melone gegessen, überhaupt nie gegessen, wie ich ja auch nie zuvor einen Weg wirklich gegangen war. Breiig strömte die Fruchtmasse durch meinen Hals, die Speiseröhre hinab in den Magen. Ihrem Weg folgend, wusste ich nicht, ob ich die Melone oder die Melone mich aß. Brot dann und Käse. Der leichte, harzige Wein auf Zunge und Gaumen, tiefer sinkend, und von unten begann er seine Strahlung auf Kopf und Körper. Anne sagte, sie sei etwa eine halbe Stunde nach meiner Abfahrt mit der Fußspitze gegen eine Baumwurzel gestoßen, was sehr weh getan habe.

Warum erzählst du mir das?, fragte ich.

Frag mich so was nicht, sagte sie oder sagte es nicht.

Am nächsten Morgen ging ich zum Laden, um dem Besitzer vom Ende seines Motorrollers zu berichten und ihm den Schaden zu ersetzen. Können Sie sich vorstellen, was in mir vorging, als ich den Mann hinter seinem Tresen stehend fand – und zwar angeregt telefonierend? Die Verbindung war schon am gleichen Mittag wiederhergestellt worden.

Die Narbe, die ich von dieser Begebenheit zurückbehielt, hat für mich bis in ihre kleinsten Verästelungen die Gestalt des Weges angenommen, den ich damals gegangen bin.«

Reste des Café crème wie Überbleibsel geschmolzener Eisberge am Grund der dickwandigen Tassen. Der Brotkorb zwischen uns leer. Im Aschenbecher ein paar zerdrückte

Zigarettenstummel. Das Stimmengewirr, das Schaben und Trappeln unzähliger Füße, die Pfiffe ein- und ausfahrender Züge – all das drang wieder deutlicher, aufdringlicher in unsere Ecke, als mein Begleiter seine Geschichte beendet hatte.

Nun sei es wohl an mir, darüber zu berichten, wie die Narbe an meinem Hinterkopf … wollte ich beginnen, doch der Erzähler blickte auf seine Armbanduhr, verglich ihren Stand mit der Uhr des Bistros und sagte, dafür bliebe ihm keine Zeit. Sein Anschlusszug stehe schon auf dem Gleis bereit.

Wir zahlten und gingen gemeinsam in die Halle hinaus.

# Fenster

Durch die Stille des kühlen, weiß gekalkten Raums legt Sonnenlicht ein unstoffliches Gewebe, fällt auf die Fäden, die vielfarbig durch die faltigen Finger gleiten, und fast sieht es so aus, als brächten diese Finger die Fäden aus sich hervor. Das Gesicht der Großmutter neigt sich ernst über den Webstuhl, die dunklen Augen folgen dem Auf und Ab der Kettfäden, die sich mit den Schussfäden vereinigen und um den Warenbaum wickeln. Die nackten Füße treten die Pedale, die Schäfte heben und senken sich, die Kettfäden heben sich flimmernd voneinander ab, und nach jedem Durchschuss drückt die alte Frau den neuen Schussfaden mit dem Weberkamm an das bereits fertige Stück. So hat sie ihr Leben lang gewebt, so wirkt sie ihre Erinnerungen in das Tuch, den Teppich, die Decke, Erinnerungen an den Sohn, der mit seiner Frau und Enrico, dem Enkelkind, jetzt in Deutschland lebt, manchmal Geld schickt und einmal im Jahr zu Besuch nach Latium kommt, ins Dorf, zurück ins kleine Haus, zurück in die weiß gekalkte Küche, wo der Webstuhl vorm Fenster steht und der Kamm mit der Gleichmäßigkeit eines Uhrpendels den Takt vergehender Zeit schlägt. Im Fenster zeigt sich der Garten, der jetzt, Ende August, doch längst verblüht sein müsste, steinig, karg und ausgeblichen, aber er strahlt vielfarbig wie die Fäden. Und jetzt sieht Enrico, dass das Fenster der Stoff ist, an dem die Großmutter webt, ein Stoff, in dem man umhergehen kann, in dem sich spielen lässt wie damals, als es den Garten noch gab, ein lebendiger Stoff aus gelebtem Leben und unablässiger Erinnerung, aber als er das Fenster öffnen will, um hineinzugehen oder hinauszugehen, was sich ganz gleich bleibt, da geht wie ein großes, graues Tuch eine Wolke darüber, aus der Hagel platzt, gegen die Scheiben prasselt, ein metallisches Geräusch: das blecherne Hämmern des Weckers in seinem Ohr.

Bleichblau im Fenster der Morgenhimmel. Ein norddeutscher Spätsommertag. Nordhorn Ende August. Enrico schlägt sich mit kaltem Wasser die Träume aus dem Kopf, wie er es jeden Tag tut, zieht sich an, schlurft in die Küche, wo seine Eltern schon bei Milchkaffee und selbst gebackenem Brot sitzen, und der Geschmack lässt noch einmal einen letzten Traumrest aufschäumen. Er hat kaum Heimweh nach Latium, viel weniger jedenfalls als seine Eltern. Er hat andere Wünsche, die sich aber fast wie Heimweh anfühlen, Wünsche nach den Bildern und Stoffen, die durch seine Träume wandern; dass sie beständig werden, dass er sie festhalten, dass er sie, besser noch, erschaffen könnte, und er wüsste auch, wie, zumindest ahnt er schon, wie er das könnte. Aber jetzt bleibt keine Zeit für seine Bilder, jetzt verlässt er mit seinem Vater die Werkswohnung, die man ihnen zur Verfügung gestellt hat, als die Familie vor drei Jahren hier ankam. Jetzt gehen sie auf den Povelturm zu, den ehemaligen Staubturm der Spinnerei, der jetzt als Wasser- und Treppenturm dient, aber wie eine mittelalterliche Burg aussieht, und sein Vater verschwindet darin, um in die Spinnerei zu gehen, wo er als Feger arbeitet, um tagein, tagaus den Baumwollstaub aus der Spinnerei zu kehren. Und jetzt wartet die Stechuhr der Weberei auf Enrico, jetzt kommen die immergleichen Stoffe, die in endlosen Bahnen aus den Webmaschinen laufen, Tag für Tag.

Enrico grüßt die Kollegen, die anderen Lehrlinge der Weberei, die Facharbeiter, doch als er die Halle betreten und sich auf die Suche nach dem Maschineneinrichter machen will, dem er seit zwei Wochen zur Hand gehen muss, weil das zu seiner Ausbildung gehört, kommt einer der Lehrlinge auf ihn zu und schreit ihm durchs Rattern und Toben des Maschinenlärms ins Ohr, dass er sofort zum Chef kommen soll, zum Saalmeister der Weberei. Hat er etwas angestellt? Etwas falsch gemacht? Hat einer der Gesellen sich über ihn beklagt? Ist er wieder einmal zu spät gekommen?

Im Büro des Meisters steht eine Menschengruppe zusammen, und als Enrico zur Tür hereinkommt, richten sich alle Augen auf ihn, als habe man ihn erwartet. Der Meister im grauen Kittel begrüßt ihn mit Handschlag, was er sonst nie tut.

Ah, Enrico, du bist unsere Rettung.

Ich verstehe nicht …

Du bist sogar der Einzige, der hier etwas versteht, sagt nun der Herr Prokurist, der sich sonst nie aus den Büroetagen in die Niederungen der Produktion verirrt, und zeigt auf die vier anderen Herren, die ihm zulächeln. Bevor sie noch ein einziges Wort gesagt haben, weiß Enrico bereits, dass es Landsleute sind, Italiener, und so ist es auch. Es sind Vertreter einer Textilfabrik aus Bologna, die sich hier in Nordhorn über die modernen Produktionsverfahren der Firma *Povel* und insbesondere über die Architektur der Webereihalle informieren wollen.

Nun stehen wir hier, sagt der Prokurist, und warten auf Frau Boari, die Dolmetscherin, und eben erreicht uns ein Anruf, dass sie eine Autopanne gehabt hat und erst später eintreffen wird.

Und da bist du mir eingefallen, sagt der Meister und blickt triumphierend in die Runde, als habe er soeben eine revolutionäre neue Webtechnik erfunden. Du wirst heute Vormittag unser Dolmetscher sein. Am besten, du stellst dich den Herren erst einmal vor.

Vorstellen? Dass ich Enrico Pasquale bin? Achtzehn Jahre alt? Dass ich vor fünf Jahren mit meinen Eltern aus Latium nach Deutschland gekommen bin, weil es dort keine Arbeit gab? Dass mein Vater als Hilfsarbeiter im Staubturm arbeitet? Und dass ich hier eine Lehre mache?

Ja, ja, sagt der Prokurist, genau. Sag den Herren aber auch, dass wir von der Firma *Povel* sehr stolz darauf sind, auch unseren ausländischen Mitarbeitern solide Ausbildungen angedeihen zu lassen. Demnächst kommen ja noch eine ganze Menge Türken. Die werden aber wohl eher als, nun ja, Hilfskräfte eingesetzt. Also, das lass mal lieber weg. Aber erkläre deinen Landsleuten, dass aufgrund der Tatsache, dass immer mehr Vorgänge von den hochmodernen Webautomaten und Wirkmaschinen übernommen werden, der Weber und Wirker mehr und mehr zu einem Kontrolleur der Maschine wird und dass ...

Also, ich weiß nicht, ob ich das übersetzen kann.

Aber du bist doch Italiener.

Ja, schon ...

Na also. Weiter im Text. Kontrolltätigkeiten setzen einen hohen Stand an theoretischem Wissen voraus, Bindungslehre, Fachrechnen, Maschinenkunde, und natürlich Maschinenbeherrschung. Das ist ja überhaupt das A und O. Hier gelten dann für einen guten Facharbeiter dieselben Aufstiegschancen wie beim Spinner, und nach einer Lehrzeit von zwei Jahren ist man ausgebildeter Weber, nach drei Jahren sogar Kettenwirker. Also los, sag das jetzt mal schnell auf Italienisch, und dann machen wir einen Rundgang durch die Halle.

Ich weiß nicht, ob ich das alles richtig verstanden habe, ich kenne manche Wörter gar nicht.

Wieso nicht?, sagt der Meister streng. Das ist doch deine Lehre, Kettenwirker. Oder etwa nicht?

Doch, natürlich. Enrico wird rot, denkt daran, dass er lieber, viel lieber etwas ganz anderes machen würde, als sein Leben als Kettenwirker in dieser furchtbaren Halle zu verbringen, denkt daran, dass er Bilder im Kopf hat, Muster und Linien, die komplizierter, zugleich aber auch viel einfacher sind als die starren, synthetischen Muster der Stoffe und Tuche aus den Maschinen.

Also, dann mal los, sagt der Meister, und Enrico versucht, seinen Landsleuten so genau wie möglich wiederzugeben, was der Prokurist eben vorgetragen hat. Da die Herren aus Bologna immer noch freundlich lächeln und sogar verständig nicken, scheint Enricos Übersetzung leidlich zu funktionieren.

Na bitte. Der Meister klopft Enrico auf die Schulter und sagt, was er immer sagt, wenn er zufrieden ist: Es geht doch, wenn man nur will.

Enrico verzieht dabei ganz leicht das Gesicht und denkt, dass das, was er wirklich will, nicht geht. Hier jedenfalls nicht. Jetzt jedenfalls nicht. Vielleicht nie. Vielleicht nirgends.

Und jetzt, meine Herren, der Prokurist macht eine undefinierbare ausladende Handbewegung. Signori heißt das doch, nicht wahr? Und jetzt also die Halle, unser Prunkstück. Weißt du denn auch, was Prunkstück auf Italienisch heißt, Enrico? Na, ist ja egal. Nie erlahmend geht die Entwicklung weiter, allen Stürmen der Zeit zum Trotz! So steht's in unseren Betriebsmitteilungen, und so sieht's aus. Jawohl.

Die Herren aus Bologna sind sichtlich beeindruckt und sehen sich staunend in dem riesigen, von weißem Licht wie das Innere eines Kühlschranks beleuchteten Gewölbe um, auf dessen braun-grauem Fußboden aus Betonplatten in endlos langen Reihen die automatischen Webstühle stehen, akkurat ausgerichtet wie die exakten Muster der Stoffe, die sie hervorbringen. Es sind nur wenige Menschen in der Halle, der Maschineneinrichter und ein paar Weber, die schweigend zwischen den Maschinen umhergehen, ihren Gleichlauf kontrollieren und gelegentlich mit routinierten Griffen die Garnführungen überprüfen.

Wie die Herren aus Bologna ja wüssten, beginnt nun der Meister, und er spricht laut, um gegen den Lärm der Maschinen anzukommen, aber auch langsam, mit angemessenen Pausen, damit Enrico das Gesagte übersetzen kann, wie die Herren also wüssten, ließe sich Baumwolle am besten bei einer konstanten Temperatur von etwa 20 Grad Celsius verarbeiten; damit der Faden nicht rau werde und an Elastizität verliere, sollte die Luft in den Arbeitshallen nicht allzu trocken sein. Deshalb habe man sich zur Installation der Klimaanlage entschlossen. Wie Feuchtigkeit und Temperatur sei auch die Beleuchtung so einzurichten, dass sich die Baumwolle unabhängig von Jahres- oder Tageszeiten und Wetterlagen in gleichmäßiger Qualität verarbeiten lasse. Deshalb also die in den USA entwickelten Leuchtstofflampen, der Meister deutet an die niedrige Decke des Gewölbes, von der es kalt und grell herabflutet, die für ideale Lichtverhältnisse sorgten.

Ideale Lichtverhältnisse, fragt sich Enrico im Stillen, was ist das? Für ihn ist es das Licht des Tages, der Sonne, die auf die Stoffe einwirkt, das Licht, das sie erst lebendig macht, das aus diesen leblosen Materialien etwas hervorlockt, was keine Maschine, kein Stoffdesigner je könnte. Enrico weiß es genau, weil er nach Feierabend …

Hörst du mir überhaupt zu, Enrico? Der Meister sieht ihn streng an. Das muss schon alles seine Richtigkeit haben und …

Lassen Sie nur, unterbricht ihn der Prokurist, da kommt ja endlich Frau Boari. Und tatsächlich hastet jetzt auf Stöckelschuhen, im eleganten, sehr eng anliegenden Kostüm und ersichtlich wasserstoffblond gefärbt, eine üppige Dame auf die Gruppe zu. Die Herren aus Bologna nehmen die Erscheinung mit unverhohlenem Entzücken zur Kenntnis: Wenn in dieser Halle wirklich etwas Eindruck auf sie macht, dann diese Dolmetscherin, die sich in einem zweisprachigen, atemlosen Monolog für ihr Zuspätkommen entschuldigt und sogleich die Ausführungen des Prokuristen hinsichtlich der Hallenkonstruktion aufs Flüssigste ins Italienische transportiert.

Diese herrliche Stätte, dieser Bau, der als Symbol des unablässigen Strebens der Firma *Povel* nach Vollkommenheit gelten könne, sei von der Firma *Dywidag* vor 14 Jahren, 1950 also, in nur zehn Monaten errichtet worden, und zwar aus Spannbeton, der mit seiner geringen Wandstärke, nebenbei bemerkt auch bei erfreulich geringen Unterhaltskosten, hervorragend gegen Wärmeschwankungen und Feuchtigkeit isoliere. Die Klimaanlagen hätten übrigens in den Rinnen der Schalenträger untergebracht werden können. Die Schalenbauweise mit dem Vorteil einer kaum unterbrochenen Arbeitsfläche, die Binnenform, die ja geradezu künstlerisch geschwungen sei und das Kunstlicht bestens reflektiere und bei der keine Tragwerkteile Schatten zu werfen drohen.

Enrico begreift nicht, wieso Schatten drohen können; sie sind es doch erst, die Bilder hervortreten, plastisch werden lassen, weshalb es auch so schwer ist, Schatten richtig zu setzen, richtig aufs Papier zu bekommen, von den Stoffschnipseln zu schweigen, die er benutzt, wenn er …

Ach ja, Enrico, bemerkt der Meister, du bist ja immer noch hier. Wir brauchen dich nicht mehr. Danke für deine Hilfe. Geh wieder an die Arbeit.

Enrico wendet sich langsam ab und hört im Weggehen, wie der Prokurist sagt, dass die Belegschaft von der Aussicht nicht begeistert war, den ganzen Tag bei Kunstlicht arbeiten zu müssen; man habe sogar verlangt, an den Stirnwänden Fensterbänder anzubringen, das müsse man sich einmal vorstellen, da fasse man sich doch an den Kopf! Ob denn die Herren in Italien auch diese leidigen

Probleme mit den Betriebsräten und den Gewerkschaften …

Den Rest des Satzes verschluckt das beständige Rumoren der Maschinen, die schwere Schatten auf die Bodenplatten werfen. Enrico blinzelt zur gewölbten Decke über sich. Licht. Kalt und weiß und künstlich. Damals, im Dorf in Latium, hat er zum ersten Mal gesehen, wie Licht und Schatten ein Gewölbe zum Leben erwecken können. Die kleine Kirche auf dem Dorfplatz, der Brunnen in seiner Mitte; im weißen Staub des Vormittags spielt er dort mit den anderen Jungen Fußball. Sie warten auf den Pfarrer, der sie zu Messdienern machen soll, und als Messdiener muss man die Kirche kennen, die Sakristei, den gewundenen Aufgang zum Turm, die hölzerne Plattform, von der aus die Glocke geläutet wird, und der Pfarrer führt sie durch jeden Winkel. Vor dem Altar geht es über ein paar Stufen zur Krypta hinunter, wo unter einer Steinplatte angeblich ein echter Bischof begraben sein soll, und in dem goldenen Schrein, auf dem immer ein Wachslicht im roten Plastikschälchen brennt, liegen zwei Splitter des Kreuzes von Golgatha. Gesehen hat sie noch niemand, wahrscheinlich nicht einmal der Pfarrer, aber man weiß, dass es sie gibt, und das genügt. Der Pfarrer ist noch ein junger Mann, der merkwürdig zweideutig lächelt, als er über die Reliquie spricht. Er sei zu modern, sagen die Alten, und er interessiere sich mehr für Kunst und Geschichte als für das Seelenheil seiner Gemeinde. Und dann öffnet der Pfarrer die niedrige, klobige Tür, die von der Krypta abzweigt, und geht den Jungen voran, noch tiefer, über ausgetretene Sandsteinstufen in ein Gewölbe hinab, in dem graues Zwielicht hängt, dessen Ursprung nicht auszumachen ist. Auch dies, sagt er, sei einmal eine Art Kirche gewesen, keine christliche Kirche, sondern eine Kultstätte des Mithras, aber auf den alten, heidnischen Fundamenten und Gewölben sei später die Kirche gebaut worden – und stünde immer noch. Wieder lächelt er zweideutig, dreht an einer verrosteten Eisenstange, an der Stirnseite des Gewölbes öffnet sich eine Luke, Tageslicht platzt in langer, gleißender Bahn durchs Gedämmer, bricht sich an den Wänden und zeigt, als sei ein Vorhang beiseite gerissen worden, die Bemalungen, Ornamente aus geometrischen und organischen Formen, Mäander aus Weinlaub, Friese, klar gegliederte, abstrakte Formen, die nichts abbilden, nichts zeigen als sich selbst, und das Wechselspiel des einströmenden Lichts mit den gerundeten Schattenrissen scheint den Bildern Leben einzuhauchen, die Wände bewegen sich, als atmeten sie ein und aus. Fresken, sagt der Pfarrer, erstes Jahrhundert, und dreht die Luke wieder zu. Alle Jungen sind beeindruckt, natürlich, aber für Enrico ist es wie das Erwachen aus einem Schlaf. Der Anblick, der Eindruck, brennt sich ihm ein, und man sieht ihn bald immer öfter mit einem Stock Muster in den Sand zeichnen, mit einem Nagel Linien und Ornamente in den bröckelnden Putz von Mauern ritzen; wenn ihm ein Stift und ein Fetzen Papier in die Finger kommt, ein Zeitungsrand, ein Briefumschlag, dann kritzelt und strichelt er, strichelt und kritzelt, und eines Tages sagt der Pfarrer, der ihm über die Schulter geschaut hat, er habe »Talent«, schenkt ihm einen Zeichenblock und Bleistifte und erlaubt ihm, die Fresken im Mithräum abzuzeichnen, die Ornamente und Mäander, die Friese, die Formen, die sich selbst genügen, den Strom des Lichts und die breiten, unglaublich vielfältig abgestuften Schatten, die das Gewölbe wirft, aber als er die Augen öffnet, sind da nur die wasserkalten Leuchtstofflampen an der Spannbetondecke, und aus den Webmaschinen rollen dröhnend die immergleichen Linien, Trevira 70/30, Dessin 71632/1 (100 % Mako-Baumwolle), hier, blau-grau gestreift, Trevira WA 70/30 (Titermischung) dort, blau-grau-grün kariert, und der Maschineneinrichter brüllt von irgendwo durch die Halle: Scheiße, Enrico! Wo bleibst du denn bloß?

Zur Mittagspause trifft er sich mit den anderen Lehrlingen im Sozialraum, wo sie ihr mitgebrachtes Mittagessen verzehren, belegte Brote, Milchkaffee, der in den Blechflaschen längst kalt geworden ist. Am Tisch hat sich herumgesprochen, dass Enrico heute als Aushilfsdolmetscher eine ungewöhnliche Rolle gespielt hat; im Grunde beneidet man ihn, lässt sich aber nichts anmerken.

Habt ihr schon gelesen? Hier, Hubert aus der Spinnerei schwenkt eine hektografierte Mitteilung der Betriebsleitung, die Türken kommen. Die können sogar lesen und schreiben.

Glaub ich nicht, kaut Werner, der zurzeit in der Veredelung lernt.

Doch, steht hier ausdrücklich. *Die meisten Türken können sowohl lesen als auch schreiben*, liest Hubert mühsam vom Blatt. *Von der Religion her ist zu bemerken, dass die Türken Mohammedaner sind. Sie haben andere Feiertage und beten an den Werktagen fünfmal.*

Und wann arbeiten die?

*Trotz seiner Armut kann der Türke als solcher als gastfreundlich und freigebig bezeichnet werden. Wir bitten unsere deutschen Mitarbeiter, aufgeschlossen und kollegial mit den Gastarbeitern umzugehen, was jedoch dadurch erschwert wird, dass der Türke die deutsche Sprache noch nicht beherrscht.*

Da kann Enrico denen ja dolmetschen, meint Werner, und alle lachen. Auch Enrico.

*Da die Türken in der Regel mit ihren Landsleuten arbeiten werden, wird es verständlich sein, wenn sie – aus Heimweh – türkische Lieder singen.*

Singst du auch aus Heimweh, Enrico? O sole mio und so'n Zeugs?

Nee, ich sing *Die Caprifischer* von Rudi Schuricke.

Als die Lehrlinge sich später in der Berufsschulklasse wiedertreffen, steht dort in Textilkunde das Thema »Vom Entwurf zur modischen Kollektion« auf dem Programm. Während der Lehrer darüber doziert, wie die von den Dessinateuren angefertigten Schärbriefe und Patronen in den technischen Abteilungen überprüft und kopiert werden, wie dann Webschablonen angefertigt werden, indem auf einer Stoffbahn fünf bis sechs verschiedene Farben nebeneinander abgewebt werden, strichelt Enrico in seinem Heft Linien und Schraffuren, die wie sehr feines, unregelmäßiges Gewebe aussehen und sich zu Bildern verdichten, die auf den kalkigen Wänden des Papiers hängen. Vielleicht sind es auch Fenster, die staubblinden Fenster des kleinen Schulhauses im Dorf; durch das fleckige Glas dringt die Sonne in zitternden, verwischenden Bahnen und Streifen, glänzt auf dem Schwarz der Schiefertafel und lässt dort die Strukturen der Kreide, die Ziffern, Zahlen, Gleichungen darstellen, zu labyrinthischen Linien werden, zu Wegen, zu Fluchtwegen. Aber er weiß, dass es keine Flucht gibt. Als der Pfarrer mit seinem Vater gesprochen und ihm erklärt hat, Enrico sei künstlerisch begabt und solle nach der Schule auf die Akademie gehen, hat sein Vater den Pfarrer nur ausgelacht. Enrico hört dies Lachen – es dringt durch den Holzfußboden hinauf in seine Kammer, ein Lachen, das zwischen Ungläubigkeit und Verachtung schwankt, und schließlich macht sein Vater dem Vermittlungsversuch des Pfarrers ein Ende, indem er ihm sagt, dass die Familie nach Deutschland gehen werde, weil es in Latium keine Arbeit mehr gibt. Vielfach begegne man der irrigen Ansicht, diese Reisen dienten dazu, möglichst viele Muster zu sammeln, um sie dann für die eigene Kollektion zu kopieren, sagt unterdessen lachend der Lehrer. Aber auf diese Weise könne man natürlich nie zu einer modischen Kollektion kommen; nein, diese Reisen hätten den Zweck, neue Farbeindrücke zu sammeln, denn die

Farbe sei das tragende Element jeder Kollektion. Ja, Enrico wird, wenn die Schule vorbei ist, auf seine kleine Reise gehen, hinunter ans Flüsschen, und dort wird er neue Farbeindrücke sammeln. Denn es ist doch wohl klar, so der Lehrer, dass ein Dessinateur, der nie aus seinem engen Kreis herauskäme, den Anschluss an das modische Gesamtschaffen verlieren und ideenmäßig vollkommen ausbrennen müsse. Ausbrennen, echot es in Enrico, wie das Tageslicht die Stoffe ausbrennt, aber dieses Ausbrennen ist ein Lebendigmachen, und indem er die Rahmen der Fenster noch dunkler schraffiert, wirkt das Weiß der Wände noch heller, blendend hell. Der industrielle Dessinateur, und damit kämen sie heute auch schon wieder zum Schluss, trage drei Verantwortungen, nämlich erstens die Verantwortung vor sich selbst, zweitens die Verantwortung für die Produkte des Unternehmens und drittens die Verantwortung vor der Öffentlichkeit. Es sei für den Dessinateur wichtig, zu erkennen, was das Publikum nötig habe, und nicht das, was es haben möchte. Der Dessinateur solle stets davon ausgehen, dass das Publikum einen guten Geschmack habe, vorausgesetzt natürlich, dass ihm gute Muster unterbreitet würden und nicht so ein Gekritzel, wie du es da in deinem Heft machst, sagt der Lehrer, der Enrico über die Schulter geschaut hat, ohne dass er es bemerkt hätte. Die Klasse lacht. Enrico lacht mit. Was bleibt ihm übrig?

Wenn der Fluss in sanften Schwüngen das Städtchen verlässt und zwischen grasigen Ufern seine trägen Wasser dahinschiebt, über deren Spiegel sich Bäume beugen, als werfe der bewegte Schimmer etwas anderes zurück als das, was sich ihm zeigt, gibt es irgendwo einen halb verfallenen Heuschober, der schon seit Jahren nicht mehr benutzt worden ist. Durch das eingebrochene Ziegeldach sieht man ins ungeheuer Blaue, die Pfosten stehen windschief und morsch, die Türen sind aus den Angeln gebrochen. Aus ein paar derben Holzplanken, die er gefunden hat, besteht Enricos Arbeitstisch. Er legt den Stapel mit Musterkatalogen aus dem vergangenen Jahr, die niemand mehr gebrauchen kann, weil nichts so alt ist wie die Mode von gestern, und die er sich im Verkaufsraum des Werks ausgebeten hat, auf den Planken ab. Es sind Mappen, in denen sich Pappfolder befinden; auf den Umschlägen Schwarz-Weiß-Fotos junger Frauen, die Garderobe vorführen: zwei Blondinen, die mit angezogenem linkem Bein vor einem Fischerboot stehen, jeweils in einen Apfel beißen und das anhaben, was der Katalog als klassische Hemdbluse zum kessen, modischen Minirock bezeichnet. Vestan mit 50 % Mako-Baumwolle. Eine Schwarzhaarige vor den Türmen einer Moschee: Das Dessin für diese Freizeitkombination wurde nach indischen Folklore-Mustern entworfen. Eine Brünette mit Kopftuch in einer basarartigen Gasse: Der Burnus stand Pate für dieses großzügige Kittelkleid. 100 % Mako-Baumwolle. Die freundliche Frau aus dem Verkaufsraum denkt natürlich, dass es Enrico um diese Fotos geht, was ihm peinlich ist; noch peinlicher aber wäre es ihm, wenn sie wüsste, worum es ihm wirklich geht, denn das könnte er sich nicht einmal selbst erklären. Er versucht es auch gar nicht, er tut es einfach. Er klappt die Mappen auf und reißt die eingeklebten Stoffproben heraus. Hellblaue Streifen auf Braun, verschiedene Blaus auf Grau und Weiß, babyblaue Gitter auf lindgrünem Fond, sehr feine, blassblaue Raster in grauer Fläche, knalliges Rot, sonniges Gelb, Himmelblau, Laubgrün – alle Farben so künstlich, wie sie in Wirklichkeit nie existieren könnten. Er nimmt die herausgerissenen Stoffmuster in die Hand und geht durch verwildertes Gras zur Uferböschung, die an dieser Stelle von weidenden Kühen so niedergetreten wurde, dass eine kleine, sandige Fläche entstanden ist. Hier hat er ein paar Bretter ausgelegt. Auf den Brettern sind Stoffmuster festgeheftet. Er löst sie ab und befestigt mit den Heftzwecken die neuen Muster. Er geht zu seinem Arbeitstisch zurück, breitet dort die Stoffstücke aus, die durch die Sonneneinstrahlung ihre Farbigkeit verändert, ihre starre Gleichmäßigkeit verloren haben; sie sind zu dem geworden, was in der Halle der Weberei durch Stahlbeton, Klimaanlage und Kunstlicht unter allen Umständen verhindert wird. Er nimmt die Schere und schneidet die Stücke in kleinere und größere Fetzen auseinander, manche groß wie eine Handfläche, manche klein wie ein Fingernagel. Er wirft die Fetzen, sortiert nach Größe und Farbschattierung, in Konservendosen, in denen bereits ähnliche Fetzen liegen. Die Konservendosen sind seine »Farbtöpfe«. An einer Wand des Heuschobers lehnt eine alte Tür. Einen Teil dieser Tür hat Enrico bereits in ein Fenster verwandelt, indem er die Fetzen aus seinen »Farbtöpfen« mit Leim wie Steinchen eines Mosaiks auf die Fläche geklebt hat. Er wird die ganze Tür zu einem Fenster machen. Was man in diesem Fenster sieht? Die gewölbte Decke eines langgestreckten Raums, vielleicht eine Krypta, vielleicht ein Mithräum, und diese Decke besteht aus Linien und Strukturen, Mäandern und Schraffuren, zusammengesetzt aus Schnipseln und Fetzen, die lange in die Sonne gesehen haben. Sie alle bedeuten nichts, aber sie scheinen zu einem imaginären Punkt zusammenzufließen – ein Punkt, der nie sichtbar werden wird, ein Punkt, in dem Wirklichkeit und Traum identisch werden. An diesem Punkt wäre alles möglich. Sogar die Wände der Weberei könnten an diesem Punkt lebendig werden, zu Formen und Farben erwachen, die kein Dessinateur sich je würde träumen lassen. Aber morgen früh, wenn Enrico wieder zur Arbeit erscheint, wird dort alles bleich sein und weiß.

# Die Toten vom Watt

**1.** Wie das Ausatmen eines in sanften Träumen versunkenen Schläfers kam die Flut, strömte lautlos in die Deltalandschaft des Watts, breitete ihr kühles, graues Tuch über schimmernden Schlick, füllte zu Rinnsalen verflachte Priele wieder zu uferlosen Flüssen und deckte den wie Wanderdünen in Wüsten gekräuselten Grund mit einer unmerklich bewegten Glätte, bis die Fläche einem Spiegel aus Blei glich. Das weiße Schwelen der Augusthitze hatte sich am Spätnachmittag zu einer Schwüle verdichtet, die so breit und brütend über Marsch und Meer lag, als wäre sie sich selbst die schwerste Last. Selbst die Gewalt der träge auflaufenden Wassermassen verursachte keine Brise, und oben auf der Deichkrone, wo sonst sogar bei Windstille leise Luftbewegungen das Gras fächeln, war kein Hauch spürbar. Zwei oder drei Inseln der Ostfriesischen Kette flimmerten, zu trügerischer Einheit verschwommen, am nördlichen Horizont, Traumfetzen, Erinnerungsschaum aus sehr fernen, frühen Tagen. Wenn manchmal eine Möwe schrie, war der Laut nicht grell und durchdringend, sondern blieb wie von Watte gedämpft in der Luft stecken. Im Süden dehnten sich die durch Gräben geometrisch geäderten Marschweiden, bis ihr Grün immer heller wurde, um am Ende des Blicks vom glasigen Himmel aufgesogen zu werden. Von dort kroch Geruch stockigen Heus seewärts und mischte sich über die Schwelle des Deichs mit dem fauligen Dunst des Brackwassers und dem

Gärungshauch des Schlicks. Am unteren Rand der sanft abfallenden Wasserseite, wo das Grün von grauweißen Schlieren des Salzes durchsetzt war, grasten auf der Deichsohle ein paar Schafe, die von Weitem wie ausgeregnete Wölkchen wirkten, beim Näherkommen aber aufgedunsenem Treibgut glichen, ausgespuckt von der letzten Flut.

Wir waren schon anderthalb Stunden auf dem Deich Richtung Osten gegangen, doch die Schleuse von Koogsiel war immer noch nicht zu sehen. Die Wirtin des Gasthauses in Westergrode, wo wir für die letzten beiden Tage unserer Urlaubswoche in Ostfriesland ein preiswertes Fremdenzimmer gefunden hatten, musste sich geirrt haben, als sie uns den Weg beschrieb und sagte, über den Deich sei es eine gute Stunde. Allerdings waren wir wegen der ungewöhnlichen Witterung sehr langsam gegangen, im Verlauf unserer Wanderung noch langsamer geworden, und irgendwann hatte ich das Gefühl gehabt, in dieser Atmosphäre überhaupt nicht vorwärtszukommen, nie und nirgends ankommen zu können, sondern bloß schwitzend und matt auf der Stelle zu treten oder gegen eine unsichtbare, stets nachgebende Wand zu laufen. Je näher wir Koogsiel kamen, wenn es denn ein Näherkommen noch gab, desto unabweisbarer wurde das Gefühl, nicht mehr weitergehen zu wollen, sondern auf der Stelle kehrtzumachen und nach Westergrode zurückzukehren, als ob eine lautlose Drohung in der zähen Luft hing. Das war natürlich unsinnig, weil der Weg zurück genauso beschwerlich sein würde. Etwa einen Kilometer landeinwärts sah ich ein Wäldchen oder einen größeren Garten, windschiefe Bäume, Büsche und Hecken, zusammengedrängt wie eine Oase in der Eintönigkeit der Marschen, und noch einige Kilometer weiter war ein langgestrecktes, rotes Gebäude zu erkennen, offenbar ein größerer Bauernhof.

Meine Ermattung steigerte sich immer noch; die Hitze drückte auf meinen Kreislauf. Ich wollte gerade meine

Frau fragen, ob es ihr ähnlich gehe, als ein jämmerliches Blöken aus der Richtung des Wäldchens zu uns heraufdrang. Ich wusste sofort, dass es nur ein Schaf sein konnte, und dennoch lief mir ein Schauer über den Rücken, als hätte ich einen ebenso verängstigten wie beängstigenden Schrei aus einer anderen Welt gehört.

Auch meine Frau war zusammengezuckt. Was war das?, flüsterte sie.

Ein Schaf, sagte ich. Was denn sonst?

Das Blöken wiederholte sich – natürlich, ein Schaf. Meine Frau und ich lächelten uns an, und ich spürte, wie sie erleichtert durchatmete.

Es klingt ängstlich, sagte sie. Lass uns mal nachsehen.

Wir stiegen an der steilen Landseite abwärts und gingen einige hundert Meter auf der Klinkerstraße, die am Deich entlangläuft. Zwischen den Weiden und der Straße war ein Elektrozaun gespannt. Als wir auf der Höhe des kleinen Gehölzes angekommen waren, hörten wir das Blöken zum dritten Mal, lauter, näher. Wir bückten uns unter dem Elektrodraht hindurch und gingen quer über die Marschwiese auf die Bäume und Büsche zu, die, wie wir im Näherkommen feststellten, von einer verwilderten, mannshohen Buchsbaumhecke eingefasst wurden, über deren Rand Eichen, Birken und Weiden ihre Kronen reckten. Einige Schritte vor der Hecke verlief ein Graben, in dem faulig riechendes, mit grünen Schlieren von Entengrütze überzogenes Wasser stand. Früher musste ein Steg hinübergeführt haben, denn auf der anderen Seite lagen morsche Pfeiler und zersplitterte Plankenreste im Gras.

Ich schlug vor umzukehren, aber ein erneutes, noch dringlicheres Blöken unterbrach mich.

Es klingt wie ein ängstliches Kind, sagte meine Frau, zog sich die Schuhe aus und watete entschlossen durch den Graben. Das Wasser reichte ihr nicht einmal bis an die Knie.

Ich zog ebenfalls meine Schuhe aus und krempelte die Hosenbeine hoch. Das Wasser war merkwürdigerweise sehr kalt, der Schlamm, durch den meine Füße tasteten, eisig. Die Hecke schien undurchdringlich, aber als wir um das Areal herumgingen, fanden wir einen Durchgang, der früher ein Eingangstor gewesen sein mochte, jetzt jedoch mit groben Brettern vernagelt war. Neben einem der Pfosten war die Hecke lichter, sodass man sich hindurchzwängen konnte. Obwohl ich immer noch gegen meine Kreislaufprobleme ankämpfte, oder was sonst die Ursache dieser zittrigen Schwäche war, die mir weiche Knie und ein kreisendes Gefühl im Magen bescherte, gefiel mir die Situation; es war wie ein kleines Abenteuer aus den großen Sommern meiner Kindertage – und so schob ich mich mit einem Ruck durch die Hecke ins Innere, drückte die Zweige beiseite und half meiner Frau hinein.

Wir standen auf einer verwahrlosten Wiese, deren Gras uns bis zu den Hüften reichte, blaue Schlehen und dunkelgrüne, urweltliche Farbe. Vor uns aber lag, wie aus dem Abgrund von Träumen oder Märchen aufgetaucht, ein verfallenes Gebäude, ein vielleicht fünf mal zehn Meter kleines Haus. Das Fachwerk aus schweren, fast schwarzen Balken war mit roten Ziegeln ausgemauert, die an manchen Stellen abgebröckelt oder herausgefallen waren. Der Eingang, den früher wohl eine Doppeltür verschlossen hatte, gähnte uns düster entgegen, und auch die niedrigen Fensterhöhlen hielten weder Rahmen noch Glas; Geißblattranken, Efeu und Brombeergesträuch wuchs in sie hinein, wuchs aus ihnen heraus – es war kaum zu unterscheiden, weil das Haus unter dem Gewucher fast verschwand. Das Reetdach war an mehreren Stellen eingebrochen und von Moos überwachsen, Dachsparren starrten wie geborstene Rippenbögen gegen das Blau des Himmels. Mit zögernden, schwer klatschenden Flügelschlägen strich ein Vogel neben dem Schornstein ab, stieg kreisend in die Höhe und warf Schatten über das Graugelb und Grün des Dachs. Das Ganze wirkte so irreal, so sehr aus aller Welt und Zeit gestürzt, dass wir einige Augenblicke wie betäubt davor standen, und erst das jammernde Blöken riss uns aus dieser Versunkenheit.

Das Schaf hatte sich mit seiner verfilzten Wolle im Brombeerdickicht zwischen Haus und Hecke verfangen und konnte nicht mehr vor noch zurück. Es war schwierig, das vor Angst und Hitze schwer atmende Tier zu befreien, weil wir kein Messer hatten, um die Ranken zu durchtrennen. Als das Schaf endlich davontrottete und durch die Hecke verschwand, hatten wir uns Hände, Arme und Beine blutig geschürft.

Einige Schritte vom Einfang entfernt stand ein aus Felssteinen grob aufgemauerter Brunnen, mit morschen Planken abgedeckt. Wir setzten uns auf den Rand, blickten uns um, sahen uns an, blickten uns wieder um und wussten, dass wir dasselbe dachten: Es war das kleine Haus auf dem Land, fürs Wochenende und für den Urlaub, nach dem wir schon lange gesucht hatten. Man müsste es natürlich von Grund auf renovieren, aber dann wäre es ein Juwel.

Das ist es, sagte ich, und meine Frau nickte.

In den Balken über dem Türsturz war eine verwitterte Inschrift eingraviert:

A. D. 1851
TAMMO + RIEKE FOLKERTS

Durch RIEKE lief ein so tiefer Riss, dass ich meine Hand hätte hineinlegen können.

Zwielicht floss graugrün und ausgekühlt durchs Gemäuer, durch Fenster- und Türöffnungen fiel Sonne in fahlen Streifen über die Findlinge des Fußbodens. Trotz der ungewöhnlichen Hitze und Trockenheit dieses Sommers war es kühl und klamm, Wasserlachen überall, und aus den Wänden schien Feuchtigkeit auszutreten, obwohl kein Tropfen, Sickern oder Rieseln zu hören war. Nur das Tappen meiner Schritte durchschnitt die Stille, die wie ein dicht gewebtes Tuch im Raum hing. Als ich den Kopf in den Nacken legte und zum Dach hinaufsah, hörte ich ein Rauschen, als ob man aus großer Entfernung Brandung hört oder sich eine jener Muscheln ans Ohr legt, von denen es heißt, sie trügen die Stimmen des Meeres in sich. Das Gefühl, in eine Unterwasserwelt geraten zu sein: dämmriger, durch verschiedenfarbige Schichten gebrochener Lichtschein vom Dach die Oberfläche, während ich in Tiefen schwamm; wären Fische vor meinen Augen vorbeigeglitten, ich hätte mich nicht gewundert, und langsam schlug die Kühle in nadelscharfe Kälte um. Ich fröstelte und tappte weiter durchs Haus, das nur aus zwei Räumen bestand; einem großen mit offenem Kamin, der ehemalige Wohnraum wohl, und einem kleineren, der vielleicht die Schlafkammer gewesen war; alles leer, wie erstarrt, keine Möbel, kein Schutt, kein Müll, nicht einmal Staub, was vielleicht auf die Feuchtigkeit zurückzuführen war. Die Ziegel in den Fachwerkkästen der Außenwände sowie die Wand zwischen den beiden Räumen waren brüchig und locker, aber die Ecksteine, die Grundsteine und der Fußboden machten einen robusten Eindruck. Am seltsamsten aber war, dass die Balken in Decken und Wänden völlig stabil wirkten und nirgends morsche Stellen zeigten. Da diese Balken pechschwarz glänzten, vermutete ich, dass sie mit einer Substanz imprägniert sein mussten, die ihren Verfall verhindert hatte; die Dachsparren waren aus anderem, hellem Holz, das der Zeit nicht standgehalten hatte. Ich wollte eben über eine brüchige Stiege auf den Dachboden klettern, als ich die Stimme meiner Frau hörte.

Hallo, rief sie halblaut. Und noch einmal: Hallo! Bleiben Sie doch da ...

Ich ging nach draußen. Es war jetzt noch drückender, oder vielleicht kam mir das nur so vor, denn der Temperaturunterschied zwischen dem Inneren des Hauses und dem Garten wirkte, als käme ich aus einer Frostnacht in eine Sauna. Meine Frau saß leicht zusammengesunken am Brunnenrand und sah mich verstört an.

Mit wem sprichst du?

Ich weiß nicht ... Sie zuckte mit den Schultern und rieb sich die Augen. Ich muss wohl etwas eingenickt sein. Da vorn, sie deutete auf das Brombeergestrüpp, aus dem wir das Schaf befreit hatten, da vorn ...

Was denn?

Da hat jemand gestanden und mich angesehen. Hat mich ganz merkwürdig angesehen.

Wer?

Dieser ... ich meine, so ein Mann mit einem langen, schwarzen Ölmantel und einem Südwester, wie ihn die Krabbenfischer tragen. Sah verwirrt aus, sah aus wie ...

Unsinn, sagte ich. Mit Ölmantel und Südwester bei diesem Wetter? Hier ist niemand. Du hast geträumt.

Ja, sagte sie abwesend, ja, ja ... Es ist so schwül. Ich glaube, es wird ein Gewitter geben.

Tatsächlich war im Nordwesten eine schwarzgraue Wolkenwand aufgezogen, und die Büsche und Bäume bewegten sich in der aufkommenden Brise. Der Wind legte Wellen aufs hohe Gras, sodass die Wiese grüner See in leichter Dünung glich. Die Sonne war noch nicht verdeckt, würde aber bald verschwunden sein, während der Wind zunahm und es in der Wolkenwand zu wetterleuchten begann.

Lass uns sehen, dass wir nach Koogsiel kommen, sagte ich. Das Haus kannst du dir ein anderes Mal von innen ansehen.

Als wir den Durchschlupf in der Hecke erreicht hatten, sahen wir noch einmal zurück. Die Sonne war hinter den Wolken verschwunden, und die Szene hatte sich verdüstert. In diesem Licht verlor das Haus seinen träumerisch märchenhaften Ausdruck, schien sich in eine abgelebte, grau verschattete Melancholie zu hüllen, und die Fensterhöhlen wirkten wie Augenlöcher eines Totenschädels.

Auf der Deichkrone frischte der Wind stürmisch auf und blies uns in den Rücken. Die Flut hatte die Deichsohle erreicht und stieß in nervösen Schlägen gegen die Salzwiesen. Gischt sprühte über die Wasserflächen, es gurgelte und schäumte, während der Wind kräftig auffrischte, und als wir im Osten, wo der Himmel sich hell gehalten hatte, die Schleusentore von Koogsiel sahen, fielen erste, schwere Tropfen. Über der See flammte ein Blitz auf, aus Richtung der Inseln rollte Donner übers Watt, und dann stürzte das Wasser wie aus Eimern gegossen vom Himmel. Innerhalb von Sekunden waren wir bis auf die Haut nass, begannen zu laufen, zu rennen, als ob uns etwas Grauenhaftes im Nacken säße. Als wir endlich die Gastwirtschaft hinter der Schleuse erreichten, tobte der Gewittersturm direkt über uns.

Wir stießen die Tür auf und standen so triefend in der niedrigen Gaststube, als habe man uns aus dem Meer gezogen. Die Dämmerung im Raum flammte ins Gelbweiße, der nachfolgende Donner ließ das Haus zittern. Hinter dem Tresen saß eine alte Frau und strickte. Als wir hereinplatzten, sah sie uns an, zog beim Blitzschlag den grauen Kopf zwischen die Schultern und schaute beim Donner ängstlich zur von Alter und Rauch gebeizten Holzdecke. Nun nickte sie uns freundlich zu und erwiderte unseren Gruß. Wir setzten uns an einen Tisch am Fenster, gegen das der Regen so dicht prasselte, dass draußen nur graues Fluten zu erkennen war.

Das Gewitter ziehe gleich ab, sagte die Alte und gab uns die Speisekarte. Kurz und heftig, so sei das an der Küste.

Es habe ja schon den ganzen Tag danach gerochen. Der Sommer sei vorbei. Nun käme der Herbst. Ja, ja, so gehe das …

Wir bestellten Bratkartoffeln mit Matjesfilet, dazu Bier, und als das Essen auf dem Tisch stand, hörte der Regen plötzlich so schlagartig auf, wie er eingesetzt hatte. Aus Südosten verebbendes Grollen, dann brach die Abendsonne durch, fiel lang und sehr gelb über das vom Regen glitzernde Grün der Wiesen und zog spiegelnde Bahnen auf dem Wasser des Schleusentiefs. Über dem Deich spannte sich im Nordwesten ein Regenbogen, in den Abstufungen der einzelnen Farben so klar gegliedert, wie ich es nie zuvor gesehen hatte.

Während des Essens erzählte ich meiner Frau, wie das Haus von innen auf mich gewirkt hatte: heruntergekommen, gewiss, aber das Entscheidende, die tragenden Teile der Grundmauern, auch die Balken, schien in Ordnung zu sein. Vorausgesetzt, dass es eine Möglichkeit gab, das Haus zu kaufen, würden wir mit einem befreundeten Architekten herkommen, um abzuschätzen, ob die Sache sich lohnte. Wir nahmen uns vor, bei der Gelegenheit auch unsere Kinder mitzunehmen, die wir in dieser Woche bei meinen Schwiegereltern untergebracht hatten, und wir malten uns die Begeisterung von Marie und Till aus, wenn sie das Märchenhaus sehen würden.

Inzwischen waren einige Gäste ins Lokal gekommen, keine Fremden wie wir, sondern offenbar Nachbarn; drei jüngere Männer saßen an einem Ecktisch und spielten Skat, während zwei alte am Tresen hockten und stumm Bier und Korn schluckten.

Wir sollten uns hier mal erkundigen, wem das Haus gehört, schlug ich vor. Die Leute müssen es ja wissen.

Als die Alte an unseren Tisch kam, um das Geschirr abzuräumen, bestellte ich noch zwei Bier, zwei Korn, und sprach sie an. Unterwegs seien wir zufällig an das verfallene Haus geraten, das hinterm Deich in diesem verwilderten Garten liege, und wir würden gerne wissen, wem es gehöre, weil …

Tammo vom Watt, unterbrach die Alte meine Frage, setzte das Geschirr, das sie schon in der Hand gehalten hatte, wieder ab, starrte uns entgeistert an und sagte tonlos, fast flüsternd: Sie waren bei Tammos Haus?

Wir wissen ja nicht, wem es gehört, sagte ich, aber wir wüssten es gern, weil wir es vielleicht …

Und? Haben Sie niemanden gesehen?, fiel mir die Alte wieder ins Wort.

Gesehen? Nein, niemanden, sagte ich. Wieso? Dort wohnt doch niemand.

Die Alte wiegte den Kopf hin und her und griff wieder nach dem Geschirr. Man wisse es nicht, murmelte sie, niemand wisse es genau, und dann noch bei solchem Wetter, und damit schlurfte sie zum Tresen zurück.

Spökenkiekerei!, rief jetzt einer der Skatspieler, der unser Gespräch verfolgte hatte. Alles Spökenkiekerei! Hör bloß mit deinen alten Geschichten auf, Oma Butjes. Bring mal lieber noch 'ne lüttje Lage, aber auf Horst sein' Deckel. Er lachte, und seine beiden Mitspieler fielen scheppernd ein.

Das geht auf meinen!, rief ich und ging zum Skattisch.

Die Spieler bedankten sich für die Einladung und prosteten mir zu.

Wissen Sie vielleicht, wem das Haus gehört?

Keine Ahnung, sagte der Erste achselzuckend.

Der Zweite nickte zustimmend.

Ich denk, das gehört zu Wiemken sein' Hof?, sagte der Dritte halb fragend, halb feststellend.

Ja, so ist das wohl, nickte wieder der Erste.

Ist das der große Hof, den man vom Deich aus sehen kann?, fragte ich nach.

Genau, ja, bestätigte der Dritte, aber als ich noch etwas

sagen wollte, rief der Erste: Achtzehn, der Zweite sagte: Weg, und der Dritte trompetete: Zwanzig!

Wiemkens Hof. Das war die Auskunft, die wir brauchten. Wir tranken aus, zahlten und wünschten einen guten Abend. Im Hinausgehen hörte ich einen der beiden alten Männer am Tresen etwas auf Plattdeutsch murmeln, was ich nicht verstand; er drehte sich auch nicht zu uns um, sondern sprach wohl mit sich selbst. Es klang wie: *Dat is'n Dodenhus.*

Die Gewitterfront war über den Marschen zergangen, versprengte Wolkenfetzen wischten über den sehr bleichen Mond. Auf dem Deich ging eine frische Brise, in die sich ein feiner Biss des Herbstes mischte. Auf dem gekräuselten Meeresspiegel brach sich Mondlicht zu bizarren Mustern, durch die Gräser entlang der Wasserlinie raschelte und huschte graues Geflügel. Manchmal drangen die gärenden und glucksenden Geräusche des Schlamms zu uns herauf, und die Inseln mit ihren schwankenden Lichtern lagen wie Träume auf dem Schwarz der See. Die Bäume und Hecken, hinter denen das Haus sich verbarg, stachen als Scherenschnitte gegen den südlichen Himmel ab, aber dort, wo die Linie des eingebrochenen Dachfirstes sein musste, schien es zu glimmen, ein phosphoreszierender Streifen Licht, als ob faules Holz im Dunkeln leuchtete.

**2.** Die schwelenden Tage im September waren ein letztes Aufflackern gewesen, und Anfang Oktober brach der Herbst mit Gewalt ins Land. Erst regnete und stürmte es zwei Wochen lang, dann brachte hoher Druck aus Skandinavien frühe Kälte mit Nachtfrösten, nebligen Morgen und sonnigen Nachmittagen, die in den frühen Abenddämmerungen wieder vom sinkenden Nebel eingesponnen wurden. Ende des Monats fanden wir einen Termin, an dem der Architekt Zeit hatte, uns für ein Wochenende an die Küste zu begleiten. Wir hatten telefonisch im Schleusengasthof von Koogsiel angefragt, ob Fremdenzimmer für uns und die Kinder zur Verfügung stünden.

Eigentlich sei die Saison zu Ende, hatte die Alte gesagt, aber da wir gleich drei Zimmer belegen wollten, würde sie die ausnahmsweise noch einmal herrichten.

Bei unserer Abfahrt herrschte dichter Nebel, und die zarten Muster des Raureifs lagen auf allem Sichtbaren, aber als wir gegen Mittag in Koogsiel ankamen und auf den Deich stiegen, brannte die Sonne wie ein rötlicher, dann gelb und schließlich fast weiß werdender Scheinwerfer den steigenden Nebel durch. Die Inseln zum Greifen nah, Perlen an einer Kette aus durchscheinendem Blau. Die Marschen weiteten sich bis zu der vagen Zone, wo der Himmel in dunstigen Linien mit ihr verschmolz. Die Hecke ums Haus – ich glaube, ich sagte schon »unser Haus« – war so dicht wie damals, aber die Baumkronen hatten sich gelichtet, und das verbliebene Laub tänzelte fahl im Licht.

Herrliche Lage jedenfalls, sagte der Architekt anerkennend. Fragt sich bloß, warum das noch niemand anderes gefunden hat. Na, wir werden sehen.

Als wir dann im Gasthof unsere Ankunft meldeten, schien die Wirtin uns nicht wiederzuerkennen. Sie führte uns ins obere Stockwerk, wo die schlichten Gästezimmer lagen. Wir stellten das Gepäck ab, gingen in die Gaststube hinunter und bestellten Mittagessen.

Wir waren schon einmal hier, sagte ich zu der Alten, vor etwa einem Monat. Erinnern Sie sich nicht?

Sie schüttelte den Kopf.

Das war in dieser Gewitternacht, versuchte ich ihr auf die Sprünge zu helfen.

Ja, nickte sie jetzt bedächtig, ja, ja ... Sie haben nach Tammos Haus gefragt.

Genau, sagte ich. Und deshalb sind wir auch wiedergekommen.

Wiedergekommen, echote sie, wiedergekommen, ja, ja. Es kommt immer wieder, es geht um.

Und damit ließ sie uns am Tisch sitzen.

Was hat sie gesagt?, wollte Till wissen.

Ich weiß nicht, sagte ich. Die alte Frau ist wohl etwas verwirrt.

Was ist verwirrt?, fragte Marie.

Sie ist nicht mehr ganz richtig im Kopf, sagte meine Frau.

Sie sieht aber noch ganz richtig aus, sagte Marie.

Esst jetzt, sagte ich. Wir wollen uns doch unser Haus ansehen. Und vergesst nicht, eure Gummistiefel anzuziehen.

Wir hatten vereinbart, erst eine Objektbesichtigung mit dem Architekten vorzunehmen und dann auf Wiemkens Hof vorzusprechen. Falls der Architekt abraten sollte, konnten wir uns weitere Verhandlungen ersparen.

Ich fragte die Wirtin, ob man von Tammos Haus über die Weiden direkt zu Wiemkens Hof laufen könne, aber sie zuckte mit den Schultern und sagte abweisend, das wisse sie nicht. Niemand wisse es, und wenn es doch jemand wissen sollte, spräche er nicht darüber. Die Weiden seien sumpfig, fügte sie hinzu, es sei nicht geheuer dort.

Der Graben, den wir damals mühelos durchwatet hatten, war jetzt randvoll, und das Wasser würde bis weit über die Gummistiefel reichen. Also zogen der Architekt und ich Stiefel, Strümpfe und Hosen aus und trugen meine Frau und die Kinder auf die andere Seite. Das Wasser war so eiskalt, dass ich seinen Biss noch spürte, als wir bereits um das Anwesen herumgegangen waren und durch die Hecke schlüpften. Verblühte Blumen krümmten sich im frostgebräunten Gras, und an den Brombeerranken hingen blauschwarz verschrumpelt die Beeren, die niemand gepflückt hatte. Die Kinder waren begeistert und rannten über die Wiese auf den Eingang zu. Der Architekt machte uns darauf aufmerksam, dass über dem Dach ein Dunstschleier hing, und selbst aus den Tür- und Fensteröffnungen schienen stoßweise feine Nebel ins Sonnenlicht zu strömen, als ob das Haus ausatmete. Die Kälte in meinen Beinen wollte nicht weichen, schien sogar stärker zu werden, als wir einen Rundgang ums Haus machten.

Der Boden sei trocken, bemerkte der Architekt, die Ziegel im Fachwerk ebenfalls, aber er frage sich, woher der Kondensdunst komme. Übrigens sei ihm das Grabenwasser nicht gut bekommen; seine Beine fühlten sich wie Eisklumpen an.

Im Haus hatte sich nichts verändert. Vielleicht waren die Wasserlachen auf dem Steinfußboden größer geworden. Und vielleicht war es noch kälter und klammer als damals.

Feucht, sehr feucht, sagte der Architekt, da ist viel Wasser durchs Dach gekommen. Aber die Balken! Ich frage mich, wie die fast hundertfünfzig Jahre stabil bleiben konnten. Das ist ein gutes Zeichen. Übrigens riecht es hier merkwürdig.

Salz, sagte ich. Es riecht nach Salz.

Der Architekt zog die Luft durch die Nase: Ja, Salz. Wahrscheinlich auch Salpeter. Und noch etwas, etwas ganz anderes ...

Mir ist kalt, sagte Till bekommen.

Furchtbar kalt, sagte Marie.

Geht nach draußen in die Sonne, schlug meine Frau vor. Wir kommen gleich wieder raus.

Fußbodenheizung, sagte der Architekt. Das dürfte das Problem lösen. Sehen wir uns mal das Dach an.

Wir kletterten über die Stiege auf den Dachboden, breite, ungehobelte Eichenbohlen, die Dachsparren und Latten faulig, morsch, eingebrochen, das Reet hing schwer und triefend durch, aber die tragenden Balken standen so robust und exakt, als habe man sie eben erst gerichtet.

Guter Kern, sagte der Architekt und klopfte mit der Faust gegen einen der Balken. Merkwürdig imprägniert. Muss eine Art Pechmischung sein. Sieht aus wie getrockneter Schlick, aber das ist natürlich unmöglich.

Seid doch mal still, sagte meine Frau jetzt und legte eine Hand hinters Ohr. Hört mal. Hört ihr das nicht?

Was denn?

Das Rauschen, das Rauschen ... Jetzt ist es wieder weg. Es klang wie Brandung.

Man wird wohl von hier das Meer hören, meinte der Architekt. Der Deich ist ja nur ein paar hundert Meter entfernt.

Schon, aber jetzt ist doch Ebbe, und hört ihr denn nicht ...

Mamaaa!

Es war Till, der uns in diesem Augenblick mit seinem Schrei unterbrach. Wir kannten diese Art zu schreien gut, hatten sie aber längst vergessen; als er etwa vier Jahre alt war, hatte er einige Monate unter Albträumen gelitten und uns nachts mit diesem Schrei aus dem Schlaf geholt. Inzwischen war er acht und schlief ohne Ängste – dieser Schrei aber kam wie aus großer Tiefe und Ferne.

Um Gottes willen, stieß meine Frau hervor und rief: Ich komme, ich komme schon!, hastete die Stiege hinunter, lief aus dem Haus, und der Architekt und ich folgten ihr.

Till stand mit schreckgeweiteten Augen auf der Wiese und zeigte mit einer Hand in Richtung des Brunnens. Marie hatte sich bei den Brombeerbüschen herumgetrieben und kam jetzt angelaufen. Mein Frau schloss Till in die Arme, streichelte ihm übers Haar und klopfte ihm beruhigend auf den Rücken.

Was ist denn los, mein Junge?

Da, sagte Till, da …

Was ist denn da?, fragte ich, beugte mich zu ihm hinunter und sah ihn an.

Da war jemand, stammelte er und starrte immer noch zum Brunnen. Da auf dem Brunnen hat er gesessen.

Wer denn?

Ich weiß nicht. Irgendjemand.

Meine Frau schwieg, streichelte weiter den Kopf des Jungen, aber der Blick, den sie mir zuwarf, sprach Bände.

Unsinn, sagte der Architekt. Und wo ist er jetzt?

Weg, sagte Till.

Marie, fragte ich meine Tochter, hast du hier jemanden gesehen?

Überhaupt nicht, sagte sie schnippisch, ganz ältere Schwester, die ihren kleinen Bruder nicht für voll nimmt. Till hat bestimmt wieder was Gruseliges im Fernsehen gesehen und …

Sei still, sagte meine Frau. Ich weiß, was Till gesehen hat.

Ich gebe zu, dass mir die ganze Angelegenheit von diesem Moment an fragwürdig vorkam; ich zitterte sogar ein bisschen, aber das mochte an der Kälte in meinen Beinen liegen. Allerdings bin ich davon überzeugt, dass es für jedes noch so fragwürdige Phänomen eine vernünftige Erklärung gibt, und außerdem war ich nicht gewillt, mir die Chance, das Haus eventuell erwerben zu können, durch irgendwelche Tagträumereien nehmen zu lassen. Ich schlug also vor, über die Weiden zum Hof zu laufen und mit dem Bauern zu sprechen. Alles Weitere werde sich finden.

Ich weiß nicht, sagte meine Frau, die Sache ist mir unheimlich.

Ach was, sagte der Architekt, verfallene Häuser haben oft so eine morbide Ausstrahlung. Wartet ab, bis wir alles im Griff haben.

Ich spürte, dass meine Frau noch etwas einwenden wollte, aber sie schwieg, und so zwängten wir uns durch die Hecke ins Freie und marschierten auf die Gebäudegruppe des Hofs zu, die rot in der Nachmittagssonne leuchtete. Je weiter wir uns von dem Haus entfernten, desto wärmer wurde es. In meine Füße und Beine schien das Blut zurückzukehren, wir konnten sogar unsere Jacken ausziehen, und Till, der anfangs bedrückt neben uns hergetrottet war, summte leise vor sich hin, als wollte er sich an eine bestimmte Melodie erinnern, und plötzlich begann er mit seiner Jungenstimme dünn und brüchig zu singen:

*Wenn ut de Böm de Blaeder fallt,*
*so denk ik glik an di;*
*so full so männi brawe Jung,*
*und du weerst mit darbi.*

Das ist aber ein schönes Lied, sagte meine Frau. Woher kennt du das?

Ich weiß nicht, sagte Till.

Er wird's in der Schule gelernt haben, meinte der Architekt.

Lernt ihr in der Schule denn plattdeutsche Lieder?, fragte ich Till.

Eigentlich nicht, er schüttelte den Kopf, ich kenn es einfach so.

Einfach so? Ich hatte keine Zeit mehr, über die Bemerkung des Jungen nachzudenken, denn wir hatten jetzt den Hof erreicht. Ställe, Scheunen und ein Wohngebäude aus rotem Klinker mit den typischen, weit nach unten gezogenen Ziegeldächern, fassten einen gepflasterten Platz ein. Vor einer geöffneten Stalltür luden ein etwa vierzigjähriger Mann und ein Junge große Milchkannen auf den Anhänger eines Treckers. Sie bemerkten uns erst, als wir direkt neben dem Trecker standen und guten Tag wünschten.

Moin, sagte der Mann, setzte seine grüne Schirmmütze ab, wischte sich mit der flachen Hand Schweiß von der Stirn und setzt die Mütze wieder auf.

Sind Sie Herr Wiemken?, fragte ich.

Er nickte, holte eine Zigarettenschachtel aus dem Hemd, klopfte eine Zigarette heraus und zündete sie sich an, während ich ihm unsere Gruppe vorstellte.

Wir kommen …, stotterte ich und wusste nicht recht, wie ich mein Anliegen vortragen sollte. Es geht, äh, um …

Sind Sie die Leute aus dem Schleusengasthof?, unterbrach er mich ruhig.

Ja, so ist es. Woher …

Und Sie kommen wegen Tammos Haus?

Dass er bereits Bescheid wusste, war nicht überraschend in einem Dorf, das aus ein paar Höfen, einem Gasthaus und einem *Edeka*-Laden bestand.

Ja, sagte ich, wir sind unter Umständen daran interessiert, es zu kaufen.

Wiemken nickte vor sich hin und brummte, da seien wir nicht die Ersten.

Ach, sagte meine Frau, und es klang gar nicht enttäuscht, es ist also schon verkauft?

Leider nicht. Er schüttelte schwer den Kopf. Es hätten immer mal wieder Städter angefragt, und er würde es lieber heute als morgen verkaufen, aber er könne darüber nicht entscheiden.

Gehört es Ihnen denn nicht?

Es läge auf seinem Land, das schon, aber sein Vater, und er machte eine Handbewegung zum Wohnhaus hin, dem der Hof immer noch gehöre, wolle es nicht verkaufen.

Und warum nicht?

Wiemken zuckte mit den Schultern. Sein Vater behaupte, das Haus gehöre ihm gar nicht, und also könne er es auch nicht verkaufen.

Aber wem gehört es dann?

Die Alten reden viel, wenn die Abende lang sind, sagte er abschätzig. Spökenkiekerei ist das. Sie können meinen Vater selber fragen. Der wird Ihnen schon was erzählen. Der erzählt allen was.

Nun ja, sagte ich, wenn Ihr Vater der Eigentümer des Landes ist, müsste ich sowieso mit ihm sprechen. Ist er denn zu Haus?

Das schon, sagte Wiemken, aber er sei sehr alt, und je älter er werde, desto merkwürdiger werde er auch. Er könne zum Beispiel nachts nicht mehr schlafen, sondern schlafe nur noch tagsüber ein paar Stunden. Und zurzeit schlafe er eben.

Und wann kann ich ihn erreichen?

Ab acht Uhr. Im Schleusengasthof. Da sitzt er fast jeden Abend.

**3.** Der Wind hatte gedreht und an Stärke zugenommen, trieb Wolkenfetzen vor sich her, schien mit dem vergehenden Tageslicht flüchtige Blicke zu tauschen, fuhr pfeifend um die Hausecken, rüttelte an Milchkannen und Mülltonnen, pochte gegen die Scheiben, als wollte er ein paar Worte schwatzen, blies durch Fenster- und Türritzen.

Am Ecktisch wurde wieder Skat gespielt, und auch am Tresen hockten Gäste. Wir hatten zu Abend gegessen, die Kinder oben in ihrem Zimmer zu Bett gebracht und warteten nun auf den alten Wiemken. Als er dann kam, die Tür aufzog und das Lokal betrat, rauschte ein Schwall von Sturm und Salz in den Raum und weitete ihn für Augenblicke in etwas Offenes, Unbestimmtes. Der Mann musste weit über siebzig sein, hatte volle, weißgraue Haare, tiefe Falten in der Stirn, wasserhelle Augen, und er ging sehr aufrecht mit festen, kurzen Schritten, stützte sich dabei jedoch auf einen Stock. Er blieb einen Moment an der Tür stehen, sah sich im Gastraum um, grüßte die Männer am Tresen und kam dann zielstrebig an unseren Tisch. Er nickte uns zu, setzte sich und winkte der Wirtin, die ihm Bier und Korn servierte.

So, so, murmelte er dann, wir seien also die Leute, die Tammos Haus kaufen wollten. Das gehe nun aber nicht. So ein Haus könne man nicht verkaufen. Man könne auch nicht darin wohnen. Abreißen könne man es aber auch nicht.

Warum nicht?, fragte der Architekt munter. Man kann es mit einigem Aufwand sogar wieder sehr schön herrichten. Und abreißen, nun ja, das ist doch wohl die einfachste Übung.

Der Alte schüttelte den Kopf. Er wolle uns gern erklären, was es mit dem Haus auf sich habe. Aber das sei eine lange und alte Geschichte, und er wisse nicht, ob ...

Hör bloß mit deinen Gruselmärchen auf, Opa Wiemken, rief einer der Skatspieler dazwischen und vollführte mit der Hand eine Bewegung vor der Stirn, die andeuten sollte, dass der Alte nicht zurechnungsfähig sei.

Du hältst das Maul, Klasen, sagte Wiemken kalt und energisch. Was wisst ihr jungen Leute denn davon? Habt nur eure Autos im Kopf, und Fernsehen. Habt keine Ehrfurcht mehr, nicht mal vor den Toten. Kennt keine Geschichten mehr. Was wisst ihr denn?

Klasen grummelte irgendetwas vor sich hin, seine Skatbrüder lachten verklemmt, aber sie machten sich wieder über ihren Ramsch her und mischten sich nicht mehr ein.

Wollen Sie also die Geschichte hören?, wandte sich der Alte jetzt wieder an uns, und als wir nickten, winkte er noch einmal die Wirtin heran, bestellte eine neue Runde und ließ sich eine Zigarre kommen. Er drehte sie umständlich und genießerisch im Mund, zündete sie dann an und paffte ein paar kurze, fast rauchlose Züge, bis sie richtig brannte. Dann stieß er den Rauch gegen die Decke, wo sie vor der Holztäfelung zu ruhig fließenden Mustern zerging, und begann in einer merkwürdigen Mischung aus Platt und Hochdeutsch seine Erzählung, die ich hier so wiedergebe, wie ich sie in Erinnerung behalten habe.

In unserer Gegend, begann der Alte, nannten sie ihn Tammo vom Watt, obwohl er später weit vom Deich entfernt wohnte, hinter dem Moor auf der Geesthöhe. Doch seinen Namen hatte er aus einer früheren Zeit, und es waren seltsame Dinge gewesen, die ihn vom Watt und vom Deich weggetrieben hatten. Als mein Großvater ein Junge war, hat er den alten Tammo noch erlebt, aber seine Geschichte hat mein Großvater von seinem Vater gehört. Und ich habe sie dann von meinem Großvater erfahren. Tammos Eltern waren sehr arme Wattfischer. Sie lebten in einer winzigen, mit Grassoden gedeckten Kate hinter dem alten Deich. Sein Vater ging mit Netzen aufs Watt, um Krabben zu fischen, die seine Mutter kochte und verkaufte. Ein Tragegeschirr auf dem Nacken, einen schwer gefüllten Krabbenkorb auf jeder Seite, die Röcke aufgeschürzt, stapfte sie Tag für Tag über die tiefen Marschwege zur Stadt. Das war ein kümmerliches Brot und eine freudlose Kindheit für Tammo. Als er zwölf war, musste er während der Sommer »zum Bauern«, um zu seinem Lebensunterhalt beizutragen. Er kam weit in die Geest hinein, und auch dort war das Leben für einen schmächtigen Jungen hart. Vor Morgengrauen von den Knechten aus dem Schlaf getrieben, schlaftrunken auf die Felder, an die Arbeit, bei der es manchmal Tritte und Prügel gab. Da sehnte er sich trotz des guten Essens oft in die Kate seiner Eltern zurück, und wenn er im Herbst zurückkehrte und fern den Deich sah, dann wusste er, wo er hingehörte. So ging das sieben Jahre lang. Dann lernte er bei einem Dorftanz Rieke Onnen kennen, die Tochter eines kleinen Heidebauern. Sie verliebten sich ineinander und wollten bald heiraten, aber der Hof des alten Onnen warf nicht genug ab, um noch eine Familie zu ernähren. Zwar war Rieke einverstanden, mit Tammo ans Watt zu ziehen und dort Krabben zu fischen, aber er liebte sie so sehr, dass er ihr es nicht zumuten wollte, in einer schäbigen Kate zu leben. Als die beiden einmal wieder auf dem Deich spazieren gingen und überlegten, wie es mit ihnen weitergehen sollte, tauchte in Tammo plötzlich ein Bild aus seiner Kinderzeit auf. Er war mit seinem Vater aufs Watt gegangen, um zu fischen, und da hatte sein Vater ihm erzählt, dass seine Vorfahren reiche Bauern gewesen waren, aber ihr Land war in der großen Neujahrssturmflut untergegangen. Hier, sagte sein Vater, mitten im Watt, lagen einmal die Felder, und unter unseren Füßen liegen immer noch die verschlickten Brunnen und Fundamente der untergegangenen Höfe; Fels- und Backsteine und Eichenbalken, denen die Zeit nichts anhaben kann, weil sie im Schlick liegen. Und als Tammo sich an diese Erzählung seines Vaters erinnerte, hatte er eine Idee. Was die See seinen Vorfahren genommen hatte, das wollte er sich zurücknehmen. Er wollte die Steine und Balken aus dem Watt holen und daraus für sich und Rieke ein Haus bauen, ein richtiges, festes Haus. Von nun an sahen die Wattfischer ihn täglich mit Spaten, Axt und Brecheisen aufs Watt hinausgehen. Aber die Leute tuschelten miteinander und sagten, Tammo sei verrückt geworden. Es ist nicht gut, sagten die Alten, die See lässt sich nicht nehmen, was sie geholt hat. Und sie schüttelten den Kopf über Tammo, wenn er draußen an der Arbeit war und das Schlagen und Pochen von Axt und Brecheisen über die weiten Flächen hallte. Und im Herbst war Tammos Haus fertig. Mit seinen massigen, grauen Steinen, den alten Balken, den neuen Fenstern und Türen und dem gelben Reetdach war es eine seltsame Mischung aus Gestern und Heute. Aber die Leute tuschelten, und der alte Schafhalter Edlefsen, der die Gabe des zweiten Gesichts gehabt haben soll, sagte: *As wenn se vunn Doden opstan weer.* Tammo und Rieke heirateten und bezogen ihr Haus. Dann kam grau der Spätherbst mit Sturm, Regen und Nebel. Und manche Nacht ließ das Heulen des Sturms und der See, das durch die Schornsteine in die Häuser zog, die Leute am Watt nicht in den Schlaf kommen. Nächte waren das, in denen die Alten manchmal jene erblickten, die schon seit Jahren und Jahrhunderten draußen im Watt liegen. Dann saßen sie wach in den Betten und lauschten ängstlich in das Wehen hinaus und hörten dazwischen Stimmen, die aus großen Tiefen kommen und graue Echos in die Ecken der Häuser werfen. Auch Tammo und Rieke fuhren manchmal aus ihrem Schlaf hoch; und obwohl sie glücklich waren, weil Rieke inzwischen ein Kind erwartete, ging die Angst im Haus um. Doch nicht das Brüllen der See war daran schuld; nein, es waren geringere, leisere Geräusche. Das pickte und knarrte, pochte und klopfte, rumorte und stöhnte in den alten Steinen und Balken. Es war, als ob das Haus von den vergangenen Generationen erzählen musste, die in seinen Teilen und Organen gelebt hatten, gestorben waren, ertrunken in großen Fluten. Am schlimmsten aber war das Tropfen. Das war die Feuchtigkeit der See, die sich jahrhundertelang in die Balken, sogar in die Steine eingesogen hatte. Jetzt nebelte und rieselte es unaufhörlich die Wände hinab und dunstete aus dem Gebälk. Und in den rauen Sturmnächten war es, als wäre die See schon im Haus.

Der alte Wiemken war bis hier gekommen, als wir von oben plötzlich die Kinder weinen hörten; meine Frau lief hinauf und kam dann mit Till und Marie zurück, die sich Wolldecken umgehängt hatten.

Sie haben schlechte Träume, sagte meine Frau.

Das sind solche Nächte, nickte der Alte, in denen es umgeht. Lassen Sie die Kinder ruhig hier.

Bei Tageslicht, fuhr er fort, sah alles freundlicher aus.

Sie trösteten sich damit, die Feuchtigkeit werde verschwinden, wenn das Haus längere Zeit bewohnt und beheizt sein würde und wenn endlich der Sommer käme. Der Frühling kam, und der Sommer kam, aber die Feuchtigkeit blieb, und die Hitze erzeugte im ganzen Haus einen scharfen, salpeterartigen Geruch. Im Spätsommer, als das Kind zur Welt kommen sollte, begann Rieke zu kränkeln; ihre Wangen verloren die Farbe, ihre Gestalt fiel ein, und ein schmerzhafter Husten quälte sie. Zwei Wochen vor der Geburt erzählte der alte Edlefsen seinem Nachbarn, er habe in der Dämmerung einen Leichenzug vom Deich kommen sehen; von Tammos Haus den Weg hinauf nach dem Kirchhof zu. Auf dem Wagen hätten zwei Särge gestanden, ein großer und ein kleiner. Und Edlefsen hatte richtig gesehen. Rieke brachte ein totes Kind zur Welt und starb selbst drei Tage nach der Geburt. *Du hars nich de Kram ut de Watt halen schullt, dat hürt de See und de Doden*, sagte Edlefsen zu Tammo und riet ihm, das Haus zu verlassen. Aber er wollte nichts davon hören und verfiel in Trübsinn. Wieder kam der Herbst, wieder der Winter, und dann weckte ihn die See aus seinen dumpfen Träumen. In einer Sturmnacht, im Watt knatterte und krachte das Eis in schweren Schollen gegen den Deich, wurde er von dröhnendem Gedonner geweckt. Er sprang ans Fenster und meinte in seiner Schlaftrunkenheit, den Deich von Schneewehen bedeckt zu sehen, doch es waren schaumgekrönte Wellen, die mit Eis untermischt über die Kuppe tobten und gegen sein Haus brandeten. Wie durchgehende Pferde peitschte der Sturm eine Woge nach der anderen über den Deich, und Tammo wusste, dass es die Toten aus dem Watt waren, die ihr Eigentum zurückholen wollten. Wie im Wahnsinn rannte er aus dem Haus, in dem Wasser, Eis und Nebel standen. Seit dieser Nacht soll er nie wieder ganz zu Verstand gekommen sein. Zwar schwand der Schrecken jener Stunden schon nach wenigen Tagen, doch wie sein Haus die Flut beschädigt überstanden hatte, so blieb auch in Tammos Gemüt etwas haften. Er konnte die See nicht mehr sehen, ohne zu zittern, und vor allem konnte er ihr Rauschen nicht mehr ertragen. Deshalb verließ er sein Haus und ging zurück in die Geest, wo er sich bei einem Bauern als Knecht verdingte. Man sagt, er habe einen der Balken mitgenommen und sich von einem Schreiner daraus einen Tisch bauen lassen; in diesem Tisch hörte er in Sturmnächten die Totenuhr ticken. Dann war ihm, als höre er merkwürdige Geschichten von alten, untergegangenen Geschlechtern, und manchmal hörte er in ihren Stimmen auch die Stimme Riekes. Am schlimmsten war es, wenn die Herbststürme kamen und das Brüllen der See bis auf die Geest zu hören war. Dann erwachte in Tammo der Wahnsinn. Nächtelang irrte er durch Geest und Heide, weg, nur weg von der See und vom Watt. Als er starb, begrub man ihn auf dem Geestfriedhof, aber manche Alten wussten, dass er dort nicht bleiben konnte, sondern in sein Haus zurückkehrte, ins Haus der Toten vom Watt. In Nächten wie dieser, wenn das Wetter umschlägt und Sturm aufkommt, geht er dort immer noch um.

Es war totenstill in der Gaststube. Selbst die Skatspieler waren verstummt und hatten seit geraumer Zeit zugehört; nur der Sturm rüttelte an den Fenstern.

Verstehen Sie jetzt, warum man das Haus nicht verkaufen kann?, fragte Wiemken.

Wir nickten.

Für die, die schlafen können, ist es nun Zeit, sagte er ruhig und leerte die Neige in seinem Glas. Gute Nacht.

# Inselliebe

Er stellte den Champagner in den Kühlschrank, den Flaschenkühler mit zwei Gläsern neben das Bett und platzierte ein paar Kerzen so auf der Schminkkommode, dass sich ihre Flammen im Spiegel vervielfältigen würden. Er spürte, dass seine dezent-frivolen Vorkehrungen einen Anflug schlechten Gewissens verrieten, besänftigte diesen Gedanken jedoch sogleich durch die Echtheit der liebevollen Gefühle, die ihn beflügelten.

Dann fuhr er zum Flughafen. Die Abendmaschine aus Zürich war pünktlich. Er wusste wohl um das Begehrliche in seinen Blicken, als er sie aus der Tiefe des Terminals auf sich zukommen sah. Ja, sie war schön, sie war sexy – und sie war seine Frau. Sie umarmten sich unter der Arrival-Tafel, auf der sich die Ankündigungen ratternd zu immer neuen Konstellationen verschoben. Ein erster, fast noch fremder, aber vielversprechender und die erneute gegenseitige Besitzergreifung ankündigender Kuss. Auf der Heimfahrt sog er lüstern den Duft ihres Parfüms ein, das durch Schweiß und Schmutz der Reise leicht verunreinigt wirkte; die trockene, nach Plastik schmeckende Luft des Flugzeugs schwang darin mit und etwas, das er nicht kannte. Der Kitzel des Fremden in der sicheren Ausstrahlung des Vertrauten, die vage Unsicherheit, ob sie je auf die Idee gekommen sein könnte, diese Urlaubswoche zu Flirts oder Seitensprüngen auszunutzen.

Nachdem sie ihn zweimal zur Messe begleitet hatte,

wo er erfolgreich Programme verkaufte, die in seiner Software-GmbH entwickelt wurden, hatte sie das Gefühl geäußert, dort fehl am Platz zu sein. Da er, ohne es sich anmerken zu lassen, dieses Gefühl von Anfang an teilte, stimmte er ihrem Vorschlag nachdrücklich zu, die Messewoche zu einem regelmäßigen Kurzurlaub zu nutzen. Seitdem trennten sich einmal im Jahr ihre Wege: Während er seine Messegeschäfte abwickelte, fuhr sie abwechselnd auf eine Nordseeinsel oder, wie in diesem Jahr, in einen Schweizer Kurort. Die Regelung hatte sich bewährt. Er konnte sich uneingeschränkt der Vermarktung seiner Software und der, wie er es nannte, notwendigen Kontaktpflege widmen, während sie die Woche mit Lektüre und langen Spaziergängen füllte und es genoss, Zeit für sich selbst zu haben. Darüber hinaus bewahrheitete sich an diesem Arrangement einmal mehr die Erfahrung, dass kurze Trennungen die Liebe befeuern.

Locker hielt er mit links das Lenkrad, legte die rechte Hand auf ihr Knie und schob den Rocksaum höher. Das war eine charmante Erinnerung an den Anfang vor zehn Jahren, als sie ihn in dem klapprigen Auto zum ersten Mal nach Hause begleitet hatte. Damals trug sie keinen Rock, sondern Jeans, hatte aber seine Hand mit einem wohligen Schauer begrüßt, und es war ihr egal gewesen, dass in seinem Zimmer nichts vorbereitet oder arrangiert war; Champagner konnte er sich sowieso noch nicht leisten, aber sein Bett war breit und hatte beide freundlich umarmt.

Als sie jetzt in den Hausflur traten, sagte sie, sie wolle erst duschen nach der Reise, aber er küsste ihren Hals hinterm Ohr und fuhr mit der Hand an ihrem Rückgrat bis zur zarten Wölbung hinab, der alte Trick, sodass sie gar nicht anders konnte und eigentlich auch nicht anders wollte, als sich ins Schlafzimmer schieben zu lassen. Sie genoss seine Gier, ohne sie schon ganz teilen zu können, doch in der leichten Zerstreutheit, mit der sie sein Drängen in sich aufnahm, schwankte für den kurzen Moment seiner abschwellenden Erregung ein Gedanke vorbei, der vielleicht eher ein undeutliches Bild oder auch nur ein vage geahntes Gefühl war: Er duscht, sagte dies Gefühl, ohne sich recht in ihr Bewusstsein zu heben, geschweige denn zu Wort zu kommen, sondern verebbend in ihrem Körper steckenblieb – er duscht in mir eine andere ab. Er war sehr zärtlich, als sie nebeneinander lagen, und entschuldigte sich für seine Hast, indem er ihr Komplimente machte, die sie mit einem dankbaren Lächeln annahm und mit den Spitzen ihrer Fingernägel auf seinem Rücken quittierte.

Dann ging sie ins Bad. Während er den Champagner holte und die Gläser vollschenkte, die Kerzen anzündete und das Geschenk, das er ihr mitgebracht hatte, aufs Kopfkissen legte, hörte er sie durchs Rauschen der Dusche singen. *O island in the sun*, sang sie, und er dachte, wie falsch sie singt und was für ein altes Lied.

Er legte sich wieder aufs Bett und wartete. Als sie ins Zimmer kam, glänzte ihr blauer Kimono im unruhigen Zwielicht der Kerzen verwischend auf. Öl auf Wasser, dachte er, oder, sie hob jetzt ihr Glas und nickte ihm durch die Perlen der aufsteigenden Kohlensäure zu, oder eine Lüge, eine Lüge des Lichts. Mit einer fahrigen Handbewegung stricht er sich die Haare aus der Stirn und ergriff sein Glas. Sie stießen an, aber die Gläser trafen sich nur an den äußersten Rändern, sodass statt des hohen Singens ein trockener, splitternder Ton erklang, der für einige Momente wie ratlos im Raum hing.

Für mich?, fragte sie und griff nach dem Päckchen auf ihrem Kissen.

Er nickte. Und in diesem Augenblick wusste er, dass er das Falsche gekauft hatte. Es war ein Geschenk an *ihn*, nicht an sie, und außerdem verräterisch im Hinblick auf das, was er seine Messekontakte zu nennen pflegte. Aber nun war es zu spät. Sie knotete die Schleife auf, schlug das lachsrote Papier zurück und versuchte, ihr Lächeln nicht gefrieren zu lassen, als sie abwechselnd das Geschenk betrachtete und mit fragendem Gesichtsausdruck zu ihm hinsah, fast so, als verstünde sie alles und gar nichts auf einmal.

Wie kommst du denn auf so was?, wollte sie sagen oder Ähnliches, sagte aber nichts, sondern hob das merkwürdige Kleidungsstück ins Kerzenlicht. Er hätte sich am liebsten unter der Bettdecke verkrochen. Wie konnte er nur auf so was kommen? Grün schimmernde Seide, spitzendurchbrochen, teuer gewiss, aber zugleich auf unerklärlich unmissverständliche Weise ordinär. Ich bin doch keine Nutte, wollte sie sagen, sagte aber wieder nichts, sondern lachte ein kurzes, trockenes, fast hustendes Lachen. Ein Missverständnis, wollte er sagen, das ist für eine andere, sagte aber nichts, weil er die Wahrheit nicht über die Lippen brachte. Und vielleicht war es gar nicht die Wahrheit; vielleicht war es doch für sie, für sie und ihn, für ihn mit ihr.

Ja also, sagte sie etwas hilflos und schüttelte kaum wahrnehmbar den Kopf.

Wie schrecklich, dachte er. Welcher Teufel hat mich geritten? Was tue ich ihr an? Und was gebe ich preis?

Na ja, sagte er dann laut und versuchte, unschuldig, spitzbübisch höchstens zu lächeln, ich weiß auch nicht, irgendwie dachte ich …

Ich kann es ja mal, mal anziehen, sagte sie tapfer, stand auf, ließ den Kimono mit einer anmutigen Gebärde zu Boden gleiten, trat vor den Spiegel, durch den das gelbe Licht der Kerzen hin und wider flutete, und schlüpfte hinein. Diese Häkchen, sagte sie irritiert, ich weiß gar nicht, wie ich die zumachen soll.

Er sprang auf, drängte sich an ihren Rücken, fuhr mit

den Händen über ihre jetzt in Spitzen erstarrten Brüste, über den seidebespannten Bauch, atmete schwer. Es war, wie er es erhofft, erinnert hatte, mehr sogar und zugleich ganz anders. Sie fühlte die Kraft, mit der er gegen ihren Rücken pochte, Einlass begehrend, schämte sich in dem grünen Unding an ihrem Körper, schämte sich auch für ihn, war aber zugleich fasziniert und wie immer überredet von seiner unverstellten Geilheit und gab weich nach, als er sie zu sich drehte, Spitzen und Seide und Haken und Ösen öffnete, als habe er das schon öfter getan. Er setzte sie auf die Kommode vor den Spiegel, mitten zwischen die Kerzen, sodass er im unruhigen Licht den grün bedeckten Rücken sah und die aus den Durchbrechungen umso nackter schimmernde Haut. Als sie ihn nach kurzem, verwirrtem Zögern in sich aufnahm, ertrank das Misstrauen gegen die Herkunft seiner ihr unbekannten Fantasie in wellenartigen Stößen weicher Feuchtigkeit, die schnell das ganze Zimmer durchströmten und anfüllten, das schwankende Licht in ihr Bewusstsein sogen, von wo ihr Körper es wie Löschpapier aufnahm, und die schartigen Schatten der Fragen und zweifelnden Ahnungen wegschwemmten, bis sie aus der Reise durch den dunklen Schlund ihrer Lust geweckt wurde von ihren eigenen Schreien, die wie Signale aus der Tiefe eines dunkelroten Raums aufzuckten, aufkeimten und schließlich in einem tiefe Sattheit atmenden Stöhnen verebbten.

Auf dem Bett liegend fand sie sich wieder. Er saß neben ihr, rauchte eine Zigarette und trank Champagner, befriedigt und zugleich von dem nagenden Gedanken beunruhigt, warum seine Zufriedenheit jetzt so schlicht, so erfüllt war und nicht sofort wieder ins Offene, Heikle, Verbotene ausgriff wie vor drei Tagen bei dieser Frau, die da plötzlich aus den Nebeln seines halbbetrunkenen Bewusstseins vor ihm aufgetaucht war oder vor ihn hingestellt worden war. Vielleicht, dachte er, ist es so einfach, weil dies hier meine

Frau ist. Ja, so musste es sein. Und das verräterische Geschenk, das er ihr gemacht hatte, war zwar ein Reiz für ihn, für sie vielleicht eine Zumutung, aber kein Reiz, der an den des Geheimen und Käuflichen heranreichte. Auf dem Körper seiner langsam in die Wirklichkeit zurückfindenden Frau war es nur eine billige Verkleidung, nicht Teil ihres Wesens. Und dennoch, wie sie sich eben hatte gehen lassen, wie sie Bewegungen vollführt und Laute ausgestoßen hatte, die er an ihr nie zuvor wahrgenommen hatte ... Was war das? Der Reiz dieses verfehlten Geschenks doch nicht! So skeptisch, so mit Recht skeptisch und misstrauisch hatte sie es, ihm zuliebe höchstens, angenommen. Oder war es denkbar, dass die Fantasien, die er seit einiger Zeit mit sich herumtrug und die seit drei Tagen zu einer recht konkreten Erinnerung geworden waren, sich von ihm auf sie übertragen hatten? Dass seine Hitze in ihr etwas Ähnliches entzündet hatte? Nein, nein, das war unmöglich. Eher war anzunehmen, und die Annahme verschaffte ihm augenblicklich Erleichterung, dass sie ihn betrogen hatte in der vergangenen Woche. Ja, so musste es gewesen sein, und die Nacht, in die er selbst geraten oder geschoben worden war, erhielt im Licht dieser Annahme eine Art Absolution.

Sie räkelte sich, sah wie erwachend an sich herunter, verwundert, dass das Geschenk noch an ihrem Körper war. Na ja, seufzte sie und lächelte ihm zu, wenn es so ist ...

Wie meinst du das?, fragte er, verschluckte sich, hustete.

Jetzt zieh ich es aber aus, sagte sie. Es ist unbequem. Und ziemlich feucht da unten.

Ja, natürlich, sagte er hektisch. Es war nur so eine Idee. Tut mir leid. Weiß gar nicht, wie ich auf so was kommen konnte. Geschmacklos irgendwie.

Sie ging wieder ins Bad. Ja, wie war er darauf gekommen? Merkwürdig. Und albern. Vielleicht brauchten Männer mit den Jahren solche Hilfen. Er schien Erfahrung zu haben mit diesen lächerlichen Verschlüssen und Öffnungen. Woher? Hatte er sie betrogen? Warum schenkte er ihr so ein nuttiges Dessous? War sie ihm, so wie sie war, nicht mehr attraktiv genug?

Er lauschte auf das Rauschen des Bidets. Sie hatte wahrscheinlich einen Liebhaber, mit dem sie sich einmal jährlich traf, wenn er auf der Messe arbeitete. Warum hätte sie sonst damals den Vorschlag gemacht, nicht mehr mitkommen zu wollen? Natürlich, so musste es sein, so war es. Sie betrog ihn seit Jahren.

Ich hab dir auch was mitgebracht, sagte sie, als sie ins Schlafzimmer zurückkam. Nicht ganz so ... so exotisch wie das ...

Was heißt denn exotisch?, schnappte er.

Sie schlüpfte in ihren Kimono. Ganz die alte, dachte er und sah zu, wie sie den Koffer öffnete, Pullover herauskramte, Röcke, Schuhe. Zwischen Unterwäsche und Parfümfläschchen lag etwas, das sie erst wie nachdenklich zur Seite schob, sodass er schon meinte, es sei das Geschenk, aber dann legte sie es mit einer hastigen Bewegung auf die Kommode.

Was ist das?

Das? Ach, nichts. Sie wühlte weiter im Koffer.

Nichts? Was heißt nichts?

Sie blickte verstört auf. Die Aggressivität seiner Stimme.

Was hast du denn? Das ist ... das ist doch nur ein Buch.

Ein Buch? Ach so. Er zuckte mit den Schultern. Sie las manchmal, las Romane, Geschichten, Gedichte gar. Er las nicht. So etwas las er nicht. Es lenkte nur ab vom Eigentlichen, von der Realität, war erfundenes Zeug, Hirngespinste, sentimentale Lügen. Ein Buch, ha ha ...

Hier! Sie hatte endlich gefunden, was sie gesucht hatte, hielt es ihm hin. Eine Flasche, hübsch verpackt.

Danke, sagte er, streckte die Hand aus, riss das Papier gelangweilt ab. Schnaps? Ich bin doch kein Alkoholiker.

Na hör mal, sagte sie enttäuscht. Bis jetzt hast du dich immer gefreut, wenn ich dir ...

Bis jetzt, bis jetzt, äffte er ihren Tonfall nach.

Sie drehte sich kopfschüttelnd von ihm weg, räumte die Sachen beiseite, nahm das Buch von der Kommode, sah sich suchend um, als ob sie nicht wüsste, wohin damit, und legte es schließlich wieder in den Koffer. Verrückt, dachte er, was hat sie denn bloß mit diesem Buch?

Wir wollen uns nicht streiten, sagte sie. Nicht heute.

Dann also morgen, dachte er.

Ich bin müde, gähnte sie. Du musst doch auch müde sein.

Nein, sagte er, das heißt, ja, ja. Schlaf nur. Ich trink noch eben die Flasche aus.

Dann schlief sie in einem weißen, langen Nachthemd. Unschuld lässt grüßen, dachte er grimmig. Tief schlief sie, wälzte sich manchmal im Schlaf. Er horchte auf ihre gleichmäßigen Atemzüge, lauschte schärfer, wenn kurze Phasen der Unruhe aufzuckten, fürchtete oder hoffte, dass sie dann reden würde, wie sie es manchmal im Schlaf tat, einen Namen preisgeben oder ein anderes nacktes Wort, das alles ans Licht bringen und auch ihn erlösen würde. Aber sie sprach nicht. Das törichte, entlarvende Geschenk, die Anerkenntnis seines eigenen Vergehens, lag neben ihrem Bett auf dem Boden, zerknüllt, befleckt, eine grüne Handvoll obszöner Erinnerung. Aber sie hatte es nicht anders verdient. Wer wusste denn schon, was sie ihrem Liebhaber alles zu Gefallen tat, ihrem Urlaubsschatten, ihrem Papagallo? Auch sie war nichts als eine Nutte und machte es sogar umsonst. Einen Moment lang beruhigte ihn dieser Gedanke, aber dann beunruhigte er ihn umso mehr, und plötzlich wollte er alles wissen, Name, Aussehen, Alter, wie gut er im Bett war, wie viel er verdiente, ob er auch verheiratet war, welcher Beruf. Aber ihr Schlaf verriet nichts. Er trank. Rauchte. Trank. Wie hatte sie sich verraten? Die Bereitschaft, die überraschende Behändigkeit, mit der sie sich auf der Kommode sitzend ficken ließ. Sie musste alles erzählen, auspacken. Dann würde er ihr auch alles erzählen. Und ab dann würde es keine Geheimnisse mehr geben, und alles wäre wie am Anfang, als er ihr die Hand aufs Knie gelegt hatte. Die Geheimnistuerei mit diesem Buch. Vielleicht wollte sie ihn damit provozieren, weil sie wusste, dass er ihre Liebe zu Büchern verachtete. Was war das überhaupt für ein Buch, das sie da in ihrem Koffer versteckt hielt?

Er stand auf, schlich auf Zehenspitzen durchs Zimmer, öffnete den Koffer. Da lag es, dünn, bescheiden, etwas verloren, lag zwischen einem Büstenhalter und hochhackigen Schuhen, als ob es fröre. Oder spreizte es sich? Er zog es heraus, gierig fast. Das Buch würde verraten, was sie verschwieg. Es konnte nicht anders sein. Er nahm es mit ins Bett.

Das Flackern der herunterbrennenden, tropfenden Kerzen huschte vieldeutig über den Einband. Ein Name, der ihm nichts sagte. Gedichte, ach Gott, Gedichte, wie rührend. Der Titel: *Inselliebe*, sieh an, sieh an. Er drehte das Buch unschlüssig in der Hand. Auf der Vorderseite die Schwarz-Weiß-Fotografie einer Brandungswelle, auf der Rückseite ein kurzer Text, der aber offenbar kein Gedicht war. Oder doch. Bei diesen sogenannten Dichtern konnte man ja nie wissen. Gedichte, las er kopfschüttelnd, seien die Gischt über den Wellen der Wirklichkeit, seien wie die Liebe, Sprache der Sprachlosigkeit; aber Gedichte seien nicht Silber gegenüber dem Gold des Schweigens, sondern der Schein dieses Goldes. Blödsinn, dachte er und bohrte in der Nase. Und so was liest sie? Er klappte das Buch auf. Ja, was haben wir denn da? Das ist doch ungeheuerlich! Dass sie sich überhaupt wagt, es mit nach

Hause zu bringen! Oder sie will, dass ich es entdecke, weil sie es nicht über die Lippen bringt. Handschriftlich nämlich stand auf dem Vorsatzpapier:

*Zur Erinnerung an einen heißen Abend*

Darunter eine fast unleserliche, wohl genialisch gemeinte Unterschrift, die jedoch eindeutig mit dem Namen des Autors identisch war. Das also wäre ihr Liebhaber? Ein Gedichteschreiber? Es würde zu ihr passen. Im vergangenen Jahr war sie auf der Insel; da muss es passiert sein. Was hat sie vorhin gesungen? *O island in the sun*. Und jetzt haben sie sich wiedergetroffen in der Schweiz. Ein Lyriker. Ein Verseschmied vögelt meine Frau. Liebe, Sprache der Sprachlosigkeit, oho! Säuselt ihr seinen Kitsch ins Ohr, während sie es ihm besorgt. Er blickte zu ihr hinüber. Sie schlief. Sprachlos. Er blätterte mit spitzen Fingern in dem Büchlein. Merkwürdig verschrobene Sprache, unverständlich. Warum sagt er nicht klar, was er zu sagen hat? Hat wahrscheinlich nichts zu sagen. Papierverschwendung. Und warum gehen die Zeilen nicht bis an den Rand? Gedichte? Da reimt sich ja nicht ein einziges Wort. Doch, hier, *Inselliebe*, das Gedicht also wohl, das für den Titel verantwortlich ist. *Der Strand*, stand da, *im Mittag leergebrannt*, wie kann denn etwas leerbrennen? *das große Blau verblich*. Ähä. *Ich hatte ein Gesicht gesucht*, Gesicht? Muss wohl Möse heißen, *um das der Seewind strich*. Winde wehn, Schiffe gehn, so was kenn ich noch aus dem Kindergarten. *Du kamst im Rhythmus*, du kamst im Rhythmus? Jetzt geht's also zur Sache, du alter Wortwichser, *dieses Meers*, Quatsch, *wir tauschten einen Blick*, lies: Fick, *du gingst vorbei, ich sah mich um, doch du sahst nicht zurück*. Wieso denn nicht? Ich denk, die hatten was miteinander? *Die Sonne fiel*, Kinderglauben. Die Erde dreht sich um die Sonne, *der Wind schlief ein*, wenn schon, dann »legte sich«, *der nächste*

*Blick*, siehe oben, *war lang*, sonst wird wohl noch was anderes lang gewesen sein, du Schelm, *doch zwischen uns stand immer der*, wer? ich? *der eigene Lieder sang*. Lieder ist ulkig. Software nennt man das heutzutage, du Romantiker. *Ich wollte dessen Schwester sein*, meine Schwester? Ja, tickt der Kerl denn noch richtig? *und wünschte, du wärst er*, ich kapier gar nichts mehr, *ich wollte, du wärst dieser Strand*, und also leergebrannt wie dein Hirn, *und ich wär dieses Meer*. Punkt. Aus. Schwachsinn. Schwüler Schwachsinn. Und so was verfängt ausgerechnet bei meiner Frau?

Er legte das Buch auf den Nachttisch, geschüttelt von einem krampfartigen, lautlosen Lachen. Nun gut, sie hatte es ihm auf ihre Weise gebeichtet. Sehr indirekt, sehr romantisch, aber immerhin. Im Grunde hatte er ihr auch schon alles gesagt, gezeigt sogar, indem er ihr das grüne Ding mitbrachte, das ihn an der Hure so fasziniert hatte. Also, dachte er, als die Kerzen mit leisem Zischen verlöschten, könnten wir jetzt alles auf sich beruhen lassen. Nein, ruckte es in ihm, als er schon in den Schlaf sank, wir müssen darüber reden. So kann es nicht weitergehen. Irgendwie liebe ich sie noch. Und dieser Lyriker muss aus ihrem Leben verschwinden. Im nächsten Jahr fahren wir wieder gemeinsam zur Messe. Er schlief ein, träumte von einem grünen Strand, auf dem der Wind bedruckte Fetzen aus Seide vor sich hertrieb.

Er erwachte, als Kaffeeduft seine Nase kitzelte. Sie hantierte in der Küche, vertraute Geräusche. Das Prasseln der Butter in der Pfanne mit den Spiegeleiern, der Geruch des Specks. Die Sonne stand im Fenster. Er wusch sich die Träume aus dem Gesicht.

Mit dem Buch in der Hand kam er in die Küche. Sie küssten sich flüchtig. Er ließ das Buch auf den Tisch fallen, als wäre es zentnerschwer. Sie sagte nichts, schenkte Kaffee ein, setzte ihm Eier vor. Er aß und trank, sah zu ihr hinüber. Sie aß und trank, lächelte ihm zu. Dann schob er den leeren Teller von sich und tippte mit dem Zeigefinger auf das Buch.

Was ist damit? Hast du es heut Nacht gelesen?

Allerdings, nickte er ernst. Ich verstehe jetzt.

Wie? Was verstehst du?

Also gut, sagte er entschlossen. Ich mach den Anfang. Die Sache muss jetzt vom Tisch. Und dann machte er den Anfang, erzählte, Einzelheiten ändernd, Details weglassend, Erklärendes hinzufügend, dass ihn während der Messe zwei Kollegen in ein, äh, Bordell gelockt hätten, jawohl, gelockt, als er schon ziemlich beziehungsweise völlig betrunken gewesen wäre, willenlos sozusagen, und da habe er dann wohl irgendwie mit einer, also mit einer Prostituierten, nun ja, Verkehr gehabt. Das täte ihm aber jetzt sehr, sehr leid, wenn sie wisse, was er meine, und natürlich werde es nie wieder vorkommen.

Sie hörte mit versteinertem Gesicht zu, rang sich aber schließlich zu einem Lächeln durch und sagte, dadurch fühle sie sich missbraucht, was den gestrigen Abend betreffe. Aber eigentlich sei sie ihm dankbar, dass er wenigstens ehrlich gewesen sei.

Nun tu mal nicht so, sagte er. Spiel hier nicht die Unschuld. Jetzt bist du dran.

Ich versteh dich nicht.

Er tippte wieder auf das Buch. Ich weiß ja schon alles, sagte er, aber du solltest es aussprechen.

Sie verstand ihn nicht. Er schlug die Seite mit der Widmung auf und schob ihr das Buch hin.

Hier, sagte er. Erklär mir das mal. Und das hier bitte auch, und er blätterte weiter bis zum Gedicht *Inselliebe*.

Sie lachte. Lachte erst zögernd, wie verstockt, dann freier, schließlich lauthals. Ihm schoss Röte ins Gesicht, Zorn, Scham.

Was soll das, schrie er, was gibt's denn da zu lachen?

Weil es komisch sei, sagte sie, schrecklich komisch.

Das Buch habe sie vorgestern gekauft. In dem Kurort habe eine sogenannte Dichterlesung stattgefunden, und da sei sie hingegangen. Es habe ihr übrigens nicht sehr gut gefallen. Das Buch habe sie nur gekauft, weil der Dichter ihr leid getan habe, vor nur elf Leuten zu lesen. Und es sei so wahnsinnig stickig gewesen in dem Saal.

Und die Widmung?, fragte er heiser.

Die Widmung, ja eben. Es sei halt sehr heiß gewesen in dem Vortragssaal, stickig, schwül. Sie habe um die Widmung nicht gebeten; der Dichter habe sich das selbst ausgedacht. Sie fände es übrigens recht albern.

Und diese, diese *Inselliebe*? Er schlug mit der flachen Hand auf das Buch, sodass es noch dünner zu werden schien. Das ist doch ein Gedicht über dein Verhältnis zu diesem Kerl!

Sie nahm das Buch zur Hand, blätterte in den vorderen Seiten, lachte, und jetzt tat er ihr fast leid. Sie zog ihn an sich und legte ihr Gesicht an seine Wange.

Das ist nicht möglich, flüsterte sie. Auf der Insel war ich im vergangenen Jahr. Aber dies Buch, hier, lies doch, ist schon vor sechs Jahren erschienen.

# Solveigs Tagebuch

Es war ihm nie gelungen, eine seiner ebenso zahlreichen wie heftigen Affären in der Normalität einer sogenannten festen Beziehung zu ordnen. Nicht, dass Fred Steinmann kein Freund des Geordneten oder Regelmäßigen gewesen wäre; vielmehr behauptete er, das Chaos in seiner Wohnung gehorche einer geheimen Ordnung, und die schöne Regelmäßigkeit, mit der er beträchtliche Mengen französischen Rotweins zu trinken pflegte, verstand er als Ausdruck seines soliden bürgerlichen Sinns für Gewohnheiten Dass dieser Sinn im Umgang mit Frauen versagte – entweder verliebte sich Fred in kühle Schönheiten, die ihm unerreichbar blieben, oder er trennte sich nach kurzer Zeit von jenen Frauen, die von ihrem Fürsorgeinstinkt in seine verlotterten Verhältnisse gelockt worden waren –, hatte einen lebensgeschichtlichen Hintergrund, über den er sich gelegentlich in diffusen Andeutungen verbreitete, wohl auch, um allzu lästiges, ins Gesprächstherapeutische drängendes Bohren nach seinen »Bindungsängsten« zu unterbinden: Er wartete dann mit der ebenso stereotypen wie kryptischen Verlautbarung auf, er sei »halt frankophil«, wohinter sich allerdings eine ziemlich haarsträubende Geschichte verbarg, die Fred jedem, den er für seinen Freund hielt oder zu später Stunde dazu ernannte, in strenger Vertraulichkeit mitzuteilen pflegte. Was wirklich passiert war, als er vor langen Jahren als ganz junger, noch in die verschwitzten Wirrnisse der Pubertät verstrickter

Mensch von einer einschlägig erfahrenen und recht reifen Französin in die Geheimnisse raffinierter Liebestechniken eingeweiht worden sein wollte, wurde nie zweifelsfrei klar. Und ich vermute, dass Freds Erinnerung an dieses Erlebnis im Lauf der Zeit zu einer erotischen Phantasmagorie angeschwollen war, der er, wann immer er sie zum Besten gab, neue und unerwartete Wendungen gab. Jedenfalls spielten die angeblich unerhörten Genüsse dieser frühen Erfahrung eine verhindernd-verhütende Rolle in seinem Liebesleben, weil er jede neue Bekanntschaft daran maß, ob sie in ihm die gleichen Empfindungen auszulösen vermochte wie jene längst zur Legende verklärte, zur fixen Idee verflüchtigte Französin. Nach Frankreich zu fahren, um dort erneut sein Glück zu machen, weigerte er sich energisch, weil er die harmonische Melodie seiner Erinnerung nicht durch die schrillen Misstöne der Wirklichkeit ruinieren wollte.

Ich muss all dies vorausschicken, weil anders die Ereignisse, von denen ich hier berichten will, noch merk- beziehungsweise fragwürdiger erscheinen würden, als sie es sowieso waren. Zu erwähnen wäre auch noch, dass kurz vor dem Zeitpunkt, da diese Ereignisse ihren verwirrenden Lauf nahmen, meine langjährige Freundin sich von mir getrennt hatte, um ausgerechnet einen Werbetexter zu heiraten, sodass der chronisch bindungsschwache Fred und ich, nunmehr wieder bindungslos, ein Herz und eine Seele waren. Das mag altmodisch klingen, bezeichnet jedoch treffend die nahezu tragischen Verstrickungen, denen Fred und ich uns plötzlich ausgesetzt sahen, als wir uns damals, jeder auf seine Weise, in die gleiche Frau verliebten – was in einer kleinen Stadt vermutlich gar nicht so selten vorkommt.

Nun ist mir natürlich das weithin verbreitete Misstrauen bekannt, das Schriftstellern entgegengebracht zu werden pflegt, wenn sie versichern, die Wahrheit zu berichten (wobei man dies Misstrauen mit weitaus besseren Gründen den meisten anderen Menschen entgegenbringen könnte, zum Beispiel auch Fred, wenn er sich in eine weitere Version seines französischen Initiationserlebnisses verzettelte); dennoch werde ich die folgende Geschichte so erzählen, wie sie sich zugetragen hat.

Fred und ich spielen einmal in der Woche gemeinsam eine Partie Tennis und treffen uns alle vierzehn Tage mit einem dritten Mann zu einer Runde Skat. Als Fred mich damals beim Tennis versetzte und sich damit entschuldigte, ihm sei »etwas Wichtiges« dazwischengekommen, nahm ich das nicht übel, aber in der folgenden Woche erschien er auch nicht zu unserem an und für sich sakrosankten Skattermin. Als ich ihn anrief, druckste er unbehaglich herum, redete von unaufschiebbaren Terminen und behauptete sogar, das Skatspielen öde ihn ohnehin an. In dem Moment wusste ich, dass hier eine Frau die Hand im Spiel haben musste, und sagte es ihm auch auf den Kopf zu.

Einmal müsse ich es ja doch erfahren, seufzte er, wobei seine Stimme zwischen Begeisterung und Beklemmung zu schwanken schien. Aber es handele sich eben nicht um irgendeine x-beliebige Frau, sondern um *die* Frau schlechthin, seine Traumfrau, die Frau seines Lebens und so weiter und so fort.

Ich glaubte meinen Ohren nicht zu trauen. In diesem ebenso verliebten wie verunsicherten Ton hatte er noch nie von einer seiner wechselnden Freundinnen geschwärmt, und als ich, um die ganze Wahrheit zu erfahren, plump nachhakte, was aber dann mit jener Französin sei, die doch stets die Inkarnation seiner Idee des Ewig-Weiblichen gewesen wäre, gab er überraschenderweise zur Antwort: Das war Kinderkram. Diesmal ist es ernst.

Ja, es war ernst, und als ich einige Tage später Solveig kennenlernte, verstand ich Fred sofort. Sie war nicht nur schön, sondern auch klug, nicht nur sexy, sondern auch humorvoll, dabei ganz uneitel, aber selbstbewusst – und die Art und Weise, wie sie Freds verliebtes Getue und Gehabe erwiderte, ließ keinen Zweifel daran, dass auch sie ihn liebte. Ich freute mich für Fred, obwohl ich nicht leugnen will, dass sein Glück mir einen Stich versetzte, und dieser Stich weitete sich zu Neid, als Solveig und Fred nach einigen Monaten ihre Wohnungen aufgaben und gemeinsam eine neue Wohnung bezogen. Fred sah ich nur noch selten, und anfangs glaubte ich, deswegen auf Solveig eifersüchtig zu sein, deren Präsenz mir meinen Freund vorenthielt. Aber es verhielt sich anders. Ich war, ohne mir dessen schon bewusst zu sein, auf Fred eifersüchtig.

Und an einem verregneten, trüben Herbstabend kam es dann zu jener Begegnung, die mich monatelang beschäftigen und in die aberwitzigsten Fantasien stürzen sollte. Ich war ins *Casablanca* gegangen, das Programmkino am Pferdemarkt, und als zwischen Werbeblock und Hauptfilm noch einmal kurz das Licht im Saal anging, klopfte mir plötzlich jemand auf die Schulter. Ich drehte mich um: Genau hinter mir saß Solveig, und als ich sie fragte, warum Fred nicht dabei sei, zuckte sie nur mit den entzückenden Achseln und machte ein bildhübsch-müdes Gesicht, aber bevor sie etwas sagen konnte, ging das Licht wieder aus und der Film begann. Welcher Film es war und wovon er handelte, weiß ich nicht mehr, weil ich augenblicklich, wie von einem Zauber berührt, in einen eigenen, träumerischen Film geriet, in dem Solveig die weibliche und ich die männliche Hauptrolle spielten. Es war der wunderbarste Film, den ich je in meinem Leben gesehen hatte, erregend und besänftigend zugleich, leidenschaftlich und zärtlich, mit einem in alle Zukunft ausgehaltenem Happy-End. Ich roch ihr Parfüm, spürte ihren Atem in meinem Nacken, fühlte ihren Blick auf meinen Schultern und war davon überzeugt, dass vor ihrem inneren

Auge der gleiche oder doch ein sehr ähnlicher Film abrollte wie jener, den ich träumte. Gewiss, es war Zufall, dass wir uns in diesem dunklen Saal getroffen hatten, aber ich glaubte an die Notwendigkeit und Wahrheit des Zufalls, dessen Wege sicherer sind als jeder Plan. Jedenfalls glaubte ich das in diesen zwei Stunden, glaubte es in all den Stunden, Wochen und Monaten, die folgten, glaubte es, bis Fred dann eines Nachts bei mir vor der Tür stand und der Film Wirklichkeit zu werden schien.

Als der Abspann auf der heller werdenden Leinwand versickerte, war ich davon überzeugt, Solveig und ich würden über kurz oder lang zu dem glücklichen Paar werden, als das ich uns fantasiert hatte. Und als sie einwilligte, mit mir noch einen Wein im Bistro des Kinos zu trinken, war mir alles so traumwandlerisch klar, dass ich mit ihr gar nicht mehr darüber zu sprechen hatte. Ich musste ja nur in ihre großen, grünblauen Augen blicken, die mich aufmunternd und jedem geheimen Gedanken rückhaltlos zustimmend ansahen, um mich in der wunderbaren Gewissheit zu wiegen, dass Solveig nur zu Fred zurückkehren würde, um ihn meinetwegen zu verlassen. Als ob sie unsere wortlose Verabredung besiegeln wollte, bot Solveig mir zum Abschied ihre Wange, aber ich wagte es nicht, noch nicht, sie zu küssen, sondern beließ es in der Vorfreude auf kommende Genüsse bei einer zarten Andeutung. Sie möge Fred grüßen, sagte ich im Weggehen, und indem ich das sagte, wich meine Eifersucht auf ihn einer Mischung aus Mitleid und schlechtem Gewissen; Mitleid, weil seine große Liebe im Begriff war zu enden – schlechtem Gewissen, weil ausgerechnet ich, sein Freund, ihm diese Liebe nahm.

In den nächsten zwei Wochen sah oder hörte ich nichts von Solveig und Fred. Ich stellte mir vor, wie sie ihn langsam, behutsam, aber deutlich darauf vorbereitete, dass sie ihn wegen mir verlassen müsse, stellte mir vor, wie sie dann eines Tages vor meiner Tür stünde, wie wir in eine unendlich selige Umarmung fielen, stellte mir vor, wie wir dann gemeinsam auf Reisen gingen, sah uns an einsamen Stränden nebeneinander hergehen, auf ewig unzertrennlich und glücklich, wie noch nie ein Paar glücklich gewesen war, kostete in Gedanken die leidenschaftlichen Nächte vor, die auf uns warteten – und in dieser Vorfreude lernte ich Solveig vielleicht besser kennen, als wenn sie bereits leibhaftig um mich gewesen wäre. Gelegentlich aufkeimendes Mitgefühl mit Fred verdrängte ich. Das Leben war ohnehin ungerecht, und meine Schuld war es nicht, dass Solveigs Wahl auf mich fiel.

Seit Fred mit Solveig zusammenlebte, hatte seinen Part in unserer Skatrunde ein anderer übernommen, aber eines Abends erschien Fred wieder in unserer Stammkneipe, setzte sich an den Tisch, als wäre nichts geschehen, und sagte, von nun an sei er wieder dabei. Man kann sich vorstellen, dass ich vor Erregung bebte, weil ich davon ausging, dass Solveig reinen Tisch gemacht hatte. Merkwürdig war nur, dass Fred heiter, ja geradezu lustig gestimmt war und auch mir gegenüber kein scharfes Wort hören, keinen schiefen Blick sehen ließ. Als die beiden anderen Freunde nach Haus gegangen waren, saßen Fred und ich uns allein gegenüber, aber er ließ sich immer noch nichts anmerken. Ich konnte die Situation schließlich nicht mehr ertragen und fragte plump und direkt, was mit Solveig sei?

Was soll schon sein?, sagte er achselzuckend und müde. Wir brauchen nur mal ein bisschen Abstand voneinander.

Wie wunderbar!, wollte ich rufen, murmelte aber nur: Und ich?

Tja, sagte Fred, ich kann verstehen, dass du sauer auf mich bist. Hab dich wegen der Frau ja ziemlich vernachlässigt. Aber das ist jetzt vorbei. Sie ist jetzt erst mal 14 Tage nach Paris gefahren, und wenn sie dann wiederkommt, wird man weitersehen.

Nach Paris? Das war natürlich überraschend, aber ich verstand es so, dass sie, bevor sie Fred mit der vollen Wahrheit konfrontieren würde, sich, ihm und mir eine Art Besinnungspause gönnen wollte. Offensichtlich hatte sie Fred aber noch gar nichts von mir erzählt, was in Anbetracht unseres freundschaftlichen Verhältnisses vielleicht auch besser war. Er würde es noch früh genug erfahren müssen.

Zwei Wochen später trafen wir uns wieder. Diesmal konnte ich meine Neugier nicht zügeln, sondern platzte sofort mit der Frage heraus, ob Solveig zurück sei? Fred nickte nur und sah dabei bedrückt aus. Offenbar wusste er nun bereits mehr, aber noch immer ließ er sich nichts anmerken. Vielleicht war ihm auch unsere Freundschaft zu wichtig, um sie einer Frau zu opfern. Aber was hieß schon *einer* Frau? Solveig war *die* Frau – und bald würde sie *meine* Frau sein. Es konnte sich jetzt nur noch um Tage handeln ...

Und so war es auch. Drei Tage danach, es war spät und ich lag schon im Bett, wo ich vor dem laufenden Fernseher eingeschlafen war, klingelte es an meiner Tür. Ich fuhr auf und wusste: Das ist sie! Rasch kämmte ich mich, fuhr in eine frische Unterhose, warf mir meinen Kimono über, den ich sonst nie anzog, weil er viel zu kühl war und ich lieber in meinem abgewetzten Frottee-Bademantel herumschlurfte, und öffnete mit bezwingendem Lächeln die Tür. Davor stand – Fred!

Ach, du bist's. Mein Lächeln fiel zusammen.

Ich hoffe, ich stör dich nicht. Kann ich mal reinkommen? Brauch jemanden zum Quatschen ...

Klar doch, ich dachte bloß ...

Gib mir mal 'nen Schnaps, sagte Fred, als wir uns gesetzt hatten.

Auch ich konnte einen Drink brauchen, denn was nun

kommen musste, war mir sonnenklar. Wir tranken uns zu, er lächelte, goss sich sofort ein zweites Glas ein, trank es aus, schüttelte sich wie ein nasser Hund.

Also?, fragte ich etwas hilflos.

Tja, sagte er. Sie ist weg.

Und?, hakte ich mit bebender Stimme nach, bist du jetzt sauer?

Ach was, er schüttelte entschlossen den Kopf. Das konnte sowieso nicht gut gehen. Irgendwie war sie gar nicht mein Genre. Sie hätte es mir nur eher und vielleicht auch anders sagen sollen, statt auf diese komische Art.

Ich verstehe nicht ..., stammelte ich und verstand wirklich nichts mehr.

Natürlich nicht, sagte er, zog eine dieser kleinen, rotschwarzen Chinakladden aus der Tasche und hielt sie mir hin. Das ist sozusagen ihr Abschiedsbrief. Lies mal.

Meine Hände zitterten, als ich die Kladde aufschlug und zu lesen begann. Alles, was ich mir in meiner Fantasie als Vorfreude ausgemalt hatte, war hier von Solveig niedergeschrieben, und zwar so, als wäre es bereits tatsächlich passiert. Natürlich hatte sie in ihren Fantasien manches anders gesehen, manches weggelassen und manches hinzugefügt, was ich mir nicht zu träumen gewagt hätte, doch gab es keinen Zweifel: Zwischen uns hatte eine wunderbare, ja geradezu zauberische Übertragung stattgefunden, eine Art telepathischer Umarmung, die nur wahrhaft Liebenden widerfahren kann. Und diese Umarmung, die Zeit und Raum außer Kraft setzte, hatte uns beide im Voraus erleben lassen, was nun Wirklichkeit werden sollte. Mein Name war nicht erwähnt, und da begriff ich, dass Fred immer noch nicht wusste, dass es hier um meine Person ging. Sollte ich es ihm gestehen? Ach nein, er würde es ohnehin bald erfahren, und in dieser späten Stunde, da zwischen uns die Vertrautheit zweier guter Freunde herrschte, wollte mir die Wahrheit nicht über die Zunge.

Allerdings war ich sehr erleichtert, dass Fred die ganze Angelegenheit nicht sonderlich zu belasten schien. Solveig war wohl bereits nur noch ein weiteres Steinchen im Mosaik seiner gescheiterten Beziehungen, denn nach dem dritten Glas Schnaps sagte er, tief durchatmend, dass er im Übrigen ja sowieso frankophil sei.

Von diesem Abend an wartete ich auf Solveig, wartete auf ihren Anruf oder einen Brief, aber nichts geschah. Fred und ich spielten wieder zusammen Tennis, spielten wieder miteinander Skat, und ich vermied es, die Sprache auf Solveig zu bringen, was ihm offenbar sehr recht war; seit sie weg war, lebte er sichtlich auf und hatte sich auch schnell mit einer neuen Freundin getröstet. Aber eines Tages, als wir nach dem Tennis beim Bier saßen, sagte er plötzlich und ganz unvermittelt: Erinnerst du dich noch an diese Solveig?

Ich nickte heftig in stummer Erinnerung.

Tja, grinste er, die ist auch frankophil geworden.

Was soll das heißen?

Sie hat mich neulich angerufen, weil sie ein paar Ohrringe in der Wohnung liegengelassen hat. Die sollte ich ihr schicken. Hab ich auch getan. Und zwar nach Paris. Sie lebt da mit einem Mann zusammen, den sie kennengelernt hat, als sie damals für 14 Tage dort war. Mit mir, sagte sie am Telefon, sei es schön gewesen. Dieser Franzose aber sei die ganz große Liebe, der Mann ihrer Träume quasi, der ganze Schmus, na ja, man kennt das. Der Mann in ihrem Tagebuch, das war der Typ. Und, bevor ich's vergesse: Sie lässt dich grüßen. Noch 'n Bier?

Wir tranken. Er begann plötzlich zu kichern, und auch ich musste lachen. Wir saßen uns gegenüber und lachten, bis uns die Tränen kamen.

# Punkt sechs am Pantheon

Schon wieder. Das aufreizend langsame Senken der Augenlider. Als ob die weit geöffnete Blende einer Kamera vor ihrem etwas zwielichtigen Motiv zuschnappte. Und das Motiv, kein Zweifel, war ich. Diese wunderbar langen Wimpern. Als der Blick mich zum ersten Mal traf, hatte ich verwirrt hinter mich geschaut, aber da war nur die leicht schmuddelige Wand der Trattoria mit einem Kalender der *Banca Commerciale* vom vergangenen Jahr. Links und rechts von mir konnte auch niemand gemeint sein, denn ich saß mit meiner Flasche Chianti allein am Tisch. So allein, dass diese Blicke mich umso tiefer trafen. Jawohl, sie meinte, schon wieder jetzt und fast schon schmachtend, als ihr Begleiter mal eben auf der Toilette verschwunden war, sie meinte eindeutig mich. Ich nickte vorsichtig, um Einverständnis zu signalisieren, hob aber zugleich die Schultern, um anzuzeigen, dass ich mir eigentlich nicht sicher sein konnte, mit was ich da im Einzelnen einverstanden war. Doch, doch, lockte ihr Lächeln, genau dich mein' ich, und genau das mein' ich. Ihr Begleiter kam zurück, und noch einmal klickte die Blende. Fantastisch!

Als sie vorhin im Lokal erschienen war, ging durch die anwesenden Männer ein Ruck: groß, blond, in einem schwarzen, eng anliegenden Kleid, das an einem Bein leicht geschlitzt war und ihre Formen dezent, aber deutlich betonte, Formen, die zum Äußersten dessen entwickelt waren, wovon der Mann der westlichen Hemisphäre träumt, in Italien sowieso. Den kleinen, verfetteten Mittsechziger, Halbglatze, teurer Maßanzug, Herrenhandtäschchen und dicke Ringe an mehreren Fingern, hielt ich zuerst für ihren Vater. Wie das ungleiche Paar dann aber während des Essens miteinander turtelte, ließ eher darauf schließen, dass es sich um eine Art Kennedy-Onassis-Ehe handeln musste. Kein Wunder also, dass diesem prachtvollen Weib der Sinn nach Abwechslung stand. Und ausgerechnet ich war der Erwählte! Und ausgerechnet jetzt und hier, an meinem letzten Abend in Rom.

Ich überlegte fieberhaft, wie ich das feurige Angebot dieses Blickgewitters in konkrete Bahnen lenken könnte, blieb aber in süßer Lähmung sitzen und bestellte Kaffee und Grappa. Doch Onassis winkte schon den Kellner herbei, öffnete die pralle Brieftasche, ließ mehrere große Scheine auf den Tisch tropfen, und dann gingen beide hinaus; das heißt, er watschelte, und sie schwebte und drehte sich nicht mehr nach mir um. Die wunderbaren Rundungen in dem schwarzen Kleid waren vielleicht nur Ballons, aus denen in meiner Vorstellung müde die Luft entwich. Was hatte ich mir auch eingebildet?

Als ich die Rechnung beglich, zog jedoch der Kellner aus der Brusttasche seiner Jacke ein Kärtchen und schob es mir mit einem irgendwie zweideutigen Grinsen unter den Teller mit dem Wechselgeld. *Domani, ore 18, Pantheon* stand da, mit lila Kugelschreiber in ungelenker Schrift mehr gemalt als geschrieben.

*Domani*. Morgen war Sonntag. Und am Montag musste ich wieder im Büro antreten. Ach was, dieses Abenteuer ließ ich mir doch nicht entgehen, da sollte mein Chef mich abmahnen, so viel er wollte. Leider konnte ich mein Hotelzimmer, das ich bereits gekündigt hatte, nicht mehr verlängern, es war schon anderweitig vergeben. Egal, morgen würde ich mir ein anderes Hotel nehmen, ein schnuckeliges, kleines Hotelzimmer für sie und mich. Vielleicht brauchte ich gar kein Hotel mehr, vielleicht bewohnte meine Schöne ein Penthouse über den Dächern Roms. Wir würden nach dem Essen in einem romantischen Restaurant auf ihrer Dachterrasse sitzen, die Sonne über der Kuppel des Petersdoms sinken sehen, den kühlen Abendwind über unsere heiße Haut fächern fühlen und schließlich auf ihr breites, mit schwarzen Seidenlaken bespanntes Lager fallen.

In dieser Nacht schlief ich nicht viel; an die durchgerammelte Hotelmatratze, deren Sprungfedern mir in Rückgrat und Schulterblätter drückten, hatte ich mich zwar gewöhnt, aber die lebhafte Vorstellung von den Freuden, die in der kommenden Nacht meiner harrten, ließ mir keine Ruhe. Erst gegen Morgen fiel ich in einen flachen, verschwitzten Schlaf, aus dem mich dann der Presslufthammer riss, dessen Stampfen mich Tag für Tag geweckt hatte. Heute klang er wie Musik, wie eine brünstige, wilde Musik, und ich wunderte mich nicht einmal darüber, dass er sogar an einem Sonntagmorgen losdonnerte.

Ich verließ das Hotel, packte meine Koffer ins Auto und stellte es in der Tiefgarage unter der Villa Borghese ab. Pfeifend und trällernd schlenderte ich in die Innenstadt, die sonntags wie ausgestorben ist, als ob am Samstagabend irgendwo ein großer Stöpsel gezogen wird und das Verkehrschaos der Woche lautlos absickert. Beim Frühstück in einer Bar an der Spanischen Treppe beschloss ich, ein paar Sehenswürdigkeiten zu besichtigen, die ich in den vergangenen 14 Tagen nicht geschafft hatte, bis mir am Abend eine Sehenswürdigkeit winken würde, die ich mit keinem Touristen würde teilen müssen.

Der Engel auf dem Castel Sant'Angelo, der mit energisch-männlicher Geste sein gezogenes Schwert in die Scheide stößt, winkte mir kupplerisch zu. Über die Spiralrampe, mit der die einzelnen Geschosse verbunden sind, erreichte ich die Aussichtsplattform. Die Anlage der Burg mit den Sälen, Höfen, Kammern, Magazinen, Nischen, Treppen, Auf-, Ab- und Querverbindungen begriff ich nicht, sie interessierte mich auch kaum, und selbst der grandiose Blick auf die Stadt war nichts als ein Lächeln der Vorfreude. In einem dieser in der Sonne gleißenden Palazzi würden wir sitzen, unter einem dieser ehrwürdigen Ziegeldächer würde unser Lager sein. Die Säulen und Kolumnen auf den Plätzen standen aufrecht wie nie zuvor. Mit der handlichen Kamera, die ich mir vor meiner Abreise noch gegönnt hatte, schoss ich ein paar Fotos, Fotos vom Morgen davor, und machte mich dann wieder an den Abstieg. Auf den Treppen herrschte Gedränge, und kurz vorm Ausgang rempelten mich einige aufwärts hastende Halbwüchsige so heftig gegen die Wand, dass mir die Kamera aus der Hand fiel, einige Stufen abwärts polterte und dann ramponiert liegenblieb. In die Wogen aufkeimenden Ärgers goss ich sogleich das Öl der wundervollen Stimmung, auf Freiersfüßen durch die Stadt der Verliebten zu schweben. Im Grunde brauchte ich die Kamera gar nicht; wenn ich sie dabeihatte, war es mir peinlich, sie zu benutzen, und wenn ich sie doch einmal gern benutzt hätte, dann hatte ich sie im Hotel vergessen. Ich warf das nutzlose Wrack in einen Mülleimer. Fotos, matter Abglanz des Lebens. Die Liebe, jawohl ...

Es ging auf Mittag zu und wurde heiß. Ziellos schlenderte ich durch schmale, kühle Gässchen, blickte an den steilen Häuserwänden zum Himmel, der als freundlich winkender Spalt mächtig blaute. Als ich stolperte, war es schon zu spät. Ich stand im Inhalt einer umgestürzten Mülltonne. Beide Hosenbeine waren mit einer weißen, mayonnaiseartigen Fettmasse verschmiert, der linke Schuh von rotbraunem Matsch überzogen: Hundescheiße, die sich als unterste Lage unter dem Müll befand. Das war nun ärgerlich und ekelig, sollte mir aber gewiss den Tag nicht verderben. Ich hatte noch genügend Zeit, zur Tiefgarage zurückzumarschieren, um Schuhe und Hose zu wechseln. Außerdem musste ich für den Fall, dass es mit dem Penthouse nicht klappte, ein Hotelzimmer reservieren.

Schon von Weitem hatte ich den Eindruck, dass mit dem Auto etwas nicht stimmte. Zwar stand es genau da, wo ich es abgestellt hatte, aber seltsamerweise gab es auf dem Fenster der Beifahrerseite keine Lichtreflexe. Die Scheibe war eingeschlagen. Natürlich hatte ich im Fond des Wagens nichts Wertvolles liegengelassen. Und meine Koffer? Das Schloss war aufgebrochen, der Kofferraum leer. Ich fluchte leise vor mich hin. Einen Augenblick lang schien Amors Pfeil aus meiner Brust gezogen, doch auf dem Weg zur Polizei fiel mir ein, dass die Autoangelegenheit natürlich die beste Entschuldigung gegenüber meinem Chef war, wenn ich am Montag nicht auf der Matte stand. Mit dieser Begründung konnte ich sogar, Frustration heuchelnd, im Büro anrufen und womöglich tröstende Worte einheimsen. Lassen Sie sich ruhig Zeit ...

Zeit ließ sich auch der Polizist auf der Wache. Aus seinem Verdauungsschläfchen gerissen, brachte es mir nur vorübergehend Pluspunkte ein, dass ich ihn mit »Commissario« ansprach. Er maß mich mit einem gelangweilten Blick, der in leider berechtigten Ekel umschlug, als er an meinen Hosenbeinen und Schuhen hängenblieb. Der Gestank trockener Hundescheiße mischte sich in die abgestandene Muffigkeit der Wachstube.

Eine Anzeige wegen Autoaufbruchs? Nein, er schüttelte den Kopf, das ginge jetzt nicht. Erstens sei Sonntag, und zweitens sei der dafür zuständige Kollege gerade in einer wichtigen Mission unterwegs.

Ich wollte schon unverrichteter Dinge abziehen, als mir die Idee kam, von dem Polizisten ein Dokument zu erbitten, aus dem hervorging, dass die Aufgabe einer Anzeige wegen Autoaufbruchs und Kofferdiebstahls nicht möglich sei. Das würde meinem Chef als Attest reichen, vielleicht sogar der Versicherung.

Der Mann sah mich überrascht an, schien aber an der Findigkeit des Vorschlags Gefallen zu finden, kramte einen hochamtlich aussehenden Vordruck aus dem Schreibtisch, tippte ein paar Zeilen darauf, stempelte mit beeindruckender Gestik und Stempeln in diversen Farben und Formen mehrfach von vorn und hinten und klebte schließlich eine bunte Gebührenmarke neben seine genialische Unterschrift. Das Dokument kostete 15.000 Lire, was er mir zum Preis von 3.000 Lire auch quittierte. Die 3.000 Lire hätte er mir gegen eine entsprechende Gebühr wohl auch noch quittiert, doch ließ ich es dabei bewenden.

Ach übrigens, der Polizist hatte sich wieder in halbschlafender Stellung auf seinem Drehstuhl platziert, er kenne da eine Werkstatt, die auf solche Schäden spezialisiert sei und mir rasch helfen könne.

Er gab mir ein Kärtchen, auf dem eine Adresse in Trastevere stand, sein Schwager sei das, gähnte der Polizist, schnell und billig.

In der öffentlichen Toilette der Tiefgarage versuchte ich, Hose und Schuhe vom allergröbsten Unrat zu befreien. Dafür wollte ich als Putzlappen mein T-Shirt opfern, das ich unter dem Hemd trug. Ich legte Jackett und Hemd über eine Toilettentrennwand, zog das T-Shirt aus, stieß dabei aber gegen Hemd und Jackett, sodass sie auf den nassen, schmutzstarrenden Fußboden glitten. Das Hemd war völlig ruiniert, das Jackett mit ein paar gelblichen Feuchtigkeitsflecken davongekommen. Also zog ich das T-Shirt wieder an und säuberte, so gut es ging, Hose und Schuhe mit dem Hemd.

Die Adresse in Trastevere bestand aus einem heruntergelassenen Rollladen, auf dessen abbröckelnder Farbe ein paar Reklameschilder von Öl- und Benzinfirmen klebten. Es war inzwischen kurz nach vier, sodass ich davon ausgehen durfte, den schnellen und billigen Schwager nicht mehr in seiner Siesta zu stören. Ich klopfte an den Rollladen. Nichts. Ich klopfte lauter. Nichts. Ich hämmerte mit der Hand. Gar nichts. Ich wummerte mit Fäusten und Füßen.

Da erhob sich über mir erregtes Gezeter, der Kopf einer Frau erschien im Fenster über dem Rollladen. Was ich wolle?

Ich zeigte auf mein Auto. Kaputt.

Ich solle verschwinden, ihr Mann sei nicht da.

Aber der Polizist, il Commissario, ich las den Namen von meinem Dokument ab und schwenkte es ihr entgegen, habe mich hergeschickt.

Ah, natürlich, na gut, wenn es so sei, einen Moment. Die Frau keifte jetzt ins Innere des Hauses, und nach einigen Minuten erschien tatsächlich ihr Mann. Unrasiert, verschlafen, in Unterhemd und offenstehender Hose kam er aus einem Seiteneingang geschlurft. Er besah sich den Schaden, nickte müde, ja, ja, das Übliche. In einer Woche könne er das regeln.

Das war nun aber wirklich zu spät. Ob es nicht eventuell auch etwas zügiger machbar sei?

Tja, er kratzte sich mit einer Hand am Bauch und hielt die andere leicht geöffnet.

Ich blätterte ihm Lirescheine hinein.

In vier Tagen, sagte er.

Ich blätterte weiter: drei Tage.

Mehr Lire hatte ich nicht, aber er hielt immer noch die Hand auf. Einhundert Mark: übermorgen. Zweihundert Mark: morgen Abend. Er warf einen Blick in meine leere Brieftasche und nickte zufrieden: morgen Mittag.

Gegen fünf erreichte ich das Pantheon und ließ mich erschöpft auf den Stuhl einer der Bars fallen, die den Platz säumen. Ich bestellte Kaffee und einen doppelten Brandy, um von den unerfreulichen Ereignissen des Tages Abstand zu gewinnen und mich auf den Abend einzustimmen, der mich für alles entschädigen würde. Als der Kellner kam und mir die Getränke mitsamt Kassenbon vorsetzte, fiel mir ein, dass ich überhaupt kein Bargeld mehr hatte. Ich hielt dem Mann also meine Kreditkarte hin, die er mit offenstehendem Mund staunend betrachtete, als habe er noch nie in seinem Leben Plastikgeld gesehen. Er sah von oben bis unten an mir herunter, das leicht verschmutzte Jackett, das fast noch weiße, wenn auch durchgeschwitzte T-Shirt, die, zugegeben, von eingetrockneter Mayonnaise gesprenkelte Hose, die notdürftig scheißeentsorgten Schuhe.

Ob ich tatsächlich die Absicht hätte, eine so minimale Rechnung per Karte ...?

Ich nickte munter. Warum denn nicht?

Er griff die Karte mit spitzen Fingern, verschwand im Inneren der Bar und kam mit einem Kollegen zurück, der ihm offenbar hierarchisch übergeordnet war. Dieser knallte die Karte mit einer dramatischen Geste auf den Tisch, erklärte so lautstark, dass alle Umsitzenden es hörten, die Getränke gingen auf Kosten des Hauses und ich solle schnell, aber ganz schnell verschwinden, sonst riefe man die Polizei.

Das war ja nun eigentlich eine Frechheit, aber weil ich keine Lust hatte, mich nach der Mühsal dieses Tages auch noch in eine komplizierte und unerfreuliche Auseinandersetzung verwickeln zu lassen, spielte ich den Klügeren und trollte mich. Die Leute von den anderen Tischen sahen mich alle an, und wenn ich ihre Blicke recht interpretierte, waren sie davon überzeugt, dass ich im Unrecht war. Unverschämt.

Ich hockte mich auf die Stufen des Brunnens in der Platzmitte, wo ein paar Rucksacktouristen herumlümmelten. Durch den Eingang des Pantheons strömten unablässig Touristen ein und aus, einzeln, in Paaren, in Gruppen. Ein Inder oder Pakistani, illegaler Immigrant wohl, lief von Bartisch zu Bartisch und bot halb verwelkte Rosen in Plastikfolie feil. Er kam auch an den Brunnen und hielt sein kümmerliches Angebot den Rucksacktouristen vor die Nase, die ihm sogar zwei Blumen abkauften. Merkwürdigerweise schlug er einen großen Bogen um mich. Plötzlich war mir, als hätte ich in einen Spiegel geschaut, und es war ein überaus unerfreulicher Anblick: dreckig, verschwitzt, kein Geld in der Tasche, dafür aber eine Kreditkarte, von der inzwischen die gesamte Gastronomie rund ums Pantheon wusste, dass sie gestohlen sein musste. All das hätte mir herzlich egal sein können, aber mir dämmerte, dass meine Traumfrau unverzüglich auf ihren hohen Absätzen kehrtmachen würde, wenn sie mich gleich so erblickte.

Meine Stimmung hatte sich bislang, wenn auch etwas mühsam, in vergleichsweise lockeren Dimensionen halten können. Doch jetzt umwölkten mich dunkle Melancholieschwaden, mit schwarzer Hand griff mir Depression ins eben noch so amourös gestimmte Gemüt, Selbstmitleid schleimte mein Herz ein. Was tat ich auch hier? Längst konnte ich über den Brenner sein, um morgen pünktlich um neun den Aktenberg in Angriff zu nehmen, der sich auf meinem Schreibtisch türmen musste. Ein Rendezvous mit der schönsten Frau von Rom? Lächerlich. Ich musste halluziniert haben gestern Abend in der Trattoria, eine Fata Morgana. Mit dem galanten Zettelchen hatte sich der Kellner wohl einen Scherz auf meine Kosten erlaubt, nachdem er bemerkt hatte, wie ich die Frau anstarrte. Ach, Elend.

Aus dem Pantheon kam in lockerer Prozession eine Reisegruppe im Rentenalter, angeführt von einer resoluten, grauhaarigen Frau, die wie Barbara Bush aussah, und von einem jüngeren Priester. Die Gruppe sammelte sich vor dem Brunnen, und die Reiseleiterin erklärte mit stark westfälischem Akzent die Attraktionen, hier nun der berühmte Brunnen, dort drüben dann das Haus, in dem Ludovico Ariosto gewohnt habe, hie also dit und da also dat.

Lautlos und milde lächelte der Priester in die Runde, unsere Blicke kreuzten sich für einen Moment, er schien nachzudenken, griff dann in die Tasche und legte mir ein 500-Lire-Stück vor die Füße. Ich starrte ihn apathisch an, und meine staunende Reglosigkeit motivierte andere Damen und Herren, es ihrem geistlichen Hirten gleichzutun. Ich wollte abwehren, etwas auf Deutsch sagen, um das Missverständnis aufzuklären, aber da hatten sich schon zwei Damen links und rechts von mir aufgebaut, um sich von ihren Männern mitten im Elend fotografieren zu lassen.

Du fotografieren?, fragte mich jetzt einer der Ehemänner und hielt mir seine gewaltige Kamera hin. Du fotografieren mio e mio Frau. Hier Kamera. Du halten, so! Hier machen Klick. Capito?

Si, murmelte ich wie in Trance, si Signor, und machte ein Foto des Ehepaars.

Bravo!, riefen sie und klatschten in die Hände, als hätte ich ein Zirkuskunststück vollbracht. Die Frau forderte ihre Mitreisenden auf, die Chance nicht ungenutzt verstreichen zu lassen, hier einmal in Konstellationen abgelichtet zu werden, die sich sonst nicht boten, dazu noch aus original italienischer Hand. Was würde man zu Haus erzählen können! Mehrere Fotoapparate wurden mir entgegengestreckt, während weiterhin Münzen und Scheine auf die Stelle geworfen wurden, die der Priester mit seinem Geldstück sozusagen seliggesprochen hatte.

Tja, dachte ich, so kommt man zu Kleingeld, hängte mir je eine Kamera über beide Schultern und nahm eine dritte schussbereit in die Hände, während sich vor mir die Reisegruppe zu wechselnden Posen formierte. Dabei kam es zu Eifersüchteleien, wer wann neben wem zu stehen käme, auch zu kleinen Rempeleien, die mit Gelächter quittiert wurden, schließlich sogar zu einer kleinen Rangelei zwischen einem mageren Mann und einer ziemlich korpulenten Frau.

Das habe sie schon die ganze Zeit gemerkt, dass der Herr Ganting sich immer vordränge, rief die Dicke, er wolle stets der Erste sein, sogar beim Essen.

Herr Ganting konterte trocken, dass man ihm das zum Glück nicht ansähe, während Frau Brochmann auf eine Schlankheitsfarm überwiesen gehörte.

Gelächter brach aus, doch ein Herr mit Strohhut, offenbar Frau Brochmanns Mann, rief: Frechheit!

Und die Reiseleiterin sagte, die Herrschaften mögen sich mäßigen und nicht drängeln.

Genau, schrie ein Herr, der mehrere Plastiktüten hielt, drängeln Sie doch nicht so, lassen Sie das doch sein, ja, auch Sie, Frau Meyer-Grunding.

Ein bislang etwas abseits stehender Mann, der versucht hatte, einen neuen Film in seine Kamera einzulegen, stieß jetzt robust durch die streitende Gruppe, um mir ebenfalls seine Kamera auszuhändigen. Hier Vögelchen, sagte er und zeigte aufs Objektiv. Schön vorsichtig, gell, attenzione. Kamera molto caro.

Also hören Sie mal, scholl es da aber aus dem sich immer unübersichtlicher verkeilenden Haufen, was erlauben Sie sich denn? Sie sind doch noch gar nicht dran, Mensch!

Jemand rief: Jetzt aber erst einmal wir mit den Roths zusammen, jemand anderes rief: Aber nicht mit meiner Kamera!

Den Italiener haben wir schließlich entdeckt, entrüstete sich die Frau, die ich zuerst fotografiert hatte, während eine klagende Stimme rief: So lassen Sie das doch, hören Sie doch auf.

Rüdiger, dies eine schneidende Frauenstimme, hol sofort den Apparat zurück, der Bettler macht den sonst kaputt!

Rüdiger befreite sich aus den laokoonartigen Verschlingungen der Gruppe und riss mir die Kamera von der linken Schulter.

Moment mal, geiferte da jedoch ein großgewachsener Mann in Bermudashorts, das ist unsere. Herr Neugebauer, das ist unsere Kamera, geben Sie die her.

Der Große stürzte sich auf Rüdiger und zerrte an der Halteschnur des Fotoapparats: Meine, meine!

Rüdigers Frau kam ihrem bedrängten Gatten zu Hilfe, was die Frau des Großen ebenfalls bewog, Partei zu ergreifen. Mit ihrer Handtasche schlug sie auf Kopf und Schultern des ringenden Rüdiger.

Meine Damen, meine Herren, ich bitte Sie! Die Reiseleiterin versuchte vergeblich, die Gruppe zu entflechten. Vielmehr ergriffen jetzt einige bislang Unbeteiligte unverhohlen Partei für Rüdiger und Frau, während andere dem Großen und seiner Gattin beisprangen. Selbst der kleine Herr Ganting stürzte sich ins Getümmel, übergab mir aber zuvor sein Herrenhandtäschchen.

Halten Sie mal, junger Mann.

Die Sache spitzte sich zu. Die Reiseleiterin versuchte, auf den immer noch milde bis hilflos lächelnden Priester einzuwirken, friedenstiftende Maßnahmen einzuleiten, aber er zuckte immer nur mit den Achseln und schaute mit gefalteten Händen zum Himmel.

Tun Sie doch was, hörte ich die Reiseleiterin durch den Tumult, um Gottes willen. Herr Vikar!

Inzwischen hatten sich zahlreiche Passanten um die raufende Reisegruppe geschart; die Rucksacktouristen schoben sich zwischen mich und den Kampfplatz, sodass ich einige Stufen aufwärts stieg, um besser sehen zu können. Einige Italiener unter den Zuschauern riefen anfeuernde Bemerkungen ins Scharmützel, zwei Hunde, die sich zuvor gegenseitig gebissen hatten, beteiligten sich jetzt auf verschiedenen Seiten an der Auseinandersetzung, und ich rechnete damit, dass jeden Augenblick ein größeres Polizeiaufgebot auf der Walstatt erscheinen müsste – als dem Vikar die Erleuchtung kam: Mit wie segnend erhobenen Händen stimmte er den Choral »Großer Gott, wir loben dich« an und ging gemessenen Schritts der Via Rontondo entgegen. Die Reiseleiterin fiel stimmgewaltig ein, die Kämpfenden hoben die Köpfe und ließen voneinander ab, folgten ihren Führern, bis schließlich Rüdiger mit Frau, das Schlusslicht bildend und »vor dir beugt die Erde sich« singend, hinterm Pantheon verschwunden waren.

Die Zuschauer zerstreuten sich lachend, die Hunde fielen wieder übereinander her, und ich saß allein auf der obersten Brunnenstufe, behängt mit zwei Kameras, in der Hand das Täschchen des Herrn Ganting. Ich wollte mich gerade aufraffen und der lobpreisenden Prozession nachsetzen, als ich sanft, so sanft, eine Hand auf dem Rücken spürte. Ich drehte mich um: Sie. Punkt sechs. Die grünen Augen so unergründlich lasziv, wie ich sie in Erinnerung hatte, die langen Wimpern allerdings falsch, viele kleine Fältchen, die diese Augen belauerten, dafür echt, die blonden, halblang fallenden Locken ganz offensichtlich gefärbt, das Gesicht etwas zu grell geschminkt, die Fingernägel lang und so lila wie der Kugelschreiber, mit dem sie mir ihre Botschaft geschrieben hatte.

Wie schön, dass ich gekommen sei, hauchte sie mit rauchiger Stimme, hakte sich bei mir ein, steuerte mich sanft, doch energisch vom Pantheon-Platz weg in eine Seitenstraße, vergaß zuvor aber nicht, das Bargeld aufzusammeln, das mir als Almosen zugefallen war.

In einer kleinen Bar tranken wir Aperitif, sie sagte: Nenn mich Rosetta. Auf den ersten Blick schon hätte ich ihr gefallen, und sie nannte mich Chérie, war aber keine Französin. Sie habe beobachtet, wie ich das mit den Kameras gemacht hätte, bravissimo! Sehr professionell.

Sie prostete mir zu. Sollte ich ihr erklären, dass alles bloß ein groteskes Missverständnis war? Ach nein, warum denn, der Abend fing so schön an, auch wenn Rosetta mir etwas, wie soll ich sagen? professionell vorkam. Sie schlug vor, in die gleiche Trattoria zu gehen, in der wir uns gestern verliebt hatten; das sei ihr Stammlokal, der Kellner ein guter Freund.

Was aber, sagte ich, wenn ihr… ihr Vater dort auftauchte, mit dem sie gestern dort…? Ach, der, sie machte eine wegwerfende Handbewegung, der kommt nicht wieder.

Ihr Freund, der Kellner, hatte hübsch für zwei gedeckt, sogar eine Kerze angesteckt. Wir waren fast unter uns. Nur in einer Ecke hockte ein einzelner Mann, Tourist, Skandinavier vielleicht oder Engländer, der mit großen Augen Rosetta anglotzte. Das machte mich stolz. Einmal, als ich von der Toilette zurückkam, hatte ich für einen Moment das Gefühl, Rosetta habe ihm soeben Blicke zugeworfen, die denen ähnlich waren, mit denen sie mich bezaubert hatte. Aber das war wohl ein aus Eifersucht geborener Irrtum, denn kaum saß ich wieder bei ihr, da schlug sie vor, in ihr Hotel zu gehen, gleich nebenan; dort sei es viel gemütlicher als hier.

Ich zahlte mit der Kreditkarte, die ohne Zögern akzeptiert wurde. Rosetta ließ sich vom Kellner eine Plastiktüte geben, in der wir die Kameras und das Täschchen verstauten. Morgen würde ich alles zur Polizei bringen.

Rosettas Hotel war leicht düster, aber sauber. Der Portier schien ebenfalls ein guter Freund von ihr zu sein. Sie übergab ihm die Plastiktüte zur Verwahrung, und er lächelte wissend.

Das Zimmer war klein, wies auf einen verwahrlosten Hinterhof, aber das Bett war groß, und als Rosetta mich in ihre Arme schloss, dachte ich an den Engel auf dem Castel Sant'Angelo. Sie war so professionell, dass ich ihre Professionalität eigentlich gar nicht merkte. Nach der Erschöpfung der ersten halbe Stunde bat sie, ich möge vom Portier eine Flasche Champagner holen.

Der Portier lehnte über dem Rezeptionstresen und telefonierte lebhaft; die Kameras lagen vor ihm und die Tasche mit ihrem ausgekippten Inhalt: Reiseschecks, ein Rosenkranz, Bargeld in Lire und Mark, ein Pornoheft. Ich wollte etwas sagen, aber er gab mir durch Zeichen zu verstehen, ohne sein Telefonat zu unterbrechen, alles liefe bestens. Die Flasche stand mit zwei Gläsern schon bereit.

Im Zimmer wartete Rosetta auf mich. Der Korken knallte. Der Champagner spritzte und strömte. Die Geste des Engels.

Als ich am nächsten Morgen erwachte, war ich allein. Ich zog mich an und ging zur Rezeption. Der Portier lächelte breit, griff unter den Tresen und gab mir einen Briefumschlag. Er enthielt Lire-Scheine im Wert von über tausend Mark sowie einen Zettel, auf dem, geschrieben mit violettem Kugelschreiber, stand: *Dein Anteil.*

Daneben der Lippenstiftabdruck ihres Mundes.

# Ein Irrtum

Guten Tag: *konnichi wa*. Ja: *hai*. Nein: *iie*. Auf Wiedersehen: *sayoonara* - wobei das *R* ein zwischen r und l liegender Laut sei, bei dem die Zungenspitze gegen den Gaumen gedrückt werde. Auf keinen Fall, mahnte der POLYGLOTT, das deutsche R! *sayoonala* also wohl.

Reimann streckte sich, soweit das in der Unbequemlichkeit des Sessels möglich war, und sah aus dem Fenster. Man überflog soeben, aus den weiten Langweiligkeiten Sibiriens entlassen, das Japanische Meer und würde in fünfundvierzig Minuten zur Landung in Narita ansetzen.

Die Stewardessen reichten ein letztes Mal heiße Erfrischungstücher durch die Reihen, und Reimann sagte *arigatoo*: danke, wobei er darum bemüht war, die Zungenspitze gegen den Gaumen zu drücken. *Aligatoo?*

Die Stewardess sah ihn verständnislos an: *Excuse me, Sir?*

Reimann seufzte resignierend. Danke, sagte er, ich meine *thank you*. Er wischte sich den trockenen, nach Plastik schmeckenden Schweiß aus dem Gesicht und blätterte wieder lustlos im POLYGLOTT. Wieviel Uhr ist es? *nan-ji desu ka?* Viertel vor Sieben. Die Maschine würde gut eine Stunde früher als erwartet ankommen, was angenehm war, selbst wenn Reimann dann im Flughafen auf Professor Hirato würde warten müssen. Ich habe nichts zu verzollen: *zeikin o haraubeki mono o motte imasen*. Unsinn, dachte Reimann, Kauderwelsch ...

Für die wenigen Tage, die er sich in Tokio aufhalten

würde, Japanisch zu lernen, lohnte sich wirklich nicht, zumal die Kollegen der japanischen Germanistik, mit denen er zu tun hatte, alle mehr oder weniger gutes Deutsch sprachen. Im Übrigen hatte ein Kollege, der einige Jahre als Auslandslektor in Kyoto verbracht hatte, Reimann beruhigt: Zutiefst davon überzeugt, dass seine Sprache trotz bestem Willen und fleißigstem Studium von keinem Ausländer beherrschbar sei, kenne der Japaner keinen Sprachchauvinismus und sei eben deshalb über jeden Ausländer entzückt, der sich damit abmühe, die eine oder andere japanische Floskel über die Lippen zu bringen; entzückt, weil solche Versuche als Höflichkeit angesehen wurden, entzückter, weil man dem radebrechenden Fremden sogleich geläufig in *dessen* Muttersprache aus der Verlegenheit helfen konnte, am entzücktesten jedoch, weil die von vorneherein zum Scheitern verurteilten Versuche als Beweis für die prinzipielle Unerlernbarkeit des Japanischen genommen wurden und der Japaner sich deshalb in seinem liebsten Selbstverständnis aalen konnte, nämlich abgrundtief geheimnisvoll und, den alltäglichen Höflichkeitsorgien zum Trotz, im letzten Wesen unnahbar zu sein.

Ich verstehe Sie nicht: *anata no yuu koto ga wakarimasen.* Verstehen Sie mich? *watakushi no yuu koto ga wakarimasu ka?*

Quatsch, murmelte Reimann vor sich hin, Zeitverschwendung, klappte den Sprachführer zu, gähnte übernächtigt und beneidete den neben ihm sitzenden Japaner, der während des gesamten Flugs nahezu regungslos und selig schnarchend geschlafen hatte.

Schon erging die Mahnung, die Tische hochzuklappen und die Rückenlehnen senkrecht zu stellen. Im turbulenten Gewackel des Landeanflugs blinkten von unten Reisfelder wie ein überdimensionales, asymmetrisches Schachbrett aus Spiegeln, in denen grell reflektierend die Morgensonne stand. Schon folgte der unvermeidliche kleine Hüpfer beim Aufsetzen auf die Rollbahn, das sinnlose Gedränge beim Aussteigen, das Warten aufs Gepäck, umständliche Einreiseformalitäten.

Der Mann vom Zoll fragte auf Deutsch: Haben Sie anmeldepflichtige Walen?

Auf keinen Fall das deutsche R, dachte Reimann und verneinte.

Reimann ging zum vereinbarten Treffpunkt, einer kleinen Café-Bar neben einem Zeitungskiosk in der Ankunftshalle. Die Verkehrsmittel, hatte der japankundige Kollege Reimann erklärt, seien von jener legendären Pünktlichkeit, die in Deutschland nur noch sprichwörtlich sei. Wegen des frühen Eintreffens des Flugs war es also kein Wunder, dass Hirato ihn noch nicht erwartete.

Reimann hockte sich an den Bartresen und sagte: *Hitotsu koohii doozo.*

*Excuse me, Sir?*

Ach so, sagte Reimann. *Coffee, please.*

Hirato würde ihn abholen und ins Hotel bringen. Das hatte er sich nicht ausreden lassen, obwohl Reimann betont hatte, er fände sich gut allein zurecht. Es würde auch kaum vermeidbar sein, abends mit Hirato Essen zu gehen, und Reimann erinnerte sich kopfschüttelnd an Hiratos hemmungslose Goethebegeisterung, die jede noch so banale Tätigkeit, jedes noch so beiläufige Wort mit einem Zitat zu verzieren pflegte. Als Hirato im letzten Jahr nach Deutschland gekommen war, um erste Kontakte für die geplante japanische Jean-Paul-Ausgabe zu knüpfen, war in Reimann der Verdacht aufgestiegen, der japanische Kollege könne den kompletten Goethe auswendig.

Jetzt ging es aber um Jean Paul. Reimann hatte das Textkonvolut der Ausgabe auf Mikrofilme kopieren lassen und trug sie in einem Aktenköfferchen bei sich. Hirato würde sich freuen, ein Zitat aus seinem Dauerlächeln entlassen, *Entfalte du die alten Pergamente,/ Nach Vorschrift sammle Lebenselemente / Und füge sie mit Vorsicht eins ans andre*, so etwas in der Art, und dann würde er sich zusammen mit seinem Team an die Übersetzung und Kommentierung machen. Es gab im Grunde nicht mehr viel zu besprechen, aber Reimann hatte die Gelegenheit beim Schopfe gepackt, sich auf diese Weise eine kostenlose, wenn auch kurze Dienstreise nach Tokio zu gönnen.

Und da war er nun, trank Kaffee und fragte sich, ob Hirato selbst oder einer von dessen jüngeren Kollegen wohl auf die Idee kommen würden, ihn nicht nur durch Institut und Bibliothek, nicht nur in Museen und Theater zu führen, sondern vielleicht auch einmal ins Nachtleben der Stadt, über das der erfahrene Kollege daheim allerlei Animierendes zu berichten gewusst hatte.

Reimanns Blick streifte über die Zeitungen und Journale am Kiosk, *International Press*, deutsche Zeitungen, amerikanische Magazine, französische Journale. So wie Reimann Hirato einschätzte, war mit nächtlichem Entertainment kaum zu rechnen, eher mit ermüdenden Debatten über die Authentizität der Eckermannschen Gedächtnisprotokolle oder der metaphysischen Bedeutung von Geld und Wirtschaft im FAUST, und also beschloss Reimann in Voraussicht langer Abende und einsamer Nächte im Hotel, sich mit einem Exemplar des *Playboy* zu versorgen. Er zahlte den Kaffee, fünfhundert Yen, eine Frechheit, griff sein Gepäck, schlenderte zum Kiosk, blätterte in einigen Zeitschriften, schlug den *Playboy* auf, hatte dabei das peinliche Gefühl, beobachtet zu werden, zahlte schnell und stand dann, unschlüssig um sich blickend, das Magazin noch in der Hand vor dem Kiosk.

Tatsächlich, er war beobachtet worden, denn vom Tresen der Café-Bar kam ein Japaner auf ihn zu, der sich in einem Abstand von etwa fünf Metern das erste Mal verneigte, zwei weitere Schritte in Richtung Reimann machte, innehielt, um sich erneut zu verneigen, schließlich vor ihm stand und sich ein drittes Mal sehr tief verneigte. Hirato war es nicht, sondern ein etwa fünfunddreißigjähriger, in seinem hellen Seidenanzug elegant und eher südländisch als asiatisch wirkender Mann. Hirato wird verhindert sein und hat jemanden geschickt, um mich abzuholen, dachte Reimann und verneigte sich ebenfalls.

Herr Reimann?, fragte der Japaner und machte einen weiteren Bückling. Es hatte wie Hell Leimann geklungen.

Gewiss, sagte Reimann, das bin ich.

Sehr erfreut, dienerte der elegante Herr eilfertig. Sein Name sei Tachitaki, sagte er in fließend falschem Deutsch. Sein Chef sei verhindert und habe ihn beauftragt, Reimann zu empfangen.

Aha, sagte Reimann. Angenehm, und wusste nicht, was er mit dem *Playboy* tun sollte, den er noch in der Hand hielt. Sie, äh, Sie sind also einer der Assistenten?

Tachitaki verneigte sich wiederum, und sein Lächeln verbreiterte sich zu einem Grinsen. Jawohl, nickte er, Assistent, und dann brach er in ein dünnes, lautloses Lachen aus.

Reimann schüttelte innerlich den Kopf. Merkwürdiger Typ, aber so sind sie wohl alle in ihrem Höflichkeitswahn.

Tachitaki erklärte, Reimann nun in sein Hotel zu fahren. Das verabredete Treffen werde morgen wie geplant stattfinden.

Abgesehen von der Peinlichkeit, sich einem der Tokioter Germanistik-Assistenten mit einem Männermagazin in der Hand als deutsche Romantik-Koryphäe vorstellen zu müssen, war Reimann die Situation nicht einmal unlieb. So blieb ihm jedenfalls am ersten Tag Hiratos Zitatenschwall erspart, und er würde Zeit haben, sich heute Abend auf eigene Faust in Tokio umzusehen, ohne von öden Fachsimpeleien behelligt zu werden.

Ja, nickte Reimann also munter und bückte sich, wie

um sich zu verbeugen, ließ aber lediglich den *Playboy* beiläufig in der Außentasche seines Koffers verschwinden, das wäre sehr nett von Ihnen.

Der Assistent schien freilich ein aufmerksamer Beobachter zu sein, denn er deutete grinsend auf das Magazin und sagte, das brauche Reimann nun ja nicht mehr.

Wie meint er das denn jetzt?, fragte sich Reimann. Und wo bleibt denn da die japanische Höflichkeit? Reimann wusste nicht, ob er empört oder erfreut sein sollte, es hier mit einem unerwartet lockeren Fachkollegen zu tun zu haben. Dann müssen wir wohl mit der Bahn ins Zentrum fahren, nicht wahr?, brachte er das Gespräch auf unzweideutige Gleise.

Tachitaki starrte Reimann entgeistert an und verfiel dann wieder in ein lautloses Gekicher. Ob das ein Scherz sein solle? Mit der Bahn sei der Transfer doch viel zu riskant.

Zu riskant? Reimann erinnerte sich, dass sein Kollege erzählt hatte, die Japaner neigten dazu, landesunkundige Ausländer wie Säuglinge zu behandeln.

Er habe doch wohl die Ware dabei?, fragte Tachitaki. Er möge doch, bitte, deren Wert bedenken.

Ware?, dachte Reimann. Komischer Ausdruck. Vielleicht hatte der gute Mann mal was von Ideologiekritik gehört und bezeichnete Texte deshalb als Kulturwaren?

Sie meinen wohl das Material?, sagte er.

Er meine die Mikrofilme, erwiderte der Assistent bestimmt und fast geschäftsmäßig und sah dabei Reimann etwas ungeduldig an. Die habe er doch wohl bei sich?

Natürlich, sagte Reimann, deshalb bin ich doch hier.

So ist es, kicherte Tachitaki und verneigte sich. Und aus eben diesem Grunde sei eine Fahrt mit der Bahn viel zu riskant.

Reimann fand das Gespräch leicht lächerlich, verkniff sich ein Grinsen und fügte sich ins Unvermeidliche der fremden Bräuche, indem er nun Tachitaki, der nervös oder gestresst wirkte und sich ständig nach allen Seiten umblickte, durch die Halle zum Ausgang folgte. Vorbei an der Schlange wartender Taxis lotste der Assistent seinen deutschen Gast zu den Kurzzeitparkplätzen am Terminal. Vor einer ausladenden, schwarzen Limousine mit verspiegelten Fenstern machte Tachitaki eine herrische Handbewegung. Eine der hinteren Türen öffnete sich automatisch. Tachitaki verbeugte sich wieder vor Reimann und bat ihn einzusteigen. Gleichzeitig öffnete sich die Fahrertür, und ein unauffällig gekleideter Mann stieg aus, dessen Gesicht von einer gewaltigen Sonnenbrille verdeckt wurde, die Gläser dunkel verspiegelt wie die Fenster des Autos. Wortlos, jedoch unter mehrfachen Verbeugungen, ging er um den Wagen herum und griff nach Reimanns Gepäck, um es im Kofferraum zu verstauen.

Den Aktenkoffer behalte ich lieber bei mir, sagte Reimann, woraufhin Tachitaki verständnisinnig lächelte und der Sonnenbrille etwas auf Japanisch zuraunte.

Schließlich fuhr man los, Reimann und Tachitaki im Fond, der von den Vordersitzen durch eine Glasscheibe getrennt war. Reimann staunte über die luxuriöse Ausstattung des Wagens, Ledersitze, Telefon, Fernsehgerät, eine Stereoanlage. Es war ihm bekannt, dass die japanischen Universitäten wegen ihrer privaten Struktur weitaus besser ausgestattet waren als die deutschen, aber solchen Luxus hatte er nicht erwartet.

Ist das auch ein Assistent?, fragte er und deutete auf den Fahrer.

Tachitaki schüttelte lächelnd den Kopf. Das sei selbstverständlich nur ein Fahrer. Manchmal erfülle er allerdings auch andere Funktionen.

Reimann machte: Aha, als ob er verstünde, und sein Staunen schlug langsam in Neid um. Ihrem Institut, sagte er, scheint es ja an finanziellen Mitteln nicht zu fehlen.

Tachitaki begann wieder zu kichern. Seit dem Beginn ihrer Zusammenarbeit, sagte er, habe man keine Kosten gescheut, wenn es um die Sache gehe. Er wisse ja, was seine Ware ihnen wert sei.

Reimann nickte. Tachitaki hatte recht. Ohne die Zusage des japanischen Instituts, nach Abschluss der Edition eine Übersetzung zu erarbeiten, wäre die ganze Ausgabe gar nicht zustande gekommen. Und, wichtiger noch, die Japaner hatten sich mit beträchtlichen Summen schon an der Edition beteiligt, sodass Reimann manchmal das Gefühl hatte, eher Mitarbeiter und Zulieferer einer japanischen Universität denn deutscher Professor zu sein. Wie hatte es Tachitaki eben formuliert? Dass man keine Kosten scheue, wenn es um die Sache gehe! Davon konnte die Germanistik in Deutschland nur träumen. Warum die Japaner nach wie vor so innig an der Pflege deutscher Klassiker interessiert waren, verstand Reimann zwar nicht, aber es konnte ihm nur recht sein. Vermutlich verdiente ein simpler Assistent wie Tachitaki hier mehr, als Reimann für seine Stelle bekam, von Hiratos Gehalt zu schweigen.

Die Limousine glitt lautlos durch dichten Verkehr. Tokio wirkte gesichtslos und provisorisch, sachliche Zweckarchitektur, Straße für Straße zum Verwechseln ähnlich. Als Reimann eine Bemerkung darüber machte, zog Tachitaki ein bekümmertes Gesicht und bat zu bedenken, dass die Stadt im Krieg zerstört worden sei, ein Schicksal, das ja auch viele deutsche Städte ereilt habe. Japan und Deutschland, fügte er hinzu, fänden sich in einer historischen Schicksalsgemeinschaft, und die Zusammenarbeit zwischen Reimann und Tachitakis Firma beweise, dass diese Gemeinschaft noch eine große Zukunft habe.

Reimann schmunzelte, als Tachitaki von der Universität als »seiner Firma« sprach. Er hatte davon gehört, dass sich die japanische Gesellschaft von der Familie bis zur staatlichen Organisation als Firma begriff und daraus ihre

Leistungsstärke bezog. Deutsche Universitäten, dachte er, täten gut daran, auch so etwas wie *Corporate Identity*, oder wie immer man es nennen wollte, zu entwickeln. Krise von Forschung und Lehre? In Japan offenbar ein Fremdwort. Beneidenswert.

Reimann kam aus dem Staunen nicht mehr heraus. Er lag jetzt frisch geduscht und entspannt auf dem Bett seines Hotelzimmers, wobei »Zimmer« die Sache unzureichend bezeichnete: Im 12. Stock eines *First-Class*-Hotels hatte man ihm eine ganze Suite zur Verfügung gestellt, bestehend aus einem großen, kombinierten Wohn- und Arbeitsraum, einem luxuriösen Bad und einem geräumigen Schlafzimmer. Aus dem Panoramafenster hatte Reimann einen großartigen Blick über das bis zum Horizont reichende Häusermeer Tokios. In dessen Zentrum, eingebettet in einen Park, lag der Kaiserpalast, ein grünes und stilles Herz der Stadt.

Bei der Ankunft im Hotel hatte es noch eine merkwürdige Szene gegeben. Tachitaki hatte vorgeschlagen, die Mikrofilme gleich mitzunehmen, um sie im Safe seiner »Firma« zu deponieren. Seinem Chef sei sehr daran gelegen, »die Ware« sicherzustellen, damit sie nicht in falsche Hände geriete.

Falsche Hände? Wer um alles in der Welt sollte Interesse an diesem Konvolut haben?, fragte Reimann sich. Die Zeiten waren leider vorbei, in denen eine Forschungs- und Editionsleistung wie diese auf brennendes Interesse stieß. Im Übrigen wäre es ja noch schöner, dachte er, wenn ich die Frucht meiner dreijährigen Arbeit diesem Assistenten aushändigte, statt sie persönlich Hirato zu übergeben. Aber er bemühte sich um eine höfliche Formulierung und erklärte Tachitaki, es wäre ihm eine besondere Ehre, dem Direktor persönlich die Filme auszuhändigen. Dennoch schien der Assistent um die Sicherheit des Materials höchst besorgt, was Reimann schmeichelte. Einen Germanisten, der die Forschungen eines Kollegen so ernst nahm, fand man in Deutschland kaum noch, und so einigte man sich schließlich darauf, die Filme bis zum morgigen Treffen im Hotelsafe zu deponieren. Im Grunde hatte Tachitaki völlig recht. Das Material war unersetzlich. Man brauchte sich ja nur vorzustellen, was bei einem Erdbeben alles passieren konnte.

In Reimann stieg Müdigkeit auf, die Zeitverschiebung forderte ihren Tribut, und da Tachitaki darauf bestanden hatte, ihn heute Abend zum Essen auszuführen, war es wohl angebracht, erst einmal ein paar Stunden zu schlafen. Wie angenehm und ausgesucht höflich man ihn hier empfangen hatte! Und wie wohltuend, endlich einmal mit Kollegen zu tun zu haben, die den Wert einer philologischen Arbeit noch zu würdigen wussten, etwas übertrieben vielleicht, aber so waren sie halt, die Japaner.

Zufrieden, weil von der Wichtigkeit seines Tuns überzeugt, fiel Reimann in einen wohligen Halbschlaf, der die starken Eindrücke des Tages mit allerlei unklaren Wünschen und Vorstellungen mischte. Im Hotelsafe lagerten unermessliche Schätze, über die Reimann nach Belieben verfügen konnte. Abgesandte aus aller Herren Länder pilgerten zu seiner Residenz und baten um Einblick ins große, geheimnisvolle Werk. Schöne Frauen neigten sich vor Reimann und versprachen wortlos wunderbarste Verzückungen. Ordinarien und Rektoren bildeten ein Triumphspalier, durch das Reimann einem strahlenden Portal entgegen schritt. Das Portal war die aufgeschlagene Mittelseite des *Playboy*, und durch dies Portal gelangte man in die verschachtelten Gemächer einer historisch-kritischen Gesamtausgabe, jede Fußnote eine verborgene Schatzkammer, jeder Kommentar funkelnd von Geist. Aber es lauerten auch Gefahren auf Reimann. Dubiose Gestalten, die sich hinter tellergroßen Sonnenbrillen verbargen, griffen nach seinem Koffer und zerstörten mit hart hervorgestoßenen Silben einer unverständlichen Sprache die Klarheit der Reimannschen Kommentare. Und das wunderbare Werk wandelte sich zu einer verdrießlichen Geschichte, die, einem verspiegelten Irrgarten gleich, Reimann ängstigte und ihn unruhig nach einem Ausgang blättern ließ, bis ihm endlich die unerwartete Zeile »als ich erwachte« die ganze Geschichte unter den Füßen wegzog. Alles war hell und durchsichtig, die Klimaanlage brummte wie ein schläfriger Bär, die Sonne über Tokio war nach Westen gewandert und fiel Reimann lang und warm aufs Gesicht.

Der Tag verschwand im kurzen Gähnen der Dämmerung, und die gesichtslose Hässlichkeit Tokios verzauberte sich in den Millionen Illuminationen der Leuchtschriften und Neonreklamen zu einer Exotik und Erotik, wie Reimann sie zuvor nie erlebt hatte. Es war, als ob eine unscheinbare, blasse Frau sich durch raffiniertes Make-Up und ausgeklügelte Beleuchtung in eine Schönheit der Nacht verwandelt hätte. Menschenmassen wogten durch das Flackern und Irisieren des Lichtersogs von Shinjuku, jenem Subzentrum Tokios, in dem die alte Angst vor Erdbeben einem gläubigen Vertrauen in die Standfestigkeit moderner Architekturen gewichen war. Hier stachen Hochhäuser als gigantische Finger aus Licht, Glas und Stahl in die Schwärze des Nachthimmels.

Tachitaki hatte Reimann wiederum mit Chauffeur und Limousine aus dem Hotel abgeholt. Unter einem der Wolkenkratzer Shinjukus parkte man in einer Tiefgarage, wo der Chauffeur zurückblieb, während Tachitaki mit seinem deutschen Gast in die höchsten Höhen Tokios aufstieg. Als sie in einem Außenaufzug lautlos aufwärts glitten und die Lichter unter ihnen zu einem einzigen, flimmernden Ornament zusammenflossen, hatte Reimann das Gefühl, in einem Raumschiff zu sein, das ihn über die Zeit hinaus direkt ins 21. Jahrhundert katapultierte. Er konnte nicht umhin, die technologische Leistung Japans zu bewundern, und machte Tachitaki gegenüber eine entsprechende Bemerkung.

Der Assistent lächelte, verneigte sich, dankte für das Kompliment und sagte, dass solcher Fortschritt sich aber eben auch wesentlich dem Material verdanke, mit dem er, Reimann, seine Firma versorge. Ohne die Traditionen des Westens wäre sein kleines Land zu solchen Leistungen nie imstande gewesen.

Reimann war begeistert. Zwar leuchtete ihm nicht ein, was die Werke Jean Pauls mit diesem Wolkenkratzer zu tun haben sollten, aber das Traditionsbewusstsein Japans war vielleicht die Rettung der europäischen Geistesgeschichte. Da er sich vorgenommen hatte, mit Tachitaki an diesem Abend so wenig wie möglich germanistisch zu fachsimpeln – das würde er in den nächsten Tagen noch bis zum Abwinken tun müssen –, fragte er nicht weiter nach, wie der Assistent das Vermittlungsverhältnis zwischen deutscher Romantik und japanischer Architektur der Postmoderne begründen wollte.

In den drei obersten Etagen des Hochhauses waren Passagen untergebracht, Boutiquen, Kosmetikläden, Friseure, Fitness- und Schönheitsstudios, Arztpraxen, Cafés und Restaurants. Beeindruckend war nicht nur der Blick nach außen über das flimmernde Lichtspiel des nächtlichen Tokios, beeindruckend war vor allem die Tatsache, dass dieser Turm in seinem Zentrum eine beträchtliche Fläche umbaut hatte, so dass er sich wie eine gigantische Galerie um einen leeren Raum erhob, eine große Geste, die Hohlform wirtschaftlicher Macht. In Anbetracht der astronomischen Bodenpreise in Tokio war diese Geste des Leerlassens weitaus selbstbewusster als die Höhe des Gebäudes. Geld, dachte Reimann, scheint hier keine Rolle mehr zu spielen.

Das Hauptquartier seiner Firma, sagte Tachitaki, befinde sich direkt über dieser Passage im Penthouse des Gebäudes, und dort werde morgen auch das Treffen stattfinden.

Hier?, entfuhr es Reimann. Warum denn nicht in der Universität? Tachitaki lächelte unergründlich und sagte, man werde Reimanns Material sogleich im Institut einer der mit der Firma assoziierten Universitäten prüfen und bearbeiten lassen, aber die Übergabe werde selbstverständlich in einem dezenteren Rahmen stattfinden.

Donnerwetter, dachte Reimann, die japanische Germanistik wird in Deutschland völlig unterschätzt. Das waren ja märchenhafte Zustände. Offenbar gab es auch eine Art Dachverband, der die einzelnen Aktivitäten koordinierte und Kontakte zu Kräften und Mächten pflegte, denen die Kosten einer Jean-Paul-Ausgabe weniger als ein Trinkgeld bedeuteten.

Inzwischen hatte Tachitaki ein Restaurant angesteuert und bat Reimann einzutreten. Am Eingang legte man die Schuhe ab, schlüpfte in bereitgestellte Pantoffeln und betrat den mit Tatami-Matten ausgelegten Raum, in dem niedrige Tische standen. Eine Japanerin im Kimono kam trippelnden Schritts unter mehrfachen Verbeugungen auf sie zu, das Gesicht maskenhaft geschminkt, die Haut kalkweiß, die Lippen kirschrot, die Augen schwarz umrandet. Tachitaki wechselte ein paar befehlsähnlich klingende Worte mit der Dame. Dann ließ man sich an einem der Tische mit untergeschlagenen Beinen auf Kissen nieder. Die Dame kniete in respektvollem Abstand daneben. Tachitaki bat Reimann um Erlaubnis, das Menü zusammenzustellen, und warf der Dame, ohne sie anzusehen, im Kommandoton wieder einige Worte zu, woraufhin sich diese erhob, unter Verbeugungen hinter einem Wandschirm verschwand, bald jedoch wieder erschien und Whiskey als Aperitif servierte.

Tachitaki hob sein Glas und prostete Reimann im Namen seiner Firma und in Erwartung weiterer guter Zusammenarbeit zu. Reimann nickte, trank und gab seiner Hoffnung Ausdruck, die Übersetzung werde zügig vonstatten gehen.

Auf Knien rutschend brachte die Dame das Essen, kleine Schälchen mit Fisch, Fleisch, Gemüsen, Saucen und duftenden Kleinigkeiten, die Reimann unbekannt waren, dazu Bier und Sake. Zum Glück war Reimann mit Essstäbchen einigermaßen geschickt. Tachitaki machte ihm ein entsprechendes Kompliment, woraufhin Reimann das Stück rohen Fischs entglitt, das er sich gerade zuführen wollte. Er überspielte die Peinlichkeit, indem er Tachitaki ein Kompliment über dessen ausgezeichnetes Deutsch machte. Sie haben gewiss in Deutschland studiert, sagte er.

Jawohl, nickte der Assistent, vor einigen Jahren, in Würzburg. Es habe ihm ausgezeichnet gefallen. Er habe übrigens, setzte er mit einem offenbar ironisch zu deutenden Lächeln hinzu, ausgerechnet Germanistik studiert. Das sei der Wunsch seiner Eltern gewesen.

Ausgerechnet Germanistik!, prustete Reimann und fand, dass Tachitaki Humor hatte. Ausgerechnet Germanistik, sehr gut!

Ja, sagte Tachitaki, das sei eine schöne Zeit gewesen. Aber seit er für die Firma arbeite, habe er die Germanistik natürlich, wie sage man auf deutsch, auf den Haken gehängt.

An den Nagel, rief Reimann, an den Nagel gehängt, und war wirklich amüsiert. Sie meinen, dass Sie zuviel fachfremde Arbeit für Ihren Chef machen müssen, nicht wahr? Verstehe ich sehr gut, meine Assistenten tun mir manchmal auch leid, all die Administration und Koordination.

Tachitaki nickte. Genauso sei es, Koordination, jawohl. Gleichwohl kämen ihm seine Sprachkenntnisse natürlich sehr gelegen, er sei der Kontaktmann für die deutschsprachigen Länder.

Jetzt gibt er aber an, dachte Reimann. Die Kontakte hat doch Hirato persönlich hergestellt. Nun ja, als Assistent muss man sich profilieren. Reimann dachte an seine eigenen Jahre unter dem diktatorischen Professor Jensen und nickte Tachitaki zu, der ihm emsig Bier nachgeschenkt hatte und auch immer wieder dazu animierte, zwischendurch dem Sake zuzusprechen, was Reimann gern tat und langsam in eine selig-schwerelose Stimmung geriet. Überhaupt gefiel ihm dieser junge Mann, der sich Frische und Respektlosigkeit erhalten hatte, statt unter den institutionalisierten Zwängen des akademischen Betriebs zusammenzubrechen. Und für die Sache selbst hatte er sich dennoch seine Begeisterungsfähigkeit bewahrt.

Man aß und trank, der Assistent bestellte zwischen den einzelnen Gängen nun nicht mehr Sake, sondern Whiskey, und Reimann stellte fest, dass der sich sogar mit rohem Fisch vertrug.

Tachitaki sprach in den höchsten Tönen von Deutschland, lobte den Standard der industriellen Fertigung, den Fleiß, die Disziplin, und verkniff sich nicht einmal einige anzügliche Bemerkungen über die besondere Qualität blonder Frauen, die er während seines Studiums, vor allem aber während seiner Dienstreisen in den letzten Jahren, kennen gelernt haben wollte. Selbst wenn Tachitaki eine Neigung zum Aufschneiden hatte, war es also ein gemütlicher Abend.

Sagen Sie mal, Herr Tachitaki, diese Dame, die uns hier bedient, ist das eine Geisha?, fragte Reimann aufgeräumt.

Keineswegs, sagte der Assistent. Geishas seien Gesellschaftsdamen, langweilige Gesellschaftsdamen übrigens, die vom Theater redeten, vom Blumenstecken und vom Tee. Ob Reimann denn heute Nacht noch an Damengesellschaft interessiert sei?

Gewiss, murmelte Reimann zwischen zwei Schlucken Whiskey, aber nicht unbedingt an Fragen des Blumensteckens. Sie wissen, was ich meine? Er blinzelte Tachitaki konspirativ zu.

Der Assistent nickte grinsend und brach wieder in sein lautloses Kichern aus.

Auf der rechten Seite ruhend, den Ellbogen angewinkelt, das Kinn in die Hand gestützt, lächelte das Mädchen ihm scheu und dennoch aufmunternd aus leicht verschleierten Mandelaugen zu. Das schwarzblaue Haar floss in Wolken über den sanften Hügel, umspielte die steil ragende Kuppe, und die zum anderen Hügel sinkenden Haare konnten dort nicht so viel überdecken, wie sie hier freigelegt hatten. Dem glatt fallenden Haar sank langsam das schwarze Spitzengewebe nach, und die dort eingewirkten Herzblätter und Blüten rieselten lockend über die entzückenden Halbkugeln einer besseren Welt. Ein sehnsuchtsvoller Seufzer schien ihren Körper zu durchzittern, und das sich dunkel abzeichnende Delta hob sich Reimann entgegen, als er sich nun mit hastigen Bewegungen, die teils aus Erregung, teils wegen des genossenen Alkohols fahrig waren, aus seiner Hose zu schälen begann und sich über sie beugte.

*What's you're name?*, lallte er in einem Erinnerungsschwall an Momente, in denen er noch einen Schritt vor den anderen gesetzt hatte. Kostenlos und unverbindlich, hatte der Assistent gekichert, als sie den Club betreten hatten und Reimann fast die Augen aus dem Kopf gefallen waren. Die Damen, so der Assistent, arbeiteten exklusiv für die Firma.

Aber bevor die Inkarnation fernöstlicher Liebeskunst Reimanns stumpfe Frage nach ihrem Namen beantworten konnte, wurde die Tür des Zimmers aufgerisen, und die indirekte Beleuchtung flammte unangenehm auf. Reimann, dem die Unterhose an den Fußknöcheln hing, erblickte im Türrahmen Tachitaki nebst dem immer noch hinter seiner Sonnenbrille verschanzten Chauffeur. In den Händen hielten sie Pistolen, deren Läufe auf ihn gerichtet waren, und vollends unverständlich war Reimann die Frage, die Tachitaki ihm ins Gesicht brüllte: Wie heißen Sie?

Aber, stammelte Reimann und raffte seine Unterhose wieder auf Hüfthöhe, das wissen Sie doch.

Zeigen Sie Ihren Pass!, bellte der offenbar durchgedrehte Assistent.

Reimann, der nicht wusste, ob er aus einem Traum ins Wachen oder vom Wachen in einen Alptraum fiel, wühlte in seinem Anzug, der zerknüllt neben dem Bett lag. Hier, bitte. Aber was fällt Ihnen ein?

Schnauze, raunzte der Assistent, der sich offenbar auch in den Niederungen der deutschen Umgangssprache auskannte, griff nach Reimanns Pass, schlug ihn auf, stutzte, sah Reimann an, blickte wieder in den Pass und schüttelte ungläubig den Kopf.

Anziehen, sagte er eine Spur nachsichtiger als zuvor, und als Reimann schwankend in seinen Anzug geschlüpft war, nahmen ihn Tachitaki und der Chauffeur in die Mitte, führten ihn wortlos aus dem Zimmer, durch eine Hintertür aus dem Club hinaus, über Feuertreppen in einen Lastenfahrstuhl, der aus dem Himmel über Tokio tiefer und tiefer fiel.

Der niedrige Raum war fensterlos, versperrt durch eine schwere Eisentür, vollgestellt mit großen Kartons, deren Schriftzeichen Reimann im kalten Licht einer Leuchtröhre vergeblich Botschaften zu entnehmen versuchte, die ihm Aufschluss über die fatale Lage hätten geben können, in die er geraten war. Tachitaki und der Chauffeur hatten seine zaghaft gelallten Proteste ignoriert, ihn wortlos in diesen Lagerraum gestoßen und die Tür von außen verriegelt. Die Ellbogen auf die Knie, den Kopf in die Hände gestützt, hockte Reimann seit Stunden auf einem der Kartons, und während sich die alkoholischen Nebel in seinem Hirn lichteten, dämmerte ihm, dass er das Opfer einer Verwechselung geworden sein musste und dass sein großzügiger Gastgeber kein Assistent der Germanistik war, sondern eher der Beauftragte einer, wie er sich selbst ausgedrückt hatte, dubiosen Firma. In Reimann stiegen Bilder auf, die er in Gangster- und Mafiafilmen gesehen hatte. Wie erledigten japanische Gangster unliebsame Mitwisser? Würde man ihn im Fundament eines Gebäudes lebendig einbetonieren? Oder mit Gewichten an den Füßen in einem schmutzigen Hafenbecken versenken? Oder ein inszenierter Sturz aus einem Hochhaus, der als »tragischer Unfall« oder »rätselhafter Selbstmord« durch die Zeitungen geistern würde? Reimann imaginierte Nachrufe in der Fachpresse: ... ist der bekannte Jean-Paul-Spezialist bei einer Dienstreise nach Japan ums Leben gekommen. Seine letzte große Arbeit, die Edition der historisch-kritischen Gesamtausgabe, konnte er noch vollenden ...

Draußen auf dem Gang näherten sich Schritte, halblaute Stimmen, das diensteifrige, gepresst hervorgestoßene *hai hai*, ja ja, und in einem Anflug von Galgenhumor fühlte Reimann sich bestätigt, die letzten Tage seines Lebens nicht damit vergeudet zu haben, japanische Floskeln zu lernen. Die Tür wurde geöffnet, Tachitaki und der Chauffeur traten ein, diesmal ohne Waffen.

Reimann möge bitte mitkommen, sagte Tachitaki überraschend höflich. Es scheine sich leider um einen Irrtum zu handeln.

Über die Hintertreppen und den Lastenfahrstuhl ging es wieder nach oben. Der Morgen graute trüb und dunstig über der Stadt, letzte Leuchtreklamen erloschen müde. Im obersten Stockwerk führte man Reimann in ein Konferenzzimmer. Am Kopfende des langen, von etwa zwanzig Stühlen umstandenen Tisches saß ein alter, grauhaariger Japaner, der sich bei Reimanns Eintritt erhob und verbeugte. Neben ihm stand ein Europäer in Reimanns Alter. Auf dem Tisch lag Reimanns Aktenkoffer. Er wunderte sich nicht einmal mehr darüber, wie der Koffer aus dem Hotelsafe hierher gekommen war. Der Firma war offenbar nichts unmöglich.

Bitte setzen Sie sich, sagte Tachitaki und wies ihm einen Stuhl zu. Auch der Europäer und der alte Japaner setzten sich, während Tachitaki neben Reimann stehen blieb und als Dolmetscher fungierte. Am Flughafen habe man nicht Reimann abholen wollen, erklärte man ihm, sondern diesen Herrn hier, einen Geschäftspartner der Firma. Als Erkennungszeichen sei ausgemacht gewesen, dass der Herr sich ein Exemplar des *Playboy* kaufen sollte. Woher Reimann von diesem Erkennungszeichen gewusst habe?

Purer Zufall, staunte Reimann. Aber mein Name und das Material ...

Was den Namen betreffe, stotterte Tachitaki unsicher und offenbar peinlich berührt, handele es sich um eine Art phonetisches Problem. Der Herr heiße nämlich ... Tachitaki wusste oder wollte nicht mehr weiter.

Mein Name ist Leymann, half ihm der Europäer aus der Verlegenheit und deutete durch ein Kopfnicken eine Verbeugung in Reimanns Richtung an. Leymann mit y. Mit y und einem L am Anfang. Sie verstehen, Herr Professor Reimann?

Nicht ganz, stammelte Reimann.

Herr Tachitaki, sagte Leymann, sprechen Sie doch bitte einmal Professor Reimanns Namen aus.

Tachitaki erbleichte, verbeugte sich mehrfach und flüsterte tonlos: Leimann.

Leymann, Reimann, sagte Reimann vor sich hin, ich verstehe. Kurios.

Leider sei das nicht kurios, unterbrach Tachitaki mit wieder fester Stimme, sondern unangenehm. Es liege nicht im Interesse der obwaltenden Geschäftsbeziehungen, dass diese Verbindungen bekannt würden.

Düstere Bilder von Hafenbecken und Fundamenten. Hören Sie, rief Reimann, ich weiß nichts von Ihren Geschäften, und sie sind mir auch egal. Ich möchte lediglich meine harmlosen Mikrofilme an Professor Hirato von der Koshi-Universität übergeben.

Reimann verstummte, Tachitaki übersetzte. Der alte Japaner kratzte sich nachdenklich am Kopf und ließ über Tachitaki nachfragen, ob Reimann Professor Kozo Hirato meine?

Reimann nickte. Kennen Sie ihn?

Die Firma pflege gute Beziehungen zu verschiedenen Universitäten, erklärte Tachitaki, zur Koshi-Universität ganz besonders, und da in Japan Freundeskreise ebenso verbreitet wie verzweigt seien, sei auch Hirato ein persönlicher Freund von Tachitakis Chef. In diesem Fall ließe sich die Angelegenheit möglicherweise dezent und einvernehmlich regeln.

Der alte Japaner ließ sich von Tachitaki eine Telefonverbindung herstellen und führte lächelnd und sich am Telefon verneigend ein angeregtes Gespräch, lachte einige Male herzlich, legte auf und flüsterte Tachitaki etwas zu.

Die Firma, verneigte sich Tachitaki vor Reimann, bitte für die erlittenen Unannehmlichkeiten um Entschuldigung. In der Hoffnung, vielleicht auch einmal mit Reimanns Universität kooperieren zu können, verabschiede man sich hiermit voneinander. Er, Tachitaki, sei beauftragt, Reimann unverzüglich ins Hotel zurückzubegleiten. Dort werde er von Professor Hirato erwartet. Die Firma rechne es sich als Ehre an, die Kosten des Hotels zu übernehmen.

*Sayoonara*, sagte der alte Japaner.

*Sayoonara*, sagte Reimann und bemühte sich, die Zungenspitze gegen den Gaumen zu drücken.

Hirato war hocherfreut, endlich den geschätzten Kollegen Reimann begrüßen zu können, den er eines bedauerlichen Irrtums wegen am Flughafen verpasst hatte. Die Jean-Paul-Ausgabe, die Reimann ihm in Form der Mikrofilme übergab, wäre übrigens ohne die großzügige Unterstützung der Firma nicht realisierbar gewesen. Man pflege hierzulande spezielle Formen der Kooperation zwischen Wirtschaft und Wissenschaft.

Aber, wollte Reimann einwenden, er habe den Eindruck, dass es sich bei dieser sogenannten Firma um ein höchst zwielichtiges Unternehmen handele.

Hirato winkte ab und legte den Zeigefinger auf die Lippen. Wie sage man auf Deutsch so schön? Eine Hand wasche die andere, nicht wahr? Und Reimann kenne doch gewiss Goethes frühes Theaterstück »Die Mitschuldigen«, in der ein Dieb sich mit folgenden Worten über eine Geldschatulle hermacht:

*O komm, du Heiligtum! Du Gott in der Schatulle,*
*Ein König ohne dich wär eine große Nulle.*

# Sudeljans Sammlung

*»Was heißt schon New York?*
*Großstadt ist Großstadt;*
*ich war oft genug in Hannover.«*
Arno Schmidt

Die Innenstadt von Neuschloß, von notorisch selbstbewussten Neuschlossern gern auch als City bezeichnet, besteht aus einer ausgedehnten, stark frequentierten Fußgängerzone, in der sich Geschäft an Geschäft reiht. Da sich hier wie überall jene Kaufhausfilialen und, per Merchandising weitgehend identisch gemachten, Niederlassungen von Ladenketten vermehren, die Fußgängerzonen zu deutsch-einiger Unkenntlichkeit verwechselbar machen, könnte man im Vorbeischlendern an *Hennes & Mauritz* und *Body Shop*, *Montanus* und *Parfümerie Douglas* durchaus auf die Idee kommen, nicht in Neuschloß zu sein, sondern beispielsweise in Bielefeld, Mainz oder Oldenburg.

In einem Wohnquartier am Rande der Neuschlosser Innenstadt, genauer gesagt neben dem Altpapiercontainer an der Ecke des Parkplatzes eines architektonisch unergiebigen *Aldi*-Markts, steht jener Schaukasten aus rostfreiem Edelstahl und schussfestem Panzerglas, den seine selbstlosen und kunstbeflissenen Spender als Erinnerungsvitrine verstanden wissen wollen. Das Gelände war kurz vor der Jahrhundertwende mit drei Einfamilienhäusern im norddeutschen Jugendstil (Backstein) bebaut worden, die jedoch vor einigen Jahren, Denkmalschutz hin, Kulturpflege her, im Interesse preis- und verkehrsgünstigen Einkaufens, also im Bürgerinteresse, abgerissen werden mussten. Auf den ersten Blick könnte man meinen, der besagte Schaukasten sei *in memoriam* der verschwundenen Häuser aufgestellt worden, hängt in ihm doch eine auf Posterformat vergrößerte Fotografie des Hauses Nummer 9; am linken und rechten Rand der Aufnahme, die vermutlich in den Zwanzigerjahren gemacht wurde und deren Ehrfurcht vor der Tradition signalisierende Vergilbtheit durch die moderne Reproduktion nicht geschönt wurde, erkennt man die Hausecken der Nummern 7 und 11.

Wer, wenn er sich seines Altpapiers entledigen möchte, neugierig wird und auf dem Weg zum Container dem Schaukasten näher tritt, den belehrt die würdig-schlicht in den Edelstahl gravierte Bildlegende darüber, dass hier nur in zweiter Linie eines Hauses, in erster aber eines großen Künstlers gedacht wird:

*In diesem Hause*
*wurde am 5. November 1928*
*der Maler und Bildhauer Jan Oncken geboren.*

Die aus der Not der Altpapierentsorgung geborene, profane Neugier weicht sogleich jener tiefen Ergriffenheit, die uns überkommt, berühren unsere Füße die Stellen, über die einst die Großen geschritten sein mögen – die wirklich ganz Großen, die womöglich sogar über Neuschloß hinaus eine gewisse Bedeutung und Beachtung erlangten. Und wenn dann unser verschwimmender Blick schließlich den in nur unwesentlich größeren Lettern gravierten Hinweis erhascht, wem wir staunende Nachwelt solch selbstlosen Dienst an der Kunst verdanken, dann spüren wir wieder einmal, dass in Neuschloß das Leben so kurz wie anderswo auch sein mag – die Kunst aber währet hier länger.

*Diese Erinnerungs-Vitrine,*
*entworfen von dem Architekten Dipl. Ing. Godehard Dressler,*
*ist ein Geschenk der Curt-Küppers-Stiftung*
*an die Stadt Neuschloß und ihre Bürger.*

Und während wir die gestapelten und gebündelten Ausgaben des *Nordkuriers* in den Tiefen des Containers versenken, erinnern wir uns an die unbestechlich-klare Berichterstattung, mit der seinerzeit dieses unabhängige und überparteiliche Zentralorgan die Erregungen und Bewegungen publizistisch begleitete und zu lenken versuchte, diese Turbulenzen und Debatten, die die Neuschlosser Kulturwelt erschütterten, als nach dem mysteriösen Tod des überregional bekannten, wenn nicht gar großen Jan Oncken ...

Aber ich will nicht vorgreifen und gegen den Wahlspruch verstoßen, den das ehemalige Großherzogtum Neuschloß im Wappen führt: *Festina lente.* Eile mit Weile also – beziehungsweise eins nach dem anderen, und wenn's mit dem einen nicht klappt, kann das andere schon lange warten. Neuschloß, jene einstmals idyllische Duodezresidenz in nordwestdeutscher Randlage, verlor nach dem Zweiten Weltkrieg kraft britischen Dekrets seine Freistaatlichkeit und wurde dem neu geschaffenen Bundesland Niedersachsen zugeschlagen. Da die Neuschlosser Mentalität in ihrer tief verwurzelten Bodenhaftung gegenüber allem Neuen und Unbekannten ein solides Misstrauen hegt, empfand man den Verlust der Souveränität als Willkürakt, dem die Schmach, von nun an aus Hannover regiert zu werden, gewissermaßen die parlamentarisch-demokratische Krone aufsetzte.

Außerhalb der Herrscherfamilie selbst wäre damals natürlich auch niemand auf die Idee verfallen, Neuschloß wieder als Großherzogtum zu installieren, doch die Erinnerung ans Goldene Zeitalter kleinstaatlicher Souveränität saß tief und steht breit im ansonsten von Sehenswürdigkeiten wenig gesegneten Stadtbild: Das Barockschloss beherbergt heute das Museum für Kultur und Geschichte; im Thronfolgerpalais, in dem seinerzeit die Prinzen das Ableben ihrer Väter aussaßen, stehen heute aus anderen Gründen Untätige Schlange, da hier das Arbeitsamt residiert; und im ehemaligen Otto-Heinrich-Hospiz, kurz und weltläufig OHIO, befindet sich das städtische Kulturzentrum. Die Stadt Neuschloß hat ihr feudales Erbe also in zeitgemäße Nutzungen überführt, die ebenso traditionsbewusst wie pragmatisch sind und sogar dem Bedürfnis nach kultureller Erbauung ein wenig Rechnung tragen.

Indem ich nicht vorgreifen wollte, bin ich abgeschweift. Gleichwohl sind die Zusammenhänge von gewisser Bedeutung, will man die Chronik der bemerkenswerten oder jedenfalls merkwürdigen, am Ende auch irgendwie undurchsichtigen Ereignisse verstehen, die schließlich dazu führten, dass dem in künstlerischer Hinsicht größten Sohn der Stadt, Jan Oncken nämlich, jene bescheidene Gedenkvitrine neben dem Altpapiercontainer gesetzt wurde. Ich muss im Dienst der Wahrheitsfindung einräumen, dass ich während der Konflikte zwischen den diversen Museumsleitungen, der Stadt, der Bezirksregierung, dem Kultusministerium im ungeliebten Hannover und der Curt-Küppers-Stiftung insofern Partei war, als ich seinerzeit den Posten eines Sekretärs bei der Stiftung bekleidete – ein, unter uns gesagt, erfreulich fauler Job: Meine Aufgabe bestand im Wesentlichen darin, mich nach förderungswürdigen Künstlern und Projekten umzusehen und dann knappe Berichte für Herrn Küppers anzufertigen, die ihm bei der Entscheidung helfen sollten, in welche Richtungen er sein Geld, sprich: das abzuschreibende Kapital, ausschüttete. Da auch Herr Küppers ein bodenständiger Neuschlosser und also bei aller finanziellen Potenz intellektuell bescheiden geblieben ist, verbittet er sich in diesen Expertisen alle ästhetischen oder gar kunsthistorischen Komplikationen und Subtilitäten, was mir als Kunsthistoriker anfangs nicht immer gelang, aber im Lauf der Zeit begriff ich, worum es ging. Die Küppers-Stiftung interessiert einzig die Frage: Lohnt sich die Sache oder lohnt sie sich nicht? Lohnend und förderungswürdig ist alles, was dazu angetan ist, den Namen Küppers strahlen zu lassen, in Neuschloß, über Neuschloß hinaus, landesweit, bundesweit, europaweit, weltweit. Als *global player* in der Sponsorenliga ist die Stiftung zwar noch nicht in Erscheinung getreten; der Ankauf der Oncken-Sammlung wäre aber ein Schritt in die richtige Richtung gewesen – hätte das kleinkarierte Hickhack, von dem zu berichten sein wird, nicht alles zunichte gemacht.

In Neuschloß selbst hatte die Strategie der Stiftung, teilweise unter meiner Federführung, zumeist reibungslos funktioniert. Ausstellungen wie »100 Jahre Tourismus in der Neuschlosser Region« oder auch »Vom Knüppeldamm zur Schwebebahn – Verkehrswesen in norddeutschen Niederungen« wären ohne die großzügige Unterstützung der Stiftung unmöglich gewesen. Sogar das Gastspiel des Boston Symphony Orchestra oder der Auftritt der Schauspielerlegende Bernward Grisetti im Hoftheater verdanken sich dieser Sponsorentätigkeit. Die als Rollschuh- und Skateboard-Bahn gedachte Anlage am Magazin-Platz, inzwischen leider zu einem Treffpunkt für Drogenabhängige verkommen, lässt in ihrer Granitpflasterung das Signet der Stiftung erkennen. Und selbst die Mahagonibänke im Schlosspark tragen die Messingplaketten mit dem Signet der Curt-Küppers-Stiftung. Mit meinem Vorschlag, auch Schriftsteller durch die Verleihung eines Curt-Küppers-Preises für Literatur zu fördern, konnte ich allerdings nicht durchdringen.

»Literatur«, gab mir Herr Küppers Bescheid, »bringt nix. Wir können unser Signet ja wohl schlecht auf die Buchumschläge drucken. Literatur ist auch zu anstrengend. Oder glauben Sie im Ernst«, fügte er mit der ihm eigenen, zupackend-derben Selbstironie hinzu, »dass jemand Lust hätte, einen Roman über Klopapier zu schreiben?«

In Neuschloß hätte diese Pointe natürlich überall für Lacher gesorgt, doch muss sie für die regionalhistorisch weniger Bewanderten hier kurz erklärt werden. Die papierverarbeitenden Küppers-Werke, gegründet 1912 von Curt Küppers' Vater, dem legendären Selfmade-Man Hans-Rudolf »Harro« Küppers, hatten ursprünglich Kartonagen und Verpackungen hergestellt, wurden aber nach 1945 im Rahmen der alliierten Zwangsbewirtschaftung auf die Produktion von Toilettenpapier verpflichtet. Die Geschäfte gingen anfangs auch gar nicht schlecht, aber als Mitte der Sechzigerjahre nach dem Tod des alten Harro dessen Sohn Curt die Geschäftsführung übernahm, befand sich das Werk trotz seines grundsätzlich krisensicheren Produkts bereits in der Krise. Inwieweit die Gründe für den Niedergang hausgemacht oder, wie Curt Küppers zu sagen pflegt, von globalen Konjunkturschwankungen ausgelöst wurden, vermag ich nicht zu entscheiden. Unstrittig ist allerdings, dass der neue Chef sich mehr für Golf, schnelle Autos und Rennpferde und somit den Aufbau seines Gestüts in Südfehnhausen interessierte als für die Reißfestigkeit des von ihm hergestellten Produkts. Und wer wollte ihm das verdenken? Jedenfalls wurde das Werk Anfang der Siebzigerjahre an einen schwedischen Papierkonzern verkauft, und zwar zu einem Preis, von dem Insider munkelten, er sei grotesk überhöht gewesen.

Curt Küppers legte die erzielten Millionen in Aktien und in- und auswärtigen Immobilien an und betrieb ansonsten den Aufbau seines Gestüts. Für Kunst hatte er sich ernsthaft nie interessiert, bewies jedoch stets ein Faible für realistische Genremalerei mit regionalen Bezügen.

»Schön ist, wenn man erkennt, was es sein soll«, lautet sein ästhetisches Credo, worin er sich mit einigen Protagonisten der hiesigen Museumsszene einig weiß und weshalb er, neben seiner berühmten Sammlung von Pferdemalerei, gelegentlich Bilder der Neuschlosser Maler Emil Sommer oder auch Walter Müller-Prielhaus erwarb, die im späten 19. Jahrhundert allerlei Stillleben, aber auch behaglich-idyllische Szenen aus Stadt und Land auf ihre großflächigen Leinwände gebannt hatten.

Wer ihn dann auf den Gedanken gebracht hat, seine Stiftung ins Leben zu rufen, ist mir nicht bekannt; nicht auszuschließen, dass es Küppers' eigene Idee war. Die Spendenaktivitäten taten ja durchaus ihr Gutes, aber man redete kaum oder gar nicht darüber. Im Übrigen spendete Herr Küppers gern, was die Steuer ihm ohnehin nähme, aber die Vorstellung, statt als müßiggehender Erbe einer Papierfabrik, der gelegentlich eine Wasserrutsche im Freibad oder eine Teeküche im Diakonischen Werk spendierte, als Mäzen, als Förderer von Kunst und Kultur öffentlich aufzutreten, Skulpturen zu enthüllen, Dirigenten zu begrüßen und dergestalt in die Stadt-Annalen einzugehen, muss ihm eines Tages sehr hell eingeleuchtet haben beziehungsweise eingeleuchtet worden sein. Der Rest ist Geschichte, Kulturgeschichte gar: Die Stiftung machte sich schnell einen Namen, wurde überregional bekannt – Geld wird ja überall gern genommen! – und leistete sich in meiner Wenigkeit sogar einen Sekretär.

In dieser Eigenschaft saß ich eines trüben Tages in meinem Büro. Es befindet sich in einem historischen Gebäude der Innenstadt, wobei sich das Historische aber nur auf die oberen Stockwerke beschränkt, weil sich im Erdgeschoss die Filiale einer italienischen Boutiquen-Kette breitmacht. Ich hockte also an meinem Schreibtisch unter dem Emil-Sommer-Gemälde »Gewitter über der Marsch«, das Herr Küppers aus Privatbesitz erworben hatte, und schrieb an einem Exposé, in dem ich der Stiftung von der Förderung des Ausstellungsprojekts »Niederdeutsche Trachten im Spiegel friesischer Linoleumschnitte und Kartoffeldrucke« abriet, weil durch derlei kunstgewerblich verbrämte Heimatkunde der immer weiter hallende und fast schon international vernehmbare Ruf der Stiftung gedämpft werden könnte – als der Anruf kam, mit dem alles begann.

Am Telefon war ein gewisser Dr. Schrempf aus Frankfurt am Main. Kunstsammler und Galerist. Mit vor Erschütterung bebender Stimme ging er davon aus, dass ich heute bereits den Kulturteil der Zeitung gelesen hätte, und dass mir insofern der Grund seines Anrufs klar sein müsse. Natürlich hatte ich das halbseitige Feuilleton des Nordkuriers gelesen, aber was die Berichterstattung über eine Theaterpremiere in Wilhelmshaven und die diversen dpa-Meldungen der Kategorie »Kurz & uninteressant«, vom »Spruch des Tages« zu schweigen, mit dem Frankfurter Kunstfreund zu tun haben sollten, war mir durchaus unklar. Schrempf hatte aber offenbar auch gar nicht mit einer Antwort gerechnet, sondern sprach, nein, hauchte mit belegter Stimme den entscheidenden Satz: »Oncken ist tot.«

»Ach ...«, sagte ich und überlegte. Oncken?

»*Jan* Oncken natürlich«, half mir Schrempf auf die Sprünge. »Der große Maler und geniale Bildhauer ist vorgestern an den Folgen eines Unfalls gestorben. In angetrunkenem Zustand vom Balkon gestürzt. Ein unersetzlicher Verlust für die Kunst des 20. Jahrhunderts. Jan Oncken, der Postexpressionist, den manche auch den

Alten Wilden nannten, Jan Oncken, der Schöpfer der Großplastiken ›Skorpion Zwo‹ und ›Hünengrab‹, Jan Oncken, der international …

»Ach so«, sagte ich, »Sie meinen …«

»Genau«, eiferte Schrempf, »ich meine den größten Sohn Ihrer Stadt.«

»Er ist hier geboren«, sagte ich, »aber soviel ich weiß, hat er lediglich seine Kindheit in Neuschloß verbracht und die Stadt später nur noch ein einziges Mal besucht, wobei es zu einem wüsten Eklat kam, weil der Kunstverein sich über seine Aufbauanweisungen hinweggesetzt hatte und …«

»Ja, ja«, sagte Schrempf ungeduldig, »das ist allgemein bekannt. Und mir persönlich sowieso. Und Schnee von vorgestern. Oncken hatte eben ein etwas aufbrausendes Naturell.«

»›Der Pisspott, in dem ich geboren wurde, hat sich prächtig entwickelt‹«, zitierte ich Onckens legendäre Sätze, die damals ganz Neuschloß in Rage versetzt hatten. »›Er ist nämlich zu einem Scheißladen geworden.‹«

»Ja, gut, das ist ihm in der verständlichen Erregung so herausgerutscht«, wiegelte Schrempf ab. »Der Hausmeister vom Kunstverein hatte ja wohl auch zwei der Glas-Metall-Skulpturen für Sperrmüll gehalten und auf die Straße gestellt, weil gerade Abfuhrtag war.«

»Woraufhin Oncken verfügt haben soll«, ergänzte ich, »dass nie wieder eins seiner Werke in Neuschloß gezeigt werden dürfe.«

»Nein, nein«, sagte Schrempf hastig, »das hat er nie gesagt! Von Verfügung kann keine Rede sein, und schriftlich gibt es da schon gar nichts. In einer stillen Stunde hat mir der gute Jan sogar noch kurz vor seinem Tod anvertraut, dass er seine Heimat über alles geliebt habe. ›Wenn ich an Neuschloß denke‹, hat er wortwörtlich gesagt, ›kommen mir immer noch die Tränen.‹ Und das bringt mich nun auch gleich auf den Kern der Sache.«

Der Kern der Sache bestand darin, dass Schrempf im Besitz eines, wie er sich ausdrückte, »gewaltigen Konvoluts hochbedeutender Skizzen und Entwürfe« Onckens sei, deren Bedeutung und Wert in absehbarer Zeit noch beträchtlich wachsen werde, da der Tod eines Künstlers dessen Marktwert bekanntlich steigere. Die Stadt Zürich, in der Oncken nach seinen französischen und italienischen Wanderjahren in den letzten zwanzig Jahren im freiwilligen Exil lebte, habe ihm, Schrempf, bereits ein Kaufangebot unterbreitet, doch im Gedenken an Onckens Bemerkung, wie sehr er trotz alledem an Neuschloß gehangen habe, eine Bemerkung, die man gewissermaßen als »letzte Worte und Vermächtnis« aufzufassen die Pflicht habe, halte er, Schrempf, es nur für recht und billig, diese unschätzbare Sammlung in Neuschlosser Hände zu geben, zumal, wie er gehört habe, die Stadt in kultureller Hinsicht einen gewissen Nachholbedarf aufweise.

»Neuschloß ist nicht New York«, sagte ich, was Schrempf mit der Bemerkung konterte, Großstadt sei Großstadt. Im Übrigen gehe er davon aus, dass öffentliche Gelder für kulturelle Belange in New York ebenso spärlich zur Verfügung stünden wie in Neuschloß, weshalb er sich auch nicht etwa an ein städtisches Museum wende, sondern, und das war nun der Kern des Kerns der Sache, an mich als Sekretär der weltweit einschlägig anerkannten Curt-Küppers-Stiftung, um ihr den Ankauf des Konvoluts zu ermöglichen. Um Onckens letztem Wunsch nachzukommen, sei er, Schrempf, sogar bereit, finanzielle Abstriche zu machen und der Stiftung die Sammlung für den Spottpreis von drei Millionen quasi zu schenken.

»Drei Millionen sind zwar kein Pappenstiel«, nickte Herr Küppers anerkennend, als ich ihm einige Tage später von Dr. Schrempfs Angebot berichtete. »Aber ich will Ihnen mal was sagen: Bescheidenheit ist ein Laster, unter dem Neuschloß stets gelitten hat. Sehen Sie sich die Sammlung an. Wenn sie etwas taugt, nehme ich die Sache selbst in die Hand. Wer drei Millionen fordert, ist vermutlich auch mit der Hälfte zufrieden.«

Diese Wendung war überraschend gekommen, denn als ich das Gespräch auf Jan Oncken brachte, hatte Herr Küppers die Augenbrauen hochgezogen und sich vergewissert, ob ich etwa *den* Jan Oncken meinte, Sudeljan, wie man ihn in Neuschloß nenne, den Nestbeschmutzer, der aus unerfindlichen Gründen mit seinem Geschmiere und Geschraube anderswo Erfolge gefeiert und in einem seiner unsäglichen Interviews ihn, Curt Küppers, als raff- und ruhmsüchtigen Kulturbanausen und Provinz-Mäzen beschimpft hätte? Die Sache schien also aussichtslos zu sein. Aber als ich die Bemerkung fallen ließ, die Forderung von drei Millionen sei sowieso unrealistisch, selbst wenn man Onckens unbestreitbare Reputation in der internationalen Kunstszene veranschlage, spitzte Herr Küppers die Ohren, stieß den Rauch seiner Zigarre nachdenklich in Richtung der »Auslaufenden Krabbenkutter« von Walter Müller-Prielhaus, die nebelschwer und golden gerahmt an der Wand seines Arbeitszimmers hingen, und sprach: »Was drei Millionen kosten soll, kann künstlerisch nicht ganz schlecht sein.«

Und so erschien ich zwei Wochen später in Dr. Schrempfs Frankfurter Galerie, deren Ausstellungsraum mit mehreren großformatigen Acrylbildern Onckens glänzte, die leider nicht zu dem besagten Konvolut gehörten, deren Qualität in Hinsicht auf die Skizzensammlung aber vielversprechend war. Schrempf, ein agiler, schwarz gekleideter Mittfünfziger, der sein spärliches Grauhaar im Nacken zu einem Zöpfchen gerafft hatte, führte mich in sein Magazin und deutete mit pathetischer Geste auf fünf Umzugskartons mit dem Aufdruck *Heute hier, morgen dort – Der Spediteur schafft alles fort.*

»Voilà!« Er zog den obersten Karton vom Stapel, stellte ihn auf dem Boden ab und klappte den Deckel auf. »5.000 Blätter mindestens. Vielleicht auch 10.000. Eine Riesensache. Allein die wissenschaftliche Aufarbeitung und Katalogisierung würde einen Kunsthistoriker mindestens zwei Jahre beschäftigen. Könnte man gut mit einer ABM-Stelle durchziehen. Hier!« Er griff in den Karton und zog eine Handvoll DIN-A2-Bögen heraus. Kohle- und Rötelskizzen. Unverkennbar Onckens Handschrift. »Entwürfe für ›Skorpion Zwo‹, von der portugiesischen Regierung in Auftrag gegeben«, erläuterte Schrempf versiert. »Der gute Jan hatte so seine Macken, glaubte an Horoskope und dergleichen. Und mit ›Skorpion Zwo‹ wollte er sozusagen seinem Sternbild ein Denkmal setzen. Die geniale Großskulptur musste in Lissabon aber schon nach zwei Wochen wieder abgebaut und eingelagert werden, weil damals eine Bürgerinitiative ... na ja, Sie wissen schon.«

Ich wusste zwar nicht, nickte aber präventiv und sagte durchaus beeindruckt, dass ich mir für mein Gutachten einen zumindest flüchtigen Blick von der gesamten Sammlung machen müsse, da man schließlich nicht die Katze im Sacke ... na ja, Herr Dr. Schrempf wisse ja schon.

»Selbstredend«, sagte Schrempf, »sehen Sie sich die Sachen in Ruhe an. Ich habe gleich einen Termin mit einem Vertreter von Sotheby's. Ich lasse Sie also mit diesen Schätzen allein. Wenn Sie Kaffee möchten, einen Whiskey oder lieber Champagner, sagen Sie Fräulein von Meyerbaum Bescheid. Sie hält in der Galerie die Stellung.«

Als Schrempf verschwunden war und die erfreulich anzuschauende Stellungshalterin mich mit Kaffee versorgt hatte, machte ich mich ans Sichten. Die Skizzen, Entwürfe und Vorarbeiten Onckens waren von unbestreitbarer Qualität. Für eine Dauerausstellung kamen sie, von wenigen, detailliert ausgearbeiteten Blättern, die Onckens zeichnerische Fähigkeiten unterstrichen, aber kaum infrage; dazu waren sie zu vorläufig und zu speziell. Man will schließlich nicht dauernd die Gerüste sehen, sondern den fertigen Bau. Zwischen den Skizzen fanden sich allerdings auch stapelweise Papiere, die offenbar zufällig in die Kartons geraten waren: Zeitungsausschnitte mit Berichten über Onckens Ausstellungen, Handwerker- und Zahnarztrechnungen, Versicherungspolicen, Steuererklärungen, Kino- und Konzertkarten, Einladungen zu Vernissagen und Autorenlesungen und jede Menge Horoskope, die der sternensüchtige Künstler sich offenbar immer wieder hatte stellen lassen. Ich schätzte, dass diese eher persönlichen und also auszusortierenden Dinge ein Drittel der Sammlung ausmachten, womit Schrempfs Preisvorstellung bereits im Vorfeld konkreter Verhandlungen kräftig zu drücken wäre.

Drei Stunden später erschien Schrempf wieder auf der Bildfläche. Ob seine heitere Stimmung einem erfreulichen Verhandlungsergebnis mit dem Londoner Auktionshaus entsprang oder dem Alkohol, dem er offensichtlich zugesprochen hatte, entzieht sich meiner Kenntnis und ist sozusagen auch gar nicht mein Bier. Ich sagte ihm wahrheitsgemäß, dass ich positiv beeindruckt sein und ein entsprechendes Gutachten für Herrn Küppers verfassen würde, der dann gegebenenfalls in weitere Verhandlungen mit ihm, Schrempf, treten würde, monierte jedoch auch gleich das unkünstlerische Drittel des Konvoluts, das von der Sammlung als solcher zu trennen …

»Unkünstlerisch?«, unterbrach mich Schrempf indigniert. »Sind Sie von Sinnen? Bei einem Jahrhundertgenie wie Jan Oncken gibt es nichts, nicht den kleinsten Fetzen Papier, der unkünstlerisch ist. Diese«, er griff nach einer Steuererklärung von 1982, »was ist das denn überhaupt? Ach so, natürlich. Das ist ein hoch bedeutendes Dokument über den Existenzkampf des freien Künstlers auf dem Markt, ein *objet trouvé* ersten Ranges. Kunst ist, was der Künstler Kunst nennt, was er mit seinem Namen dazu macht. Ich sage nur Warhol! Ich sage Beuys! Wenn eine von Jan Oncken persönlich signierte Steuererklärung keine Kunst sein soll, dann weiß ich nicht, was Kunst ist. Noch an Onckens letztem Abend, kurz bevor er vom Balkon gestürzt ist, haben wir darüber gesprochen, dass gerade dem scheinbar Unbedeutenden höchste Bedeutung zukommt.«

Da es weder meine Aufgabe noch meine Absicht war, mich mit Schrempf über derlei definitorische Subtilitäten der ästhetischen Theoriebildung zu streiten, und ich außerdem noch den ICE erwischen wollte, der natürlich nicht bis Neuschloß fährt, sondern nur bis Hannover, von wo ich den als Regionalexpress bezeichneten Bummelzug nehmen musste, ließ ich die Sache im Raum stehen, verwies fürs weitere Procedere auf die alleinige Entscheidungsgewalt des Herrn Küppers und verabschiedete mich. Den Bericht für die Stiftung, in dem ich unter Berücksichtigung des zu erwartenden nationalen wie internationalen Renommees den Ankauf des Konvoluts für maximal eine halbe Million empfahl, aber auch auf die kunstfremden Anteile sowie auf die Probleme hinwies, die mit der Ausstellung der Sammlung verbunden sein würden, verfasste ich noch im Zug. Herr Küppers beschloss daraufhin, die Sache persönlich in Augenschein zu nehmen, besuchte wenige Tage später Dr. Schrempf und teilte mir dann telefonisch die Ergebnisse seiner Verhandlungen mit.

»Guter Mann«, sagte er zufrieden, und ich glaubte schon, er meinte mich. »Ein Mann nach meinem Geschmack, dieser Schrempf. Hat zwar einen ziemlich verschrobenen Kunstgeschmack, aber das segelt heute wohl unter modern. Die Sache ist geritzt. Für einskommafünf Millionen. Und Zürich guckt in die Röhre.«

»Aber Herr Küppers«, versuchte ich zu bremsen, »das ist total überbezahlt. Und über das angebliche Angebot aus Zürich weiß niemand Genaues. Jedenfalls würde kein Museum der Welt eine solche Summe für Zahnarztrechnungen, Horoskope und Skizzen ...«

»Schon gut, mein Lieber«, beruhigte Küppers mich. »Ich weiß Ihre Bescheidenheit zu schätzen. Aber wir kriegen nicht nur die Sammlung, wie kriegen auch noch Sudeljan persönlich dazu. Beziehungsweise das, was von dem alten Schluckspecht übrig geblieben ist.«

»Ich, ich verstehe nicht recht, Herr Küppers.«

»Die Asche. Die Urne mit Onckens Asche. Dem verpassen wir hier in Neuschloß ein Staatsbegräbnis. Erstklassige PR für die Stiftung. Die Asche des verlorenen Sohnes kehrt in die Heimat zurück, so in der Art. Man könnte vielleicht sogar unser Signet auf die Urne ...«

»Aber, Herr Küppers, das kann doch unmöglich im Sinne des Verstorbenen, ich meine, bei Onckens ausgesprochener Abneigung gegen Neuschloß wäre das ...«

»Abneigung? Keine Rede. War wohl alles nur ein Missverständnis. Schrempf hat mir haarklein erzählt, wie sehr Oncken an seiner Heimatstadt gehangen hat.«

»Gut und schön«, murmelte ich fassungslos, »aber gibt es denn keine Verwandten oder ein Testament, in dem vielleicht ...«

»Nichts dergleichen«, trompetete Küppers. »Und was die zwei noch lebenden der drei Ex-Ehefrauen von Oncken betrifft, so ist es denen völlig egal, wo der Alte begraben wird. War wohl nicht nur ein großer Säufer, sondern auch ein Schürzenjäger, wie er im Buche steht. Wird mir posthum fast noch sympathisch, der gute Sudeljan. Na ja, alte Neuschlosser Schule sozusagen.«

»Aber«, stammelte ich, »aber die Sammlung selbst. Ich meine, das kann man doch nirgends ausstellen. Bei den Massen brauchte man ja ein eigenes Museum.«

»Sie sagen es«, sagte Küppers munter. »Dann muss eben ein eigenes Museum gebaut werden. Hab schon den richtigen Architekten dafür im Kopf, diesen Dings, äh, Dressler.«

»Ein eigenes ...« Mir verschlug es die Sprache.

»Genau. Damit wir auch Platz haben für diese, Moment, wie hat Schrempf das Zeug genannt, die Horoskope und so weiter?«

»*Objet trouvé* vermutlich«, vermutete ich.

»Genau das«, sagte Küppers. »Kunst ist, was der Künstler Kunst nennt, was er mit seinem Namen dazu macht. Ich sage nur Warhol, mein Lieber. Und dass eine von unserem Sudeljan persönlich signierte Steuererklärung Kunst ist, leuchtet mir viel eher ein als die grauenhaften Plastiken, die er überall in die Welt gesetzt hat. Apropos, das hätte ich fast vergessen: Wir kriegen auch noch eins von diesen Dingern, als Zugabe sozusagen. Nicht mein Geschmack, aber was soll's? Hat mal in Madrid oder sonstwo gestanden, und da wird sich ja wohl in Neuschloß allemal ein Platz für so ein epochales Werk finden. Großstadt ist Großstadt. Wird demnächst hertransportiert. Nennt sich, Moment, äh ...«

»Skorpion Zwo«, murmelte ich wie in Trance. »Neuschloß, Lissabon ...«

»So ist es«, sagte Küppers. »Das Teil wertet doch auch die ganzen Horoskope enorm auf. Wir werden demnächst einen Festakt veranstalten, auf dem ich die Sammlung der Stadt schenke, kombiniert mit dem Begräbnis. Bereiten Sie schon mal alles vor. Mit unseren Politikern rede ich selbst.« Dann legte er auf.

Ich starrte in die realistische Rechtschaffenheit des »Gewitters über der Marsch«. Über Küppers' Kunstgeschmack lässt sich streiten; über sein zupackendes Naturell nicht. Von Schrempf hatte er sich zweifellos einwickeln lassen, und dennoch keimte jetzt in mir Respekt vor der mäzenatischen Statur des Curt Küppers auf. Ein eigenes Museum! Der Bau würde mindestens 15 Millionen verschlingen, aber der Name Curt Küppers würde vernehmlicher klingen, das Signet heller strahlen als je zuvor.

Unverzüglich machte ich mich daran, eine sachliche Presseerklärung der Stiftung zu verfassen und an die Neuschlosser Presselandschaft zu verteilen, die jenen Tiefebenen gleicht, die Emil Sommer nimmermüd malte, besteht sie doch lediglich aus dem *Nordkurier* sowie zwei Anzeigenblättern. Details sollte ich nicht nennen. Die wollte Herr Küppers auf dem Festakt persönlich ausbreiten, was dann vierzehn Tage später auch geschah. Die Veranstaltung fand im Saal des OHIO statt. Auf dem Podium saßen Curt Küppers, Dr. Schrempf in Begleitung seiner aparten Assistentin Fräulein von Meyerbaum, der Neuschlosser Oberbürgermeister, der Kulturdezernent und, ganz außen, meine Wenigkeit. Ich hatte dafür gesorgt, dass Onckens Sammlung aus den Umzugkartons in Weinkisten, ausgeschlagen mit schwarzem Samt, umgelagert worden war. Auf einem ebenfalls mit Samt drapierten Tischchen stand die Urne mit Onckens Asche, die zwei Ölzweige und das Signet der Stiftung zierten. Ein paar besonders eindrucksvolle Blätter hatte ich rahmen und an den Wänden des Saals aufhängen lassen – auf Küppers' Drängen hin auch eine Steuererklärung und zwei Horoskope.

Dr. Schrempf sprach als Erster, indem er eine Einführung in Leben und Werk des Jahrhundertgenies Jan Oncken gab und dabei mehrfach auf dessen angeblich unverbrüchliche Heimatliebe zu sprechen kam. Ihm, Schrempf, sei es überaus schwergefallen, sich von der Sammlung seines besten Freunds, des »lieben Jan«, zu trennen, aber er habe sich dessen letzten Wunsch nicht entziehen können. Das Kaufangebot der Stadt Zürich habe er ausschlagen müssen, um dieses gewaltige Werk in jene Hände zu legen, in die es gehöre.

Der Kulturdezernent fing den von Schrempf zugespielten Ball auf und nannte den Vorgang »einen kulturellen Gewinn ungeheuren Ausmaßes für Neuschloß, zugleich eine Riesenblamage für die Stadt Zürich«. Abgesehen von der Sammlung selbst sei natürlich die Aussicht auf ein neues Museum für die Stadt von besonderer Bedeutung. Es werde den Kern der Kunstlandschaft Neuschloß samt Region im Expo-Jahr 2000 bilden, und im Zusammenhang mit der Großplastik aus Lissabon werde man die Stadt Hannover in den Schatten stellen. Im Saal brandete Beifall auf.

Dann ergriff Curt Küppers das Wort. Er wolle sich kurz fassen, sei es doch eine Neuschlosser Tugend, statt Worten Taten sprechen zu lassen. Er schenke die Sammlung Oncken hiermit der Stadt, und zwar umso lieber, als seine Anregung, ein neues Museum nach Entwürfen seines Freunds Godehard Dressler zu bauen, von den Verantwortlichen wohlwollend aufgenommen worden sei. Die finanzielle Belastung, die damit auf die Stadt zukomme, werde sich langfristig zweifellos rentieren, zumal jeder kunstverständige Mensch wisse, dass kulturelle Leistungen mit Geld nicht aufgewogen werden könnten. Bei diesen Worten begannen Oberbürgermeister und Kulturdezernent aufgeregt miteinander zu tuscheln; es war klar, dass sie, genau wie auch ich, Küppers' offenbar bewusst vage gehaltene Andeutungen über ein neues Museum so verstanden hatten, dass nicht die Stadt, sondern die Stiftung den Bau bezahlen würde.

Der Oberbürgermeister, der, nachdem der Beifall über Küppers' Ausführungen verrauscht war, zu reden hatte, wischte sich den Schweiß von der Stirn, sortierte nervös die Karteikarten um, auf denen er sich Stichworte gemacht hatte, las den vorformulierten Dank vom Blatt, blickte nochmals zum Kulturdezernenten, der ihm aufmunternd zunickte, und extemporierte dann, dass die Pläne für das Jan-Küppers-, pardon, das Jan-Oncken-Museum an und für sich »fix und fertig« seien, denkbar sei beispielsweise eine Umquartierung des Arbeitsamtes, sodass die historischen Räume des Thronfolgerpalais' möglicherweise … beziehungsweise sei ja notfalls auch noch Platz in den Ausstellungsräumen des Schlosses, obwohl, nein, da wolle er nicht vorgreifen, sondern zuerst einmal mit dem zuständigen Museumsdirektor beziehungsweise der Bezirksregierung und natürlich auch dem Kultusministerium in Hannover, wo ja die eigentliche Verantwortung liege, zumal der Architekt … Hier kam er vollends ins Schleudern, fing sich aber mit der Routine des Berufspolitikers schnell wieder. Kurz und gut, sagte er fest, was noch fehle, sei lediglich das Geld, aber man habe potenzielle Finanziers bereits im Blick. »Wozu«, sagte er, sichtlich nach Worten ringend, »wozu gibt es schließlich eine«, wieder zögerte er, bis ihm die Erleuchtung kam und er wie beiläufig sagte: »… eine Toto-Lotto-Stiftung?«

Dann fiel er schwer und schwitzend auf seinen Stuhl, während sich Curt Küppers erhob und mit öligem Tremolo in der Stimme alle Anwesenden aufforderte, nunmehr den großen Jan Oncken auf seinem letzten Gang zu begleiten und in heimatlicher Erde zur Ruhe zu betten. Die Grabstelle auf dem nahe gelegenen Friedhof, zu der sich jetzt die gesamte Versammlung auf den Weg machte, hatte ich vorbereiten lassen: ein schlichter Granitstein mit Onckens Namen und Lebensdaten, darunter das Signet der Stiftung. Als wir den Saal verließen, hörte ich, wie das Handy von Herrn Küppers piepte; er zog es aus der Jackentasche, trat ein paar Schritte beiseite, schüttelte mit dem Kopf, sagte ein paar Worte und winkte mich zu sich.

»Die Skulptur«, flüsterte er, »dieses Marmor-Stein-und-Eisen-Dings ist angekommen. Aus Lissabon.«

»Was denn, heute schon?«, wunderte ich mich. Das sollte doch erst übermorgen angeliefert werden.

»Der Fahrer ist nonstop durchgebrettert«, sagte Küppers. »Zeit ist Geld. Der Sattelschlepper steht auf dem Rindermarkt im Gegenverkehr, weiß nicht, wohin mit dem Zeugs, und verursacht ein Verkehrschaos. Kümmern Sie sich mal darum. Sudeljanselig kriegen wir auch ohne Sie unter die Erde.«

Auf dem Rindermarkt, einer etwas großspurig als Verkehrsknotenpunkt bezeichneten Großkreuzung, war der Lastzug in Gegenrichtung in eine Einbahnstraße abgebogen. Zurückzumanövrieren war er nicht mehr, sodass die herbeigeeilte Polizei die Einbahnstraße sperren musste. Der portugiesische Fahrer schwankte zwischen südländischer Gereiztheit und Übermüdung. Ich erklärte der Polizei den Sachverhalt, kletterte neben dem Fahrer ins Führerhaus und dirigierte ihn auf einen Parkplatz. Entladen werden konnte die zerlegte Skulptur, deren Einzelteile, wie ich aus Onckens Skizzen wusste, bis zu zehn Metern Länge aufwiesen, hier allerdings nicht.

Ich rief Herrn Küppers' Handynummer an, auch wenn ich damit die Trauerfeierlichkeiten stören sollte. Man war jedoch, wie ich aus den Geräuschen schloss, bereits zum gemütlichen Teil übergegangen, einem Essen im Ratskeller. Als ich fragte, wohin die Skulptur gebracht werden sollte, blaffte mich Herr Küppers ungnädig an, das hätte ich mir vorher überlegen sollen, wurde jedoch gleich wieder konziliant, wechselte mit einigen Anwesenden ein paar Worte, die ich nicht verstand, und sagte dann, ich solle den Lastzug zum Schlossplatz dirigieren. Dort werde in Kürze eine Einheit des Technischen Hilfswerks zum Entladen erscheinen.

»Auf den Schlossplatz?«, fragte ich ungläubig. »Aber dann ...«

»Kein Aber«, bestimmte Küppers, »da ist das Ding auch

gleich an Ort und Stelle. Sie sind mir verantwortlich, dass kein Schräubchen fehlt.«

Und so verbrachte ich den Abend mit den wackeren Männern vom THW, deren Einsatzbereitschaft wohl erstmals im unmittelbaren Sinne der Kunst diente, mit den Einzelteilen von »Skorpion Zwo«. Zwar schien es mir ausgeschlossen, dass die Skulptur, die aufgebaut Riesenradformat haben würde, auf dem Schlossplatz ihren endgültigen Standort finden könnte, aber Herrn Küppers' Wünsche waren mir damals noch Befehl. Dennoch regte sich in dieser kalten, verregneten Nacht, in der ich auf dem Schlossplatz fror und Curt Küppers und Dr. Schrempf sich im Ratskeller feiern ließen, in mir erstmals ein gewisser Unmut über meine Rolle als ausführendes Organ der Stiftungsumtriebe.

Als ich morgens um halb zwei ins Bett fiel, befand sich der *Nordkurier* bereits im Druck, sodass ich am nächsten Tag nicht nur einen Bericht über den Festakt im OHIO und die Beisetzung von Onckens Urne zu lesen bekam, der besonders das Versprechen unseres Oberbürgermeisters hervorhob, ein neues Museum zu bauen, sondern in der Kolumne *Stadtgeflüster* auch noch etwas von dem erfuhr, was mir im Ratskeller entgangen war. Unter der Überschrift *Männerbund mit Bourbon-Siegel* hieß es dort wörtlich: »Ein Blick genügte, und sie erkannten sich als wahlverwandt: der Galerist und Kunstsammler Dr. Heribert Schrempf und Neuschloß' unermüdlicher Kunstmäzen Curt Küppers. Schon bei Jan Onckens Beisetzung waren sich die Männer einig: ›Bei uns stimmt die Chemie.‹ Der harte Businessman mit ›Telefonitis‹ und der feinsinnige Kunstsammler ohne Auto! Doch solch scheinbare und oberflächliche Gegensätze werden von einer gemeinsamen flüssigen Leidenschaft hinuntergespült: Beide teilen die Vorliebe für Whiskey. Was lag da näher, als den Freundschaftspakt mit einem oder zwei Bourbon im Ratskeller zu begießen? Beim Festmahl zur Übergabe der Oncken-Sammlung stießen beide auf das ›Du‹ an. Wenn auch im Whiskey Wahrheit liegt, und wenn Neuschloß Casablanca wäre, könnte man mit Humphrey Bogart vom ›Beginn einer langen Freundschaft‹ sprechen.«

Das Zitat aus »Casablanca« ist ungenau, und die drei grammatischen Fehler, die dieses Meisterstück investigativen Gesellschaftsjournalismus enthielt, habe ich stillschweigend korrigiert; mit dem *Nordkurier* legt man sich in Neuschloß nämlich lieber nicht an. Ich komme mir bereits ziemlich mutig vor, die Zeitung überhaupt zu zitieren, denn das ist das Schlimmste, was man ihr antun kann. Ich war mir allerdings sicher, dass die beiden Duz- und Kunstfreunde ihre gemeinsame Leidenschaft für Whiskey bereits entdeckt hatten, als Küppers damals Dr. Schrempf in Frankfurt aufgesucht hatte, und ich vermute, dass diese Leidenschaft auch Küppers' Vorsätze weggespült hatte, den Preis für die Sammlung zu drücken. Und der herrliche Satz, »wenn Neuschloß Casablanca wäre«, passte am Ende trefflich ins Bild beziehungsweise in die Sammlung. New York, Lissabon, Casablanca, Zürich, Neuschloß ...

Nach Lektüre dieses Artikels, dem auch ein Foto der sich zuprostenden Partner beigefügt war, verfestigte sich in mir der Gedanke, dass ich als Sekretär der Stiftung möglicherweise eine Fehlbesetzung sein könnte.

Gekündigt habe ich später. Zuvor hatte ich noch das zweifelhafte Vergnügen, als Stiftungsvertreter an diversen Sitzungen, Meetings, Konferenzen und informellen Treffen teilzunehmen, die sich im Gefolge des ebenso vollmundigen wie voreiligen Versprechens des Bürgermeisters ergaben. Seine Ankündigung, mit welchem und wessen Geld auch immer ein Museum zu bauen, weckte in Neuschloß schlafende Hunde, und zwar gleich rudelweise. Ich möchte niemanden, nicht einmal mehr mich selbst, mit den Briefwechseln, Protokollen und Gesprächsnotizen all dieser Treffen langweilen. Sie füllen fünf Aktenordner, die in meinem ehemaligen Büro vor sich hinstauben. Vielleicht kommt Dr. Schrempf ja eines Tages auf die Idee, auch dieses Konvolut zum *objet trouvé* zu adeln und der Onckenschen Sammlung hinzuzufügen. Meinen Segen hätte er.

Das Museum für Kultur und Geschichte plädierte dafür, im Neubau nicht nur die Sammlung selbst zu zeigen, sondern einen Extratrakt zu errichten, in dem die heimatkundlichen Ausstellungen Platz finden sollten, die sich bislang noch im Schloss so breitmachen, dass die tatsächlich bedeutende großherzogliche Gemäldegalerie im Archiv verschimmeln muss. Gegen dieses Ansinnen verwahrte sich der BPNB (Bund für die Pflege Neuschlosser Brauchtums), da es seinen Mitgliedern und Förderern nicht zumutbar sei, mit Arbeiten jenes Mannes konfrontiert zu werden, der als Nestbeschmutzer in die Geschichte Neuschloß' eingegangen sei und dessen sogenannte Werke bestenfalls eine modernistisch gesinnte Minderheit interessieren würden. Der Konflikt war erst beigelegt, als sich herausstellte, dass ein Neubau aus schlichten und sehr handfesten Gründen unrealisierbar war: Die Stadt war pleite. Das Land war bankrott. Und die Toto-Lotto-Stiftung, auf die der Bürgermeister gesetzt hatte, winkte dankend ab.

In diesem Falle, drohte nun aber Curt Küppers, werde die Stiftung ihre Schenkung rückgängig machen; man habe bereits positive Signale aus Zürich, die Sammlung doch noch anzukaufen. Derart aufgeschreckt, bedachte die Stadt ihr altes Denkmodell neu, das Arbeitsamt aus dem Thronfolgerpalais auszulagern, das Palais zu renovieren und als Museum herzurichten, wodurch der Streit, wer dann welche Flächen mit welchen Ausstellungen belegen dürfe, mit ungewohnter Heftigkeit wieder angefacht wurde.

Man drehte sich also im Kreis. Und man dreht sich immer noch im Kreis. Monatelang. Jahrelang. Und da auch das Angebot aus Zürich weniger konkret als vielmehr behauptet war, machte sich Curt Küppers wieder einmal seine eigenen Gedanken.

»Irgendetwas muss passieren«, sagte er zu mir, »die Presse schreibt sich zwar die Finger wund wegen dieser Museumssache, aber wir werden gar nicht mehr erwähnt. Undankbares Pack. Wir machen das jetzt in eigener Regie. Ein Museum kann ich denen natürlich nicht bauen. Großstadt ist Großstadt, wohl wahr. Aber ein Curt Küppers ist schließlich kein Rockefeller, leider. Außerdem muss in meinem Gestüt kräftig um- und ausgebaut werden. Da kommt demnächst noch einiges auf Sie zu. Die Sammlung mit der Pferdemalerei müsste auch endlich öffentlich gemacht werden. Aber nicht, bevor die Stadt nicht selber in die Hufe kommt. Vielleicht kann man das Gestüt auch zum deutschen Kulturerbe oder dergleichen ausrufen. Zuerst finden Sie aber mal heraus, in welchem Haus der olle Sudeljan seine Kindheit verbracht hat. Wir kaufen den Schuppen und richten da eine Gedenkstätte ein, meinetwegen mit Archiv. Irgendwo muss das Zeugs untergebracht werden. Papier ist geduldig, jedenfalls geduldiger als ich. Das ist zwar nur eine kleine Lösung, aber besser als gar keine.«

Die Adresse herauszufinden, an der Oncken damals gelebt hatte, war kein Problem. Das Problem bestand darin, dass das Haus mit der Nummer 9 nicht mehr existierte, sondern nur noch der *Aldi*-Parkplatz.

»Immobilienhaie«, empörte sich Herr Küppers, als ich ihm die Nachricht durchgab.

»Durchaus, Herr Küppers«, gab ich ihm ein letztes Mal Recht, »leider handelt es sich beim Eigentümer der betreffenden Grundstücke um die Immobilien GmbH & Co. KG *Residenz*, und meines Wissens nach sind Sie selbst Teilhaber dieser Firma.«

»Großer Gott, ja, ich erinnere mich«, stöhnte Küppers. »Den Deal mit *Aldi* konnte man einfach nicht ausschlagen. Und wer konnte denn ahnen, dass es sich um Onckens Bruchbude handelte? Das hat doch keinen Menschen interessiert. Lässt sich jetzt auch nicht mehr ändern. Ich hab da aber schon eine Idee, wie wir der Sache noch einen würdigen Dreh geben.«

Und so kam es, dass der Architekt Godehard Dressler zwar kein Museum bauen durfte, aber immerhin jenen Schaukasten mit dem Foto von Jan Onckens Elternhaus. Die Sammlung Oncken lagert derzeit übrigens im Magazin des Museums für Kunst und Geschichte, in trauter Nachbarschaft zu den unschätzbaren Hinterlassenschaften unseres kunstsinnigen Großherzogs. Vielleicht wird die Sammlung dort noch lange lagern. Und warum auch nicht? Papier ist, um noch einmal Curt Küppers zu zitieren, geduldig. Die schönen Gemälde ertragen es schließlich auch klaglos, dass sie niemand zu sehen bekommt. Leinwand ist noch geduldiger als Papier.

Zu erwähnen wäre noch das Schicksal der Skulptur »Skorpion Zwo«. Nachdem ihre Einzelteile einige Tage auf dem Schlossplatz herumgelegen hatten, hagelte es Proteste von Anwohnern und Geschäftsleuten. In einem Leserbrief im *Nordkurier* wandte sich ein gewisser Pfarrer Findeisen vehement gegen das Aufstellen der Plastik, da diese dem grassierenden Sternen-Aberglauben Vorschub leiste. Ein Aufbauversuch auf der Verkehrsinsel am Rindermarkt scheiterte, weil einige tragende Teile fehlten. Meinen Vorschlag, das monströse Teil auf Küppers' Gestüt aufzubauen, um damit seiner Idee vom Kulturerbe Nachdruck zu verleihen, lehnte er entsetzt ab: »Macht mir doch bloß die Schimmel scheu.«

Das geniale Sternzeichen-Kunstwerk lagerte noch ein Jahr auf dem Hof einer Spedition, bis Curt Küppers wieder einmal einen seiner mindestens ebenso genialen Einfälle hatte. Er schenkte »Scorpion Zwo« der Stadt Hannover, als Neuschlosser Beitrag zur Expo 2000, was der Stiftung allerlei überregionale Presseresonanz und einen Festakt im Hannoverschen Landtag einbrachte. Während des anschließenden Banketts flüsterte mir Herr Küppers in bester Laune zu, dieses Geschenk sei die Rache für die Demütigung, dass nicht Neuschloß, sondern Hannover zu Niedersachsens Hauptstadt wurde. Dort hat meines Wissens niemand je Anstalten gemacht, die Skulptur aufzubauen.

Ich verfasse diesen Bericht sozusagen auf gepackten Koffern. Nächste Woche reise ich nach Zürich ab, wo ich meine neue Stelle als Leiter einer bedeutenden Kunstgalerie antreten werde. Es handelt sich um eine Filiale der Frankfurter Galerie Schrempf, die seit dem Verkauf der Onckenschen Sammlung floriert und expandiert. Vermutlich werde ich mich bis auf Weiteres nicht einmal mit Dr. Schrempfs schrägem Kunstgeschmack auseinanderzusetzen haben. So lange jedenfalls nicht, wie der alerte Galerist seine Haftstrafe absitzt – wegen »Totschlags im Affekt« an Jan Oncken.

# Kalte Nudeln

Wer es einmal gelernt hat, saucetriefende Spaghetti so um die Gabel zu zwirbeln, dass er ohne mümmelndes Nachfassen, ohne schlürfende, schürzende Lippenvorstülpung die verwickelte Angelegenheit vom Teller zum Mund zu führen vermag, dem kommt der beiläufig routinierte Dreh aus dem Handgelenk kaum noch als Kunststück vor. Man muss jedoch nur Kinder bei ihren ersten, zwischen Verwirrung und Begeisterung schwankenden Spaghettiaufgabelungsversuchen beobachten, um sich daran zu erinnern, dass es sich hierbei sehr wohl um ein Kunststück handelt, um ein Stückchen angewandter Lebenskunst jedenfalls und allemal.

Sinnreiches Verwickeln einer Sache ist in gewisser Hinsicht immer eine Kunst, verwandt der nur scheinbar merkwürdig zufälligen Art und Weise, mit der das Leben gelegentlich Geschichten ineinander verwickelt. Der Vergleich sei an den Nudeln herbeigezogen? Keineswegs.

Alles begann damit, dass mein Freund Jens Reitberger seinem vierzigsten Geburtstag entgegensah. Je näher er aber diesem Datum kam, desto widerwärtiger wurde ihm das Leben im Allgemeinen, und seine eigene Existenz empfand er zunehmend als geradezu unerträglich. Das norddeutsche Wetter deprimierte ihn, die Arbeit ging ihm nicht mehr leicht von der Hand, das Zusammensein mit seiner Freundin löste bei ihm allergische Hautausschläge aus, und selbst schnelles Autofahren, sonst eine seiner bevorzugten Entspannungsübungen, machte ihm keine Freude mehr. Als er schließlich die Spaghetti *Carbonara*, die er sonst als unnachahmlich *al dente* zu preisen pflegte, eines abends im *Ätna*, unserem Stammitaliener, wild und geradezu tobend als »Matschepampe« beschimpfte, da wusste ich, dass ihm hierzulande nicht mehr zu helfen war. Insofern waren ich und die anderen Freunde und Bekannten Reitbergers auch nicht sonderlich überrascht – einige, die meisten womöglich, waren insgeheim sogar erleichtert –, als er uns wenige Tage nach dem Essen im *Ätna* eröffnete, alles, jedenfalls einiges, für immer, jedenfalls für einige Zeit, hinschmeißen zu wollen.

Ein entfernter Verwandter Reitbergers, soviel ich weiß, ein Vetter seines Schwagers, besaß in einem ligurischen Bergdorf einen zum Ferienhaus umgebauten Schweinestall, fuhr selbst aber nie dorthin, da ihm nach erfolgtem Umbau die Sache langweilig geworden war und er sich stattdessen in einen zu Ferienappartements umgewandelten Herrensitz in Südfrankreich eingekauft hatte. Wie Reitberger mir neulich erzählte, hat dieser Verwandte inzwischen auch dieses Appartement wieder verlassen, um sich am Aufbau eines Squash-Centers auf den Kanarischen Inseln zu beteiligen. Gegen ein geringes Entgelt stellte der Verwandte Reitbergers also seine ligurische Niederlassung zur Verfügung, und Reitberger, der vor Jahren bereits einmal dort gewesen war, damals aber über die unkomfortable Weltabgeschiedenheit heftig geklagt hatte, war sich jetzt völlig sicher, in der herben Kargheit Liguriens seine Lebenskrise zu meistern, wenn nicht gar sein zukünftiges Leben dort zu verbringen.

Die Briefe, die er im ersten Monat aus Ligurien nach Deutschland schickte, sprachen eine entsprechend euphorische Sprache, wobei Reitberger als überzeugendstes Indiz für sein wiedergewonnenes Gleichgewicht besonders und mehrfach davon schwärmte, dass und wie die ligurischen Gastronomen sich allesamt aufs Zubereiten erstklassiger *Al-dente*-Spaghetti verstünden. Nach knapp zwei Monaten wurden Reitbergers Rückmeldungen aus dem Land seiner Sehnsucht sporadischer, der Tonfall düsterer, bis schließlich nach Ablauf von drei Monaten nur noch vereinzelte, lieblos beschriebene Postkarten seinen Freundeskreis erreichten: Die letzte an mich gerichtete Postkarte klagte über die stumpfsinnig heiße Witterung, den blödsinnig blauen Himmel und schloss mit der Bemerkung: »Spaghettikochen kann hier auch keine Sau – im *Ätna* sind sie besser.« Da wusste ich, dass Jens Reitberger bald wieder in unserer Mitte auftauchen würde.

Und so geschah es auch. Zur Feier seines Wiedereintritts ins heimatliche Leben unter regenschweren Himmeln lud er uns zu einem Essen in seine Wohnung ein, nachdem er den englischen Gastdozenten der hiesigen Universität, dem er die Räumlichkeiten für mindestens ein Jahr überlassen hatte, mit allerlei Erklärungen von Notfällen, unvorhergesehenen Ereignissen, Katastrophen gar, hinauskomplimentiert hatte.

Wir freuten uns durchaus über Reitbergers Rückkehr und versammelten uns gut gelaunt um seinen Tisch. Er empfing uns mit der Erklärung, über seine vielfältigen italienischen Erfahrungen weniger reden als vielmehr Taten sprechen lassen zu wollen. Heute, sagte er, zeige er uns einmal, wie man *richtig* Spaghetti *al dente* koche. Das könne hier nämlich keine Sau, nicht mal der Koch im *Ätna*: in Ligurien aber könne das jedes Kind.

Aus Ligurien in reichlicher Menge mitgebrachter Wein wurde entkorkt und unter beifälligem Gemurmel verkostet, die Vorspeise, Tomaten mit Mozzarella und Basilikum, allseits gelobt. Während Reitberger, unterstützt von seiner Freundin, deren Anwesenheit keine allergischen Reaktionen mehr bei ihm auslöste, in der Küche hantierte, wurde die versammelte Runde, beflügelt vom Wein, immer lustiger. Reitberger, ebenfalls bestens aufgelegt, brachte das Lied »Una festa sui prati« pfeifend, eine Schüssel mit *Pesto*-Sauce auf den Tisch und verkündete nochmals, dass seine nach einem uralten und streng geheimen Familienrezept eines ligurischen Kochs zubereiteten Spaghetti *al dente* nunmehr zum Verzehr freigegeben würden. Wir riefen »bravo« und »bellissimo«, hielten unsere Teller dem Nudeltopf entgegen, und Reitberger teilte aus. Aber schon bei der ersten Portion, die er auf einen der Teller hob, verdüsterte sich sein eben noch fröhliches Gesicht. Merkwürdig, murmelte er, da stimme etwas nicht. Den zweiten Teller füllte er wortlos und kopfschüttelnd, beim dritten verfiel er wieder in ein grüblerisches Selbstgespräch und fragte sich, ob eventuell der unterschiedliche Härtegrad des Wassers eine Rolle, eine unselige Rolle gespielt ... Schließlich verstummte er und bedeutete seiner Freundin, das weitere Austeilen der Spaghetti zu übernehmen.

Als alle zwölf Teller, von Spaghetti und Sauce dampfend, appetitlich in die Runde lächelten, erhob sich Reitberger mit einem wie schmerzverzerrten Gesicht von seinem Platz und sagte würgend, er müsse noch einmal nach der Nachspeise sehen, aber wir möchten doch schon mit dem Essen beginnen. Das taten wir auch. Die Sauce war vorzüglich. Die Spaghetti waren eine Katastrophe: Matschepampe.

Nachdem wir zwei oder drei Bissen mit gewissermaßen spitzen Zähnen zu uns genommen hatten, sagte einer von uns ins beredte Schweigen: *al dente* also.

Das könne hier doch sowieso keine Sau, sagte ein anderer, und die aufkeimende Missstimmung löste sich in ein schallendes, tobendes Gelächter auf, das durchaus nicht böse gemeint war, dem unglücklichen Reitberger aber, der sich in der Küche verschanzt hielt, wie ein Kübel voll Hohn und Spott vorkommen musste. Nach einer halben Stunde kam er wie ein geprügelter Hund wieder an den Tisch geschlichen, ließ sich schwer auf den Stuhl fallen, blickte mit versteinertem Gesicht auf die kaum angerührten, inzwischen kalt gewordenen Nudelportionen und vergrub dann sein Gesicht in den Händen. Uns wurde schlagartig klar, dass die Stimmung schleunigst zu wenden sei, wollten wir nicht riskieren, dass Reitberger in seine eben erst gemeisterte Lebenskrise zurückfiel.

Was nun folgte, war eine konzentrierte und konzertierte Tröstungs- und Aufheiterungsaktion, die sich von eher faden Bemerkungen wie »kann doch jedem mal passieren« oder »Hunger hatte ich eh nicht« langsam zu Substanziellerem aufschwang, indem die Vorspeise gelobt, der Wein gefeiert und die Vorfreude auf die Nachspeise zu einem Hymnus seliger Erwartung wurde. Nichts half. Reitberger blieb stumm und stierte weltverdrossen auf den Teller mit den kalten, pampigen Nudeln.

Die kopernikanische Stimmungswende des Abends trat ein, als die Nachspeise, ein wunderbar gelungenes Tiramisu, unter heftigem Zuspruch bis auf den letzten Rest weggelöffelt war und einer von uns erzählte, wie er seinerzeit bei den Pfadfindern in Hordentöpfen zu undefinierbarem Schleim und Brei verkochte Nudeln als Delikatesse empfunden habe. Nun ergab sich ein uferloses Assoziieren, bei dem jeder eine Anekdote oder Erinnerung über misslungene Nudelgerichte beisteuerte: Fast schien es, als seien verkleisterte, matschige, wässrige oder kalte Nudeln zu Leitfäden unserer Lebensbahn geworden. Die Stimmung wurde ausgelassen, selbst Reitberger ließ sich von der wachsenden Heiterkeit anstecken, der aus Ligurien importierte Wein ging langsam, aber sicher zur Neige, und einer von uns ließ einen mächtigen Joint mit mäßig gehaltvollem Eigenanbau in die Runde gehen. Dabei wurde ununterbrochen von den Nudeln erzählt, die in unserem

Leben Epoche gemacht hatten, von den rohen, aus dunklen Speisekammern genaschten Nudeln der Kindheit, die im Mund zu einem körnigen Brei verpappten, von den Spaghettiorgien in Wohngemeinschaftszeiten, als der hemmungslose Übereinsatz von Knoblauch als kulinarischer Fanfarenstoß revolutionärer Entschlossenheit galt, von den zur Unkenntlichkeit verkochten Nudeln der Kantinen und Mensen – all das ergab eine Art kollektiver Geschichte, wobei die Beiträge der Freunde, die am Joint zogen, erst zunehmend alberner wurden, um gleich darauf und nahezu beziehungslos ins Metaphysisch-Transzendentale überzukochen, während die Nudelerinnerungsarbeit derer, die beim Wein blieben, eher bodenständig, wenn auch kaum weniger zusammenhanglos ausfiel.

Einer von uns, ich glaube, Reitbergers Bruder, rief plötzlich, wie von einer Inspiration befallen, das Wort *Miracoli* in die lärmende Runde, wiederholte, nachdem niemand den Faden beziehungsweise die Nudel aufnahm, noch einmal und nachdrücklich: *Miracoli*! Tatsächlich kehrte nun Schweigen ein, als ob ein Zauberwort alles Gewirr gelöscht hätte. Reitbergers Bruder hatte jedoch, wie sich nun herausstellte, den Ruf *Miracoli* nicht als bloß konkret-poetisches Klang- und Lautmaterial ausgestoßen, sondern er wandte sich jetzt seinem Freund Lukas Domcik zu und forderte ihn auf, die, wie Reitbergers Bruder sagte, *Miracoli*-Arie, die Domcik vor einigen Wochen in der Kneipe erzählt habe, noch einmal wiederzugeben.

Vor einigen Jahren, begann Domcik, hat mir ein Freund manchmal für längere oder kürzere Zeit sein Sommerhaus überlassen, wenn er selbst es nicht nutzte. Ich habe dann in der Ruhe dieses Hauses und seiner friedlichen Umgebung viel gearbeitet, oft aber auch nur gefaulenzt. An dem

Wochenende, von dem ich erzählen will, wollte und musste ich allerdings arbeiten, da der Abgabetermin für einen Artikel, mit dem ich mich lange lustlos herumgequält hatte, unmittelbar bevorstand oder vielleicht sogar schon überschritten war. Ich packte also meine Sachen, setzte mich ins Auto und fuhr los. Da ich keine Lust hatte, noch einen Lebensmittelladen aufzusuchen, deckte ich mich an einer Tankstelle mit Getränken und Fertiggerichten ein, die ich für die drei Tage benötigen würde.

Das war im Spätsommer. Mitte September vielleicht, ganz ungewöhnlich schönes Altweiberwetter. Es war noch so warm, dass ich meine Schreibmaschine draußen auf der Terrasse aufstellen konnte. Doch in dieser schon fast ausgeglühten Wärme, die in einem unglaublich satten Gelb durch die lichter werdenden Kronen der Birken rieselte, kündigte sich schon, mehr als Ahnung denn als spürbare Realität, herbstliche Abkühlung an. Manchmal, wenn der Wind sich müde regte, raschelten Blätter zu Boden, ein unscheinbares und dennoch eindringliches Geräusch, das sich ins zögernde Tackern meiner Schreibmaschine mischte und mit dem Artikel, den ich schrieb, eine merkwürdige Liaison einging, von der außer mir natürlich niemand etwas wissen muss. Es war auf jeden Fall eine günstige Arbeitsatmosphäre, sodass es mir gelang, den Text bis zum Mittag des nächsten Tages fertigzustellen und mir noch anderthalb Tage zum Ausspannen blieben.

Am Nachmittag unternahm ich eine mehrstündige Wanderung durch das im Septemberlicht dösende Land. Der Mais stand bräunlich und schwer, die Sonnenblumen vor den Höfen neigten sich unter der Last ihrer Blüten, fielen aber noch nicht, und nur die Getreidefelder waren schon gemäht. Es herrschte diese Stimmung, von der man nicht sagen kann, ob sie so schön ist, weil sie uns melancholisch macht oder obwohl sie das tut. Als ich wieder auf dem Rückweg, die sinkende Sonne im Gesicht, über eins der Stoppelfelder ging, stieß ich dort auf ein Getreidebündel, das wohl vom Mähdrescher gefallen war. Und der Anblick dieses vergessenen Bündels, aus dem in der Abendsonne dünne Schatten fielen, löste in mir die Erinnerung an etwas sehr Bestimmtes aus, von dem ich aber nicht wusste, was es gewesen war. Ich dachte dann auch nicht weiter darüber nach und ging weiter. Vor einem kleinen, heruntergekommenen Landarbeiterhaus mit schadhaftem Dach blühten erste Astern; drei oder vier Kinder spielten auf dem staubigen Hof mit einem Hund. Und als ich einen Augenblick stehenblieb, um sie zu beobachten, sah ich durch die offen stehende Doppeltür im Halbdunkel des Hauses ein weiteres Kind an einem Tisch sitzen. Auf dem Tisch stand ein Teller, und das Kind sah mit einem schmerzlichen oder sehnsüchtigen Gesichtsausdruck zu seinen spielenden Freunden hinaus. Dieser Anblick, das wusste ich plötzlich, ohne sagen zu können, wie und warum, rührte in mir die gleiche Saite an, die bereits das verlorene Getreidebündel auf dem Feld angerissen hatte, und ich kam, von einer mir unerklärlichen Trauer eingesponnen, wieder an meinem Haus an.

Zum Abendessen wählte ich aus den Schnellgerichten, die ich mir an der Tankstelle gekauft hatte, eine Packung *Miracoli* aus. Ihr kennt das Zeug ja alle: Spaghetti, denen in gesonderten kleinen Packungen Tomatensauce, Gewürzmischung und Parmesankäse beigegeben sind. Sei es nun, dass ich in Gedanken immer noch den Zusammenhang zwischen dem Kind und dem Getreidebündel nachhing, sei es, dass ungeschicktes Hantieren häufig zu Kettenreaktionen führt – jedenfalls misslang mir die Zubereitung dieser an sich doch narrensicheren Mahlzeit so gründlich, wie mir noch kaum eine Mahlzeit misslungen war. Die Spaghetti rutschten aus der Packung, fielen auf den Fußboden und zerbrachen. Die Tomatensauce spritzte mir zur Hälfte über den Hemdsärmel, und den Parmesan riss ich so hastig und nachlässig auf, dass er sich in weitem Bogen über den Küchentisch verteilte. Als ich schließlich den Tisch gedeckt und eine Flasche Wein geöffnet hatte, wobei natürlich auch noch der Korken abbrach, waren die Spaghetti verkocht. Ich rührte alles zusammen auf den Teller und versuchte, das ungenießbare Zeug mit viel Wein herunterzuspülen. Es schmeckte aber so widerlich, dass ich es nach drei Bissen aufgab. Und als ich da vor einem Teller saß, von dem mich eine erkaltende, ekelhafte Masse hämisch anstarrte, wusste ich plötzlich den Zusammenhang, nach dem ich, ohne eigentlich systematisch darüber nachzudenken, die ganze Zeit gesucht hatte:

Ich bin allein. Ich bin ganz allein. Ich war noch nie so schrecklich allein wie in diesem großen, viel zu großen Speisesaal. Die Fenster stehen offen, die Sonne scheint. Von draußen dringt das Lachen und Kreischen der anderen Kinder zu mir. Die anderen Kinder dürfen spielen. Ich muss hier sitzen, weil ich meinen Teller nicht leer gegessen habe. Die anderen Kinder haben alle ihren Teller leer gegessen. Alle halbe Stunde kommt die Erzieherin herein, eine dürre, eckige Frau. Sie sieht nach, ob ich fertig bin. Nein, ich bin nicht fertig. Ich werde nie fertig werden. Vor mir steht der halb leer gegessene Teller mit diesen ekligen kalten Nudeln. Das sind Würmer, Schlangen, nie zuvor gesehenes, böses Getier. Es wird mir den Bauch zerreißen, wenn ich es verschlucke. Und dann sterbe ich. Aber sonst sterbe ich auch. An Heimweh. Denn ich will nach Hause. Vom ersten Tag an, von der ersten Minute, da man mich in dieses Heim gebracht hat, wollte ich nach Hause zurück. Und die Nudeln starren mich höhnisch an.

Ob ich diese Nudeln aufgegessen habe, schloss Domcik seine Geschichte – vielleicht fragte einer von uns ihn auch danach, wahrscheinlich sogar –, das weiß ich nicht mehr. Ich weiß nur, dass es einer der trostlosesten Momente meines ganzen Lebens gewesen ist.

Ihn, sagte Jens Reitberger, habe die Geschichte getröstet. Und das, fanden wir, war unter anderem auch der Sinn der Sache.

# Zu wenig Kampf, zu viel Spiel

Jene frühsommerlichen Tage, als sich in Südkorea und Japan die deutsche Fußball-Nationalmannschaft durchs WM-Tunier malochte und wider alle Expertentipps bis ins Endspiel holperte, verbrachten wir auf der Ile de Ré, zu Gast bei einem frankophilen Ehepaar, das dort in einem recht idyllischen Ort ein Ferienhaus besitzt. In ihrer merkwürdigen Mischung aus fast friesischer Herbheit über den Watten und Salzwiesen einerseits, mediterranen Anklängen bei den Weinfeldern, Dorfplätzen und Häfen andererseits, ist die Atlantikinsel ein beliebtes Ferienziel. Und obwohl die Ile de Ré spätestens ab Mitte Juli ausgebucht ist, gibt es keinen Massentourismus und nur wenige Hotels. Die Sommergäste bewohnen ihre eigenen Häuser oder mieten sich ein, gehen bei gutem Wetter an die Strände, kaufen ein, kochen, essen, trinken, sitzen bei schlechtem Wetter lesend oder Karten spielend vorm Kamin, machen Fahrradtouren und Spaziergänge, spielen Boule, gehen zeitig zu Bett. Das aus der Mode gekommene Wort Sommerfrische beschreibt das erwünscht Unspektakuläre dieser Inselferien noch am treffendsten. Familien mit Kindern sieht man selten, Teenager oder junge Erwachsene fast nie; die gepflegt langweilige, beinah schon weltabgewandte Atmosphäre zieht eher gesetztere Generationen an - uns also und unsere Gastgeber (obwohl Ausländer auf der Insel selten sind; es gibt nur einige Engländer und wenige Deutsche) oder eben auch jenen alten

Herrn, dessen nähere Bekanntschaft wir dem Zufall, dem Fußball und dem Fehlen eines Fernsehgeräts verdankten und dessen Geschichte hier erzählt werden soll, soweit er sie uns damals erzählte.

Im Ferienhaus unserer frankophilen Freunde gab es jedenfalls kein Fernsehgerät, eine selbst auf der altmodischen Insel eher unfranzösische Leerstelle sogenannter Freizeitkultur, die unsere Gastgeber jedoch gezielt und (nach meinem Geschmack) etwas zu urlaubspädagogisch korrekt setzten: Man lese doch lieber, man unterhalte sich endlich mal wieder, man spiele Karten, spiele gar Scharaden am Kaminfeuer, man döse auch nur vor sich hin. Und wen das alles nicht entspanne, für den gebe es in La Couarde notfalls ein Kino. Aber natürlich vermisste auch niemand das Fernsehgerät! Im Prinzip nicht. Eigentlich nicht. Nicht ernsthaft. Obwohl, wenn man bedenke, dass nun im fernen Ostasien die Fußballweltmeisterschaft angepfiffen werde und man trotz der erwarteten Chancenlosigkeit des deutschen Teams das eine oder andere Spiel vor dem Fernseher doch schon recht gern verfolgen würde, die Spiele der Franzosen beispielsweise, dann wäre und war schließlich durchaus nichts dagegen einzuwenden, sich ins Grand Café zu setzen.

Das Fernsehgerät über dem Tresen zeigte stoisch wie stets Pferderennen und Wettquoten, aber ein zweites Gerät im hinteren Gastraum war dicht umlagert von Sommergästen und ein paar Einheimischen. Live übertragen wurden in den folgenden Tagen die Gruppenspiele der französischen Mannschaft, wobei freilich wenig Freude aufkam, da das favorisierte Starensemble nach drei Spielen aus dem Turnier ausschied. Das Publikum im Grand Café ließ das Debakel in einer Mischung aus Empörung und Fassungslosigkeit über sich ergehen, und als die Equipe Tricolore die Heimreise antrat, ohne ein einziges Tor geschossen zu haben, boykottierten Insulaner und Teilzeitinsulaner den weiteren Verlauf des Turniers, gingen zurück an die Strände oder legten sich wieder in Liegestühle und Hängematten.

Außer uns interessierte sich kaum noch jemand fürs wenig attraktive, dafür aber, vielleicht auch deswegen überraschend erfolgreiche Abschneiden der deutschen Mannschaft, und so hockten wir während der nächsten Spiele fast allein hinten im Grand Café. Gelegentlich kam der eine oder andere Gast hinzu, trank einen Café, ein Glas Rotwein oder einen Pastis, starrte trübe und irgendwie beleidigt oder gekränkt auf den Bildschirm, um dann achselzuckend wieder zu verschwinden. Lediglich ein alter Herr, der vom Kellner stets sehr respektvoll als Monsieur Clement oder Clemand angesprochen wurde, fand sich zu jeder Übertragung ein. Es stellte sich bald heraus, dass er nicht nur viel von Fußball verstand, sondern auch unverhohlene Sympathien für die deutsche Mannschaft hegte. Unsere Gesellschaft schien ihm angenehm zu sein, an unseren einschlägigen Fachsimpeleien über Technik, Taktik und Aufstellungen beteiligte er sich lebhaft und sachkundig, und zwar in einem fließenden, nahezu fehlerfreien Deutsch, das nur einen ganz leichten französischen Akzent hatte, und gelegentlich musste er nach dem einen oder anderen treffenden Wort suchen. Wir hielten ihn deshalb anfangs für einen Elsässer oder einen pensionierten Deutschlehrer, vielleicht gar für einen Übersetzer oder Dolmetscher.

Als wir einmal in eine Diskussion über einen Abseitspfiff gerieten und er dabei von einer »sonnenklaren Fehlentscheidung« sprach, erkundigte sich einer von uns unvermittelt: »Wieso sprechen Sie eigentlich so gutes Deutsch, Monsieur Clemand?«

»Weil ich aus Deutschland stamme«, antwortete er, »aus Hamburg, und mein Name lautet übrigens«, er buchstabierte ihn, »Kleemann, Arno, beziehungsweise schon längst, genauer gesagt seit meiner Einbürgerung 1938«, wieder buchstabierte er, »Arnaud«, während der Schiedsrichter das Viertelfinale abpfiff, das die deutsche Mannschaft glücklich gewann.

»Und was«, fragten wir, »hat Sie nach Frankreich verschlagen? Auf die Ile de Ré? Machen Sie Urlaub hier?«

Monsieur Kleemann nickte lächelnd. Seinen Urlaub verbringe er seit Jahrzehnten auf der Insel, in einer der Villen hinter den Dünen, und seitdem er sich zur Ruhe gesetzt habe, bleibe er mit seiner Frau manchmal den ganzen Sommer über hier. Seine Firma in Limoges habe er schon vor Jahren auf seine beiden Söhne übertragen. »Die fliegen aber in den Ferien mit ihren Familien lieber auf die Seychellen oder nach Ceylon, lassen sich nur selten auf der Ile de Ré blicken. Und interessieren sich leider mehr für Golf und Tiefseetauchen als für Fußball.« Er seufzte und nickte wieder vor sich hin. Melancholisch diesmal.

Wir spürten, dass dies nicht der Anfang seiner Geschichte sein konnte, sondern eher das Ende, und fragten, um den Faden nicht abreißen zu lassen, was das denn für eine Firma sei, die seine Söhne übernommen hätten.

»Eine Druckerei natürlich«, antwortete Monsieur Kleemann, und er betonte das »natürlich« so nachdrücklich, als empfände er andere Firmen oder Metiers als reine Zumutung. »Schon mein Großvater ist ja Drucker gewesen, damals in Hamburg, und auch mein Vater war Drucker in der gleichen Firma. Und ich selbst wäre in dieser Firma selbstverständlich auch in die Druckerlehre gegangen, wenn nicht, ja, wenn es nicht alles ganz anders gekommen wäre, damals, 1933, als der Anstreicher sich in Deutschland die Macht erschlich. So hat es jedenfalls mein Vater ausgedrückt, an einem nasskalten Abend im Januar, als unsere ganze Familie zum Abendbrot in der Wohnküche versammelt war. Mein Vater und seine Arbeitskollegen, seine Genossen aus SPD und Gewerkschaft, machten sich keine Illusionen. Es würde ihnen über kurz oder lang an den Kragen gehen. Alles, was auch nur entfernt nach SPD oder KPD oder Gewerkschaft roch, würde verboten werden. Alles, sagte mein Vater, alles bis runter zum Gesangverein. Und der Vfl, der ist wahrscheinlich als Erster fällig. Und Verbote sind noch das Freundlichste, was unsereiner zu erwarten hat. Verbote sind zumindest nicht lebensgefährlich. Das Lebensgefährliche kommt aber auch noch. Einige Genossen packen bereits die Koffer, um sich ins Ausland abzusetzen. So hat mein Vater an jenem Abend geredet, ruhig und sachlich. Ich war damals erst 12 Jahre alt, aber unter der Ruhe meines Vaters spürte ich die Wut und die Ohnmacht, unter der Sachlichkeit die Angst. Ich verstand auch gar nicht alles, was mein Vater sagte. Wieso ist denn der Vfl fällig?, fragte ich. Was können die Nazis denn gegen unseren Fußballverein haben? Mein Vater trank einen Schluck Bier, setzte die Flasche so hart auf dem Tisch ab, dass das Geschirr klirrte, und sah mich dann mit einem so traurigen Blick an, wie ich ihn vorher und nachher nie an ihm gesehen habe. Fußball, sagte er, mögen die Nazis grundsätzlich nicht. Ist denen zu proletarisch. Und davor haben sie Angst. Ist denen auch nicht hart genug. Zu viel Spiel. Und zu wenig Kampf.

»Dann wäre den Nazis die deutsche Mannschaft von heute vielleicht sympathisch gewesen«, sagte einer von uns. »Zu viel Kampf und zu wenig Spiel.«

Monsieur Kleemann lächelte nachsichtig und schüttelte den Kopf. »Das verstehen Sie falsch, junger Mann. Damals ging's ums Prinzip, um das Spiel als solches. Es ging auch um die Organisation. Und es ging um das Milieu, aus dem der Fußball kam und in dem er gespielt wurde. Unser Vfl, sagte mein Vater damals, der ist den Nazis sowieso ein Dorn im Auge. Weil er zum ATSB gehört. Und dann sagte er nichts mehr an jenem Abend, als ob damit alles erklärt wäre. Wissen Sie, was der ATSB war?«

»Um ehrlich zu sein ...«

»Die Abkürzung für Arbeiter-Turn-und-Sportbund. Das wusste ich natürlich schon mit meinen zwölf Jahren. Ich wusste es, weil unser Fußballverein das Zentrum meines Lebens war. Ich verbrachte jede freie Minute auf dem Trainingsplatz, spielte in der Jugendmannschaft, und außerdem durfte ich dem Platzwart zur Hand gehen bei der Rasenpflege, durfte bei den Spielen der Herrenmannschaft am Eingang die Karten abreißen, durfte manchmal mit in die Kabine unserer Mannschaft, durfte Taschen tragen und Getränke holen. Je dichter ich an die Spieler herankam, desto eher würde ich selbst einer wie sie werden. So etwas wusste ich; zumindest hoffte ich es, aber was die Nazis gegen den ATSB und unseren Vfl hatten, das wußte ich nicht. Fußball war Fußball, leicht zu verstehen. Politik war Politik. Die verstand ich nicht, und ich hatte Angst, weil die Erwachsenen Angst hatten.« Monsieur Kleemann wischte sich mit der Hand über die Augen, als wollte er etwas verscheuchen, Bilder, Erinnerungen. Oder wollte er etwas Vergessenes zurückrufen? »Verzeihen Sie, dass ich hier sentimentale Monologe halte«, sagte er achselzuckend, »aber vielleicht ist es die Kombination aus Fußball und deutscher Sprache, die alles wieder nach oben bringt. Ich mag übrigens die Art, in der Deutsche Fußball spielen. Auch das Kämpferische. Ich habe diesen Stil immer gemocht. Trotz allem. Es ist ja gewissermaßen meine Herkunft.« Er schwieg, schob, bereit zu gehen, ein paar Münzen neben seine Kaffeetasse und sah uns an. »Haben Sie auch Fußball gespielt?«

»Als Kinder schon«, sagten wir, »als Jugendliche vielleicht auch noch, aber ...«

»Sie sind zu jung«, sagte er, »um zu verstehen, wie ich das meine. Für mich war Fußball und unser Verein, wie soll ich es sagen? Die Heimat vielleicht. So etwas eben.«

»Mussten Sie denn nach Frankreich emigrieren?«

»Interessiert Sie das wirklich?« Er schien sich zu wundern. »Meine Kinder interessiert es nicht. Oder nicht mehr. Vielleicht habe ich es ihnen zu oft erzählt. Nun ja, sie sind Franzosen, und meine Enkelkinder sind es erst recht. Aber immer, wenn ich eine deutsche Fußballmannschaft im Fernsehen spielen sehe, habe ich so etwas wie Heimweh. Zurück nach Deutschland möchte ich trotzdem nicht mehr. Nach dem Krieg, während der Fünfzigerjahre, war ich noch einmal da, als Offizier der französischen Armee. Unser Vfl-Platz war eine Baustelle. Wohnblocks wurden da errichtet. Und im Vereinsheim wohnten Flüchtlinge. So«, er stand auf, »ich muss jetzt aber wirklich gehen. Sonst wundert sich meine Frau, wo ich bleibe.«

»Nein, warten Sie«, sagten wir, »sie wollten uns doch noch erzählen, wie Sie nach Frankreich gekommen sind.«

»Ja«, sagte er, »das wollte ich. Es dauert ja auch nur einen Café Crème.« Er winkte dem Kellner, bestellte, wartete, bis der Café vor ihm stand, rührte nachdenklich in der Tasse. »Nachdem die Nazis den Reichstag angezündet hatten«, fuhr er schließlich fort, »eröffneten sie die Jagd auf uns. Und die Polizei sah zu und rührte keinen Finger. Anfang März 1933 hatte unsere erste Mannschaft ein Heimspiel gegen einen Arbeitersportverein aus Altona. Als die Spieler in der Halbzeit in die Umkleidekabinen gehen wollten, die hinter dem Vereinsheim lagen, fuhren zwei Lastwagen mit geschlossener Plane vor. Aus einem sprangen zwanzig SA-Schläger, bewaffnet mit Schlagstöcken und Karabinern, verhafteten alle Spieler und Betreuer und brachten sie in dem zweiten LKW weg. Die Spieler durften sich nicht mal umziehen. Sie hatten noch ihre verschwitzten, mit Gras und Schlamm verschmierten Trikots an und ihre Fußballschuhe, als sie abtransportiert wurden. Die meisten kamen mitten in der Nacht nach Hause, einige erst am nächsten Morgen. Man hatte ihnen gedroht, hatte sie eingeschüchtert, man hatte sie verprügelt, manche waren blutig geschlagen. Mein Vater, der damals Spielertrainer war, hatte Platzwunden am Kopf, und sein Rücken war grün und blau geprügelt. Das war das Ende unseres Vfl. Keine Mannschaft des Vereins hat je wieder ein Spiel bestritten. Als das Vereinsheim vierzehn Tage später beschlagnahmt und zu einem SA-Lokal gemacht wurde, sagte mein Vater: Hier bleiben wir nicht. Über den ATSB hatte er in den Zwanzigerjahren einige Spiele im Ausland machen können, Völkerverständigung der internationalen Arbeiterklasse, unter dem Motto lief das, was den Nazis natürlich besonders verhasst war. Mein Vater hatte jedenfalls besonders gute Kontakte zu einer französischen Mannschaft aus Paris, die sogar einmal in Hamburg zu einem internationalen Spiel zu Gast gewesen war. Es war die Werksmannschaft einer großen Zeitung, in der auch Drucker mitspielten, und mit denen verstand sich mein Vater natürlich sofort. Er nahm Briefkontakt zu einem dieser Pariser Spieler auf, und im Juni 1933 verließen wir Deutschland. Wir erzählten vorsichtshalber in der Nachbarschaft, dass wir eine Urlaubsreise zu Verwandten im Harz machen wollten, nahmen nur mit, was wir in unseren Koffern tragen konnten, und fuhren dann mit einem Nachtzug nach Paris. Am Grenzübergang wurden unsere Pässe kontrolliert und unsere Namen mit Fahndungslisten abgeglichen, unser Gepäck wurde durchsucht, aber man ließ uns unbehelligt ausreisen. Und so bin ich also nach Frankreich gekommen. Die Sportsfreunde meines Vaters besorgten uns in einem Pariser Vorort eine Wohnung, mein Vater bekam bald Arbeit in der Zeitungsdruckerei, meine Mutter verdiente als Putzfrau bei wohlhabenden, deutschen Emigranten etwas dazu, und in der Erwachsenenbildung der französischen Sozialisten lernten wir Französisch. Ich ging noch ein paar Jahre zur Schule, dann wurde ich ebenfalls Drucker. Selbständig gemacht habe ich mich erst nach dem Krieg, bin von Paris in die Provinz gegangen und habe in Limoges, der Heimatstadt meiner Frau, eine eigene Druckerei aufgebaut.«

»Und haben Sie in Frankreich auch wieder Fußball gespielt?«

»Oh ja, natürlich. Erst in der Schule, dann in der Werksmannschaft. Der Fußball hat es mir leichter gemacht, mich hier einzuleben. Aber das Gefühl von Heimat, das ich beim Vfl in Hamburg gespürt habe, das habe ich hier nicht wiedergefunden. Das war versunken im braunen Sumpf. Unwiederbringlich. Einmal noch kam die Erinnerung daran zurück, und zwar bei der Weltmeisterschaft 1938, die ja in Frankreich stattfand. Ich war gerade achtzehn geworden und außerdem eingebürgert worden; aus Arno wurde offiziell Arnaud. Meine Eltern schenkten mir eine Eintrittskarte für das Spiel Deutschland gegen die Schweiz. Schon Monate vorher hatte mein Vater sich um eine Karte bemüht. Die Spiele der französischen Mannschaft waren ausverkauft und die Schwarzmarktpreise unerschwinglich. Also kaufte mein Vater eine Karte für das Spiel Österreich gegen Schweden, aber drei Tage, nachdem er sie gekauft hatte, marschierte Hitlerdeutschland in Österreich ein. Als die Weltmeisterschaft begann, gab es keine österreichische Mannschaft mehr, sondern nur noch eine deutsche, in die einige österreichische Spieler eingebaut worden waren. Die Karten für das Spiel Österreich gegen Schweden konnte man eintauschen für das Spiel Deutschland gegen die Schweiz, oder man konnte sich das Geld erstatten lassen. Ich tauschte meine Karte ein, was meinen Vater schmerzte, weil er sich im Lauf der Jahre in eine Aversion gegen alles Deutsche gesteigert hatte, die manchmal zu Hass wurde. Aber es kann sein, dass er mich insgeheim auch beneidete, weil ich viel unbefangener mit meiner Herkunft umging, viel naiver, und weil für mich Fußball Fußball war und Politik etwas ganz anderes. Die beiden Spiele zwischen der Schweiz und Deutschland, es waren zwei, weil das erste 1:1 endete und die Partie nach dem damaligen Reglement deshalb wiederholt werden musste, belehrten mich dann eines Besseren oder, genauer gesagt, eines schlechteren. Das waren nämlich keine Fußballspiele mehr, sondern politische Ereignisse, Vorahnungen des Kriegs fast schon, besonders das Wiederholungsspiel. Zwischen den Schweizer Fans und den Deutschen gab es erst Pöbeleien, dann wüste Prügeleien, die französischen Zuschauer standen fanatisch hinter der Schweiz, der Schiedsrichter blieb davon nicht unbeeindruckt, die deutschen Spieler wurden mit Gegenständen beworfen und bespuckt. Gemeint waren natürlich nicht die Spieler, gemeint war Deutschland, der Nationalsozialismus, der Einmarsch in Österreich. Das Merkwürdigste war jedoch, dass die deutsche Mannschaft, in die ja zwangsweise ein paar österreichische Spieler integriert worden waren und die normalerweise gegen die Schweiz nie verloren hätte, dieses Spiel gar nicht gewinnen wollte. Jedenfalls war das mein Eindruck, vielleicht Wunschdenken. Es kam mir so vor, als wüssten oder spürten die Spieler, dass hier kein Fußball mehr gespielt wurde, sondern ein Krieg begann. Und indem sie unter ihrem Niveau spielten, boykottierten sie die deutsche Politik und desertierten symbolisch aus diesem Krieg. Deutschland verlor 2:4, und sogar Sepp Herberger sagte anschließend in einem Interview, es sei kein Spiel mehr gewesen, sondern eine Schlacht. Diese Desertion der deutschen Mannschaft hat mich sehr beeindruckt, die Niederlage hat mich begeistert, nicht sportlich und auch nicht, weil ich sie mir wie mein Vater gewünscht hätte, sondern weil sie eine Demonstration gegen den deutschen Faschismus war. Und vielleicht«, schloss Monsieur Kleemann seine Geschichte und stand auf, »sehe ich Spiele der deutschen Nationalmannschaft deshalb noch heute gern. Sie erinnern mich an etwas, was es im Fußball nicht mehr gibt. Aber Weltmeister werden die Deutschen in diesem Jahr nicht.«

»Wieso nicht?«

»Zu viel Kampf. Zu wenig Spiel.«

# Ein Mandala

*»Mandalas sind traditionell festgelegte Gebilde, die nicht nur gezeichnet oder gemalt, sondern auch körperhaft geformt werden ... Das wahre Mandala sei immer ein inneres Bild, welches durch aktive Imagination allmählich konstruiert wird.«*

C. G. Jung

Der Tokyo Tower ist eine schamlose Replik des Eiffelturms, nur ein paar Meter höher, die hypermodernen Wolkenkratzer von Shinjuku zitieren die Skyline von Manhattan, nur etwas eleganter, das NEC-Bulding sieht wie ein zum Start hochgestelltes Space-Shuttle aus, nur viel gewaltiger, und Tokios Disneyland ist die definitive Imitation westlicher Popkultur, nur ein bisschen perfekter. Diese Stadt ist ein gigantisches Konglomerat aller möglichen und unmöglichen Stile, Techniken, Architekturen, die das 20. Jahrhundert hervorgebracht hat – die Hauptstadt der Postmoderne. Die Faszination der Japaner am jeweils Allerneuesten, ihre Unsentimentalität gegenüber der Vergangenheit, hat Tokio trotz aller Superlative etwas merkwürdig Gesichtsloses und Provisorisches gegeben.

Man darf aber die unsentimentale Sachlichkeit im Umgang mit architektonischen Zeugen der eigenen Geschichte nicht als mangelndes Traditionsbewusstsein missverstehen (und man darf nicht vergessen, dass Tokio, wie fast alle japanischen Großstädte, nach dem

Zweiten Weltkrieg eine Trümmerwüste war). Im Gegenteil scheint durch die wenigen im traditionellen Stil errichteten Gebäude, die erhalten blieben oder originalgetreu rekonstruiert wurden, eine Hintergrundstrahlung aus historischem Selbstbewusstsein und Spiritualität in die Gegenwart zu dringen – eine Strahlung, die umso intensiver wirkt, je einsamer diese Gebäude zwischen Glas, Beton und Chrom ihren vielleicht gar nicht so verlorenen Posten halten. Diese Reste eines Japan, das es als Ganzes längst nicht mehr gibt, sind wie vergilbende, patinierte Miniaturen, in denen sich Traditionen einer versunkenen Zeit bündeln.

Das gilt für die ornamentalen Verspieltheiten des Kabuki-Theaters inmitten der rationalen Glätte der Ginza, des teuren Einkaufsviertels am Hauptbahnhof. Es gilt auch für die wenigen Wohnquartiere, die abseits liegen und sich deshalb eine gewisse Geschlossenheit erhalten konnten, etwa den Bezirk Tsukishima auf der dem Hafen vorgelagerten Insel, wo noch ganze Straßenzüge in der traditionellen zweigeschossigen Holzbauweise stehen; üppig begrünte Dachgärten und Terrassen, auf denen Kinder spielen, alte Leute ihr Schwätzchen halten und Katzen in der Sonne dösen, dazwischen ein paar kleine Läden oder eine Garküche, deren Düfte zur Mittagszeit noch einmal sehr alte Bilder von einem ganz anderen Japan aufsteigen lassen.

Und es gilt sogar für eine der berühmtesten Attraktionen Tokios, Meiji-jingu, den Schrein, der 1920 zu Ehren des Kaisers Mutsohito, der Japans Öffnung nach Westen ermöglichte, eingeweiht wurde. An Neujahrstagen herrscht hier angeblich Gedränge wie auf den Bahnhöfen zur Stoßzeit, aber als ich an einem regnerischen und schwülen Tag im Mai zum Schrein kam, hielt sich nur eine Handvoll Touristen auf dem weitläufigen Gelände auf. Ich schlenderte unter den riesigen Shinto-Bögen hindurch über die breiten Kieswege in den Park hinein, und trotz der nahe gelegenen S-Bahn-Station Harajuku herrschte sogleich eine merkwürdig verschattete Stille. Im satten Grün der Bäume, vom Nieselregen dunkel glänzend wie Lack poliert, hing heiseres Rabenkrächzen. Die drückende Feuchtigkeit schien alles Sichtbare zu durchdringen, einzusickern wie in Löschpapier. Ein Gefühl großer Durchlässigkeit oder weicher Porösität stellte sich ein, eine gewisse Widerstandslosigkeit gegen Eindrücke, eine ungerichtete Aufnahmefähigkeit, eine Gleichgültigkeit. An einem Stand kaufte ich ein Votiv-Täfelchen, auf dem man seine Wünsche schriftlich niederlegen kann. Als ich es beschreiben wollte, fiel mir aber kein Wunsch ein; ich hängte es leer an das Holzgerüst zu den anderen Täfelchen.

Der Schrein selbst ist groß, fast ein Palast, aber nicht protzig. In seinen klaren, geometrischen Linien schwingt Bescheidenheit mit, etwas Bedeutendes in schlichter Geste. Aber welche Bedeutung? Gewiss keine, die benennbar wäre mit rationaler Begrifflichkeit. Vielleicht nur diese große Gleichgültigkeit, diese merkwürdige, nicht abrufbare Durchlässigkeit. Kein Zeichen, kein Hinweis. Der Schrein ist einfach da.

Ich wusste auch, dass mich diese vage Wahrnehmung an etwas anderes erinnerte, aber mir fiel es erst ein, als ich den Schrein wieder verlassen hatte und in ein Café am Omotesando-Boulevard eingekehrt war, Kaffee trank, mir genüsslich eine Zigarette anzündete, denn auf dem Schrein-Gelände herrscht striktes Rauchverbot, mein Notizbuch öffnete, um einige Eindrücke festzuhalten, und beim Blättern in der schwarzen Kladde die letzten Einträge überflog.

Vor einigen Tagen hatte ich das Nationalmuseum am Ueno-Park besucht, wo mehrere große Räume den Mandalas vorbehalten sind, jenen auf den ersten Blick verwirrenden Meditationsbildern, deren einzelne Darstellungen sich immer um ein leeres Zentrum gruppieren und die Aufmerksamkeit auf dieses Nichts lenken. Eins der Mandalas war mir besonders aufgefallen, weil es keine Bilder zeigte, sondern lediglich Schriftzeichen, und in seinem Zentrum befand sich wiederum ein Zeichen, das ich natürlich nicht lesen konnte. Dieses Zeichen, dachte ich jetzt, müsste das Gefühl umschreiben, das mich vorhin im Meiji-Schrein berührt hatte – Gleichgültigkeit, Durchlässigkeit, und noch etwas anderes, Fremderes, oder vielleicht doch schon fast Vertrautes.

Jedenfalls bestand das Wesen dieser Wahrnehmung darin, dass sie sich nicht definieren ließ, keiner Formel gehorchte und nicht abstrakt war, sondern in solchen Situationen auftauchte, in denen Beziehungen und Verbindungen entstanden, in denen eins ins andere überging, unerwartet oft, anstrengungslos, gleichgültig eben und durchlässig – so wie am vergangenen Wochenende, als R. S. mit mir eine Tour durch die Berge ein paar Stunden nördlich Tokios gemacht hatte. In die zerklüfteten, kaum zugänglichen Felslandschaften war längst überall in Form von Werbeplakaten westlich orientierte Zivilisation eingedrungen, in Form von Müllhalden, Kraftwerken und Fabriken die industrielle Zerstörung, und dennoch gab es manchmal Anblicke, die den Holzschnitten Hokusais glichen, verschwindend kurz nur, aber die dramatisch scharf geschnittenen Grate und Kuppe waren doch da, die Krüppelkiefern standen noch als Schattenrisse schroff gegen den Himmel, ihr Geäst, ständig vom Bergwind durchfegt, verkrümmt; aber das Knorrige und Gewundene sah aus, als wäre es noch zusätzlich von Menschenhand geformt worden, zu einer inneren Anmut, die gesehen werden will. Und einmal sah ich einen schmalen Pfad, der in die Höhe führte, weiter nach Norden, wie aus der Zeit heraus.

Wir übernachteten in einem Ryokan, einer im traditionellen Stil geführten Herberge, wo sich die Japaner gern zum Wochenende einfinden, um sich zu versichern, dass sie eine Vergangenheit haben, die anders ist als das Leben, das sie heute führen. Die besondere Attraktivität dieses Hauses besteht darin, dass es über einen Onsen verfügt, eine jener heißen, vulkanischen Quellen, die als Bäder genutzt werden. Nachdem uns auf den niedrigen Tischchen das Abendessen serviert worden war, gingen wir durch die sehr kühle Frühlingsnacht zum Bad, das wenige Schritte von den Gebäuden entfernt liegt.

In den von der Wasseroberfläche aufsteigenden Dampfschwaden, die sich im Licht einer Ampel weiß und träge drehten und sich in der Nacht auflösten, konnte ich zuerst kaum etwas erkennen. Als wir dann aber unsere Kleidung abgelegt hatten und ins Wasser glitten, dessen Hitze mir den Atem nahm, schälte sich aus Dunst und Dunkelheit eine seltsame Szenerie. Direkt über der leise sprudelnden Quelle spannte sich ein tempelartiger Holzbau mit einem Shinto-Bogen, kleiner, aber genauso proportioniert wie die gewaltigen Bögen am Meiji-Schrein, und davor war ein Bassin aus Natursteinen ausgemauert. Licht brach in Streifen durch die Öffnungen eines Schirms, die die Form von Schriftzeichen hatten, und fiel, vom trägen Tanz des Dampfes gebrochen und bewegt, über den schwarzen Wasserspiegel. Ich konnte jetzt erkennen, dass außer uns noch fünf oder sechs Japaner im Bad waren. Zwei jüngere Männer saßen am Rand des Bassins auf Steinen, ließen die Füße ins Wasser baumeln und unterhielten sich halblaut. Zwei Alte hockten schweigend dicht am Austritt der Quelle, bis zum Hals im Wasser; vor ihnen schwamm eine Art Brett oder Tablett im Wasser, auf dem ein Fläschchen Sake mit zwei Trinkschalen stand; manchmal goss einer der beiden ein, und dann tranken sie mit geschlossenen Augen. Dicht an der Ampel hockte noch jemand bewegungslos im Wasser und drehte uns den Rücken zu.

Nach einigen Minuten kam mir die Hitze völlig natürlich vor, und das Bedürfnis, schnell wieder an der Luft abzukühlen, versickerte. Das Wasser war ganz weich, roch milde nach Schwefel und strich in seinen sanften, von der Quelle ausgehenden Schüben um meinen Körper. Der Dampf bildete bizarre Konstellationen und Figuren, aber sie langweilten mich schnell, und erst als der Dampf nur noch Dampf war, das Licht nur noch Licht, das Wasser Wasser und die Nacht Nacht, war ich in etwas angekommen, das ich nicht gesucht hatte, das mir aber mehr entsprach als alles, was ich je hätte suchen können. Meine Wahrnehmungen und Gedanken bekamen etwas Gleichmäßiges, dem Wasser Verwandtes, als ob ich, träger und träger werdend, in Schlaf fiel. Aber es war kein Schlaf, sondern ein Blicken, aber ein Blicken auf nichts Bestimmtes, ein Sitzen im Wasser, aber ich spürte weder das Wasser noch meinen Körper, ein Denken, aber ein Denken an nichts. Und wenn doch konkretere Gedanken kamen, zogen sie wie der Dampf um das Licht in die Nacht, vergingen dort, und keiner folgte dem anderen, weil alle bereits dort waren und zugleich hierblieben. Und manchmal tropfte das Licht des Mondes feucht durch die Nadeln der Kiefern auf die Wasseroberfläche. Ich hatte immer schon auf diesem Basaltstein in diesem Bassin gesessen, so und nicht anders, und ich würde hier immer so sitzen bleiben, von Zeit zu Zeit. Ich war gleichgültig und durchlässig, alles war gleich gültig durch Lässigkeit, durch einfaches Seinlassen. Gewiss, ich wusste, wo ich war – es war ein konkreter Ort in einer genauen Zeit, und doch schien mir, als sei diese endlos monologisierende Quelle eine Nabelschnur, die mich und alle in ihr zurückband an einen Zustand jenseits aller Zeit und aller Geografie.

Irgendwann hörte ich R. S. sagen, es sei an der Zeit auszusteigen, um keinen Kreislaufkollaps zu riskieren. Wir gingen zu der Holzplattform zurück und zogen uns an. Von hier aus konnte ich jetzt auch den immer noch bewegungslosen Mann von vorn sehen, der mir vorhin den Rücken zugekehrt hatte. Er hielt ebenfalls eins dieser schwimmenden Tabletts vor sich; auf dem Tablett lag ein aufgeschlagenes Buch, das der Mann las oder betrachtete.

Sieh mal, flüsterte ich R. S. zu, der liest.

R. S., der sehr kurzsichtig ist, setzte seine Brille auf und beugte sich über die Plattform hinaus, um besser sehen zu können.

Nein, sagte er dann, der liest nicht. Oder jedenfalls nicht so, wie du und ich lesen. Er betrachtet ein Mandala.

Wenn ich heute an den Aufenthalt im Onsen zurückdenke, fällt mir Bashôs Haiku über den Onsen von Yamanaka ein:

*In Yamanaka bricht man*
*keine Chrysanthemen – hier duftet*
*nichts als heißes Wasser!*